Yr Eumenides

Daniel Davies

Diolch i fy nghymar, Linda, a'm chwaer, Jennifer, am eu cefnogaeth.

Hoffwn ddiolch i Lisa, Ieuan, Gwenno, Jessica a Mari am fod yno i fi.

Hefyd, diolch i Wasg Carreg Gwalch am gefnogi'r syniad ac i'r golygydd, Nia Roberts, am ei hamynedd a'i gwaith caled.

Yn olaf, diolch i Snwff am ei gyfraniad amhrisiadwy arferol.

Argraffiad cyntaf: 2017
ⓗ testun: Daniel Davies 2017

Rhif Llyfr Safonol Rhyngwladol:
978-1-84527-627-0

Cyhoeddwyd gyda chymorth Cyngor Llyfrau Cymru

Cynllun y clawr: Tanwen Haf
Llun y clawr: Teresa Jenellen

Cyhoeddwyd gan Wasg Carreg Gwalch,
12 Iard yr Orsaf, Llanrwst, Dyffryn Conwy, Cymru LL26 0EH.
Ffôn: 01492 642031
Ffacs: 01492 642502
e-bost: llyfrau@carreg-gwalch.com
lle ar y we: www.carreg-gwalch.com

Argraffwyd a chyhoeddwyd yng Nghymru

Beth yw dwyn o fanc o'i gymharu â sefydlu banc?

Bertolt Brecht

Does dim ots beth yw eich nifer os oes gennych chi
ffydd a chynllun gweithredu

Fidel Castro

When there's no future, how can there be sin?
We are the flowers in your dustbin

Sex Pistols, 'God Save the Queen'

Rhan I

1.

Safai dyn ifanc yn gefnsyth yng nghanol rhes o ddynion. Edrychodd o'i flaen gan syllu ar adlewyrchiad ohono'i hun a'r saith dyn arall mewn panel gwydr.

Gwyddai Del Edwards y byddai'r dyn y tu ôl i'r gwydr yn ei ddewis ef fel y sawl oedd yn gyfrifol am ymosod arno a'i fygio gan ddwyn £6.76 a'i ffôn symudol yn oriau mân y bore wythnos ynghynt.

– Roedd hi'n dywyll, ac mi ddigwyddodd popeth mor gyflym, meddai'r dioddefwr a safai yr ochr arall i'r sgrin yng nghwmni dau heddwas, ei gyfreithiwr a chyfreithiwr arall o'r enw Ricky Banks.

Synhwyrodd Del fod y dyn yn edrych yn graff arno, a dechreuodd chwys gronni ar ei dalcen oherwydd gwyddai ei fod yn edrych fel troseddwr. Roedd ei lygaid braidd yn rhy agos at ei gilydd ac roedd ganddo aeliau trwchus. Er mai creadur digon diniwed oedd Del yn y bôn roedd ei olwg yn awgrymu na fyddai'n meddwl ddwywaith cyn cyflawni'r drosedd dan sylw.

Tybiai y byddai'r dyn y tu ôl i'r sgrin yn dweud – Rhif pedwar ... yn bendant, rhif pedwar.

– Rhif pedwar ... yn bendant, rhif pedwar, meddai'r dyn gyda rhyddhad. – Ie. Rhif pedwar ... rwy'n cofio'r llygaid shiffti 'na ... wna i byth anghofio'r rheiny ... dyna pam rwy wedi methu cysgu ers hynny, ychwanegodd, gan gofio fod ei gyfreithiwr wedi ei gynghori i ddweud hynny er mwyn cael mwy o iawndal.

Agorodd heddwas ddrws yr ystafell a dechreuodd yr wyth dyn gerdded allan yn araf mewn rhes.

– Fe ddewisodd e fi, yndo? sibrydodd Del wrth yr heddwas wrth gerdded heibio.

– Do, meddai'r heddwas wrth i Del gerdded tuag at y cyfreithiwr, Ricky Banks, a'i tywysodd yn araf i gornel yr ystafell.

– Beth alla i ddweud, Del? meddai Ricky'n dawel cyn i wên lydan ledu ar draws ei wyneb. – Gwych ... wnaeth e ddim crybwyll fy nghleient i o gwbl ... mae'n dod yn naturiol i ti, meddai, gan roi £40 yn gyfrin ym mhoced côt Del, oedd bellach wedi ymddangos mewn pum rheng adnabod yn ystod yr wythnosau diwethaf a chael ei ddewis fel y troseddwr bob tro.

Roedd Ricky yn llygad ei le pan wyntyllodd y syniad am fod gan Del y math o wyneb roedd pobl yn ei gysylltu â throseddwr.

– Falle am fy mod i *wedi* cyflawni trosedd, meddai Del wrth Ricky, oedd wedi cynrychioli Del ers y digwyddiad a newidiodd ei fywyd flwyddyn ynghynt.

– Na ... mae 'na wahaniaeth rhwng bod yn droseddwr a chael dy ddyfarnu'n euog o drosedd. Dim ond dwyn brechdan o siop wnest ti, ychan, meddai Ricky.

– *Meal deal* ... brechdan tiwna, pecyn creision caws a winwns, a photel o ddŵr. Ond wnes i mo'u dwyn. Fel ddywedodd Fidel Castro, bydd hanes yn datgelu 'mod i'n ddi-fai, meddai Del, cyn troi ar ei sodlau a gadael yr orsaf.

2.

Roedd chwaer Del Edwards, Val, hefyd mewn cyfyng-gyngor y bore hwnnw. Cyrhaeddodd ei gwaith yn y ffatri brosesu gwalc ym mhentref y Cei, ar arfordir Ceredigion, toc cyn wyth o'r gloch fel y gwnâi bob bore.

Fel arfer byddai'n cyrraedd y ffatri a chlywed sŵn byddarol y peiriannau prosesu gwalc, ond y bore hwnnw, am ryw reswm, roedd pob un o'r peiriannau'n dawel. Gwisgodd Val ei oferôls gwyn yn gyflym a gosod rhwyd wallt am ei phen yn yr ystafell newid cyn ymuno ag ugain gweithiwr arall y ffatri oedd yn sefyll yn ddigalon ger y fynedfa.

– Be sy'n bod, Dave? gofynnodd i'w rheolwr, oedd yn edrych yn eiddgar ar faes parcio'r ffatri.

– Ges i alwad ffôn gan y bòs neithiwr yn dweud y bydde fe'n dod yma i wneud cyhoeddiad y bore 'ma.

Amneidiodd Val ei dealltwriaeth, yn sylweddoli bod y sôn am gau'r ffatri ar fin dod yn wir. Ochneidiodd, gan edrych dros ei hysgwydd ar yr adeilad lle bu'n ennill ei bara menyn ers wyth mlynedd bellach.

Yn 24 mlwydd oed nid oedd Val yn fenyw uchelgeisiol. Collodd ei mam pan oedd hi'n bedair oed a chafodd hi a'i brawd, Del, eu magu gan eu mam-gu, Gwen Edwards, yn y pentref. Chafodd addysg fawr o effaith arni a bachodd ar y cyfle i weithio yn y ffatri gwalc pan adawodd yr ysgol.

Priododd Val adeiladwr lleol, Vince Oliver, ddwy flynedd ynghynt. Roedd sefyllfa ariannol y ddau'n druenus, yn rhannol oherwydd i ddiwydiant Vince grebachu yn sgil dirwasgiad y chwe mis blaenorol. O ganlyniad bu'r pâr ifanc yn byw gyda mam-gu Val ers iddynt briodi. Gwyddai Val y byddai sefyllfa ariannol y teulu yn drychinebus petai hi'n colli'i gwaith, yn enwedig nawr bod ei brawd hefyd yn byw gartref ers iddo gael ei ryddhau o'r carchar.

Trodd y rheolwr i weiddi ar bawb.

– Shifftiwch ... mae'r brenin wedi cyrraedd!

Camodd dyn a oedd wedi hen gyrraedd oed yr addewid allan o'i Mercedes Benz cyn cerdded yn araf tuag at fynedfa'r ffatri. Yn llusgo tu ôl iddo roedd dyn byr yn ei dridegau hwyr gyda barf oren ysblennydd, sef ei unig blentyn, Simon. Y tu ôl i hwnnw cerddai dyn tal, tenau, gwelw, yn ei bumdegau cynnar. Hwn oedd cyfrifydd y cwmni, Malcolm Watkin.

'Y Brenin' oedd yr enw a gafodd Milton Smith yn lleol wedi i'r *Daily Mail* roi'r llysenw '*King of the Whelks*' iddo am ei gyfraniad i economi Prydain, yn prosesu ac allforio gwalc o'i dair ffatri yn y Cei, Aberteifi ac Abergwaun dros gyfnod o ddeng mlynedd ar hugain.

Cerddodd i mewn i'r ffatri gan edrych ar wynebau pryderus

y gweithwyr. Roedd wedi paratoi ei araith y noson cynt gan fwriadu dweud wrth y staff fod ei gwmni, Gwalco, wedi colli cytundeb pwysig i allforio gwalc i Dde Corea.

Cafodd Milton y newyddion drwg gan ei asiant yn Seoul, Bang Seung-Hwan, dridiau ynghynt. Roedd Malcolm Watkin, ei gyfrifydd ffyddlon, wedi dweud wrtho mai'r unig ateb oedd cau'r ffatri leiaf proffidiol o'r tair, sef yr un yn y Cei, a hynny ar unwaith, i achub y cwmni rhag mynd i'r wal.

Roedd Simon, mab Milton, wedi cytuno'n llwyr gyda'r cyfrifydd, gan obeithio y byddai ei dad yn trosglwyddo awenau'r cwmni iddo ef yn y dyfodol agos.

– Rwy wedi dod yma heddiw gyda Simon a Malcolm i ddweud wrthoch chi ... i ddweud ... meddai Milton gan edrych o'i amgylch ar yr wynebau pryderus. Roedd rhai ohonynt wedi gweithio yn y ffatri ers dros ugain mlynedd, ac eraill yn dod o deuluoedd a fu'n weithwyr triw dros flynyddoedd lawer, ystyriodd. Oedodd am eiliad gan gofio ei fod yntau wedi sefyll mewn rhes yn aros am benderfyniad ynghylch ei ddyfodol drigain mlynedd ynghynt.

– Rwy wedi dod yma heddiw i ddweud wrthoch chi ... eich bod yn gwneud jobyn wych ... ac er bod y sôn ein bod wedi colli cytundeb yn wir, fydd dim un ohonoch chi'n colli'ch gwaith. Diolch yn fawr, gorffennodd, gan gamu allan o'r ffatri.

Edrychodd Simon Smith a Malcolm Watkin yn syn ar ei gilydd am eiliad, gan feddwl bod yr hen ddyn wedi colli arni, cyn dechrau rhedeg ar ôl Milton oedd eisoes wedi dychwelyd i'w gar.

Teimlodd Val ryddhad wrth wylio'r ddau gi bach yn dilyn eu meistr gan wybod bod ei swydd yn ddiogel, am y tro.

3.

– Mae gen i anrheg i ti, Del, oedd y peth cyntaf a ddywedodd Bob Jones wrth Del Edwards pan eisteddodd hwnnw gyferbyn â'i swyddog prawf yn ddiweddarach y bore hwnnw.

– Awst yr wythfed, 2012. Mae'n flwyddyn i'r diwrnod ers i bethau fynd o chwith i ti, meddai Bob gan dynnu bag siopa o ddrôr ei ddesg a'i osod o flaen Del. – Cer ag e, meddai gyda gwên.

Cododd Del y bag o'r ddesg ac edrych i mewn iddo gan weld brechdan tiwna, paced o greision caws a winwns, a photel o ddŵr.

– Rwy'n cofio ti'n dweud na fyddet ti byth yn bwyta brechdan tiwna eto ar ôl beth ddigwyddodd i ti, meddai Bob, cyn ychwanegu, – ond mae'n flwyddyn gron ers hynny ac os lwyddi di i fwyta'r frechdan 'na mi fydd yn arwydd dy fod ti'n barod i symud ymlaen. Y dyfodol sy'n bwysig, Del, nid y gorffennol.

Gwenodd Bob gan ddisgwyl yn eiddgar i Del ddechrau bwyta'r frechdan.

– Paid â phoeni, dim yr un un yw hi. Mae hon yn ffres o Greggs bore 'ma. Yr egwyddor sy'n bwysig. Yr un fath â chymun, eglurodd Bob.

Wrth i Del Edwards syllu ar y frechdan tiwna daeth llu o atgofion yn ôl am y digwyddiad a newidiodd ei fywyd, flwyddyn ynghynt.

Ar y pryd roedd Del yn fyfyriwr yn astudio cyfrifiadureg ac athroniaeth yng ngholeg Queens yn Llundain. Er ei fod wedi gorffen ei ail flwyddyn roedd wedi penderfynu aros yn y brifddinas i weithio drwy'r haf er mwyn talu peth o'i ffïoedd dysgu. Roedd wedi gorffen ei shifft wyth awr mewn canolfan alwadau ffôn yn Fulham am ddau o'r gloch y prynhawn hwnnw ac wedi dal y trên tanddaearol yn ôl i'w lety yn Ealing. Cerddodd ar hyd y stryd fawr cyn troi mewn i siop gornel i brynu cinio: *meal deal* brechdan tiwna, pecyn creision caws a winwns a photel o ddŵr. Tair punt ar ei ben.

Ymunodd â'r ciw yn y siop fel y gwnaeth droeon yn ystod yr haf, ond roedd y diwrnod hwn yn wahanol. Y dyddiad oedd Awst yr wythfed 2011, diwrnod cyntaf terfysgoedd Llundain.

Wrth i Del aros yn y ciw clywodd sŵn gweiddi, a rhai eiliadau'n ddiweddarach sŵn ffenestri'n chwalu. Neu o leiaf mi fyddai wedi clywed hynny pe na bai wedi ymgolli'n llwyr mewn podlediad o raglen BBC Radio 4 am yr athronydd Archimedes ar ei iPod. Roedd llygaid Del ar gau ac ni welodd y bobl eraill yn y ciw yn mynd i weld beth oedd yn digwydd.

Pan welon nhw ddegau o bobl mewn hwdis gyda hancesi'n cuddio'u hwynebau yn rhedeg ar hyd prif stryd Ealing, penderfynon nhw adael eu nwyddau a sgathru o'r siop cyn gynted â phosib.

Pan agorodd Del ei lygaid gwelodd nad oedd unrhyw un arall yno heblaw amdano ef ei hun a'r siopwr, Mr Binny, oedd wedi dod o'r ochr arall i'r cownter i weld beth oedd yn digwydd. Gwthiodd nifer o bobl heibio Mr Binny i mewn i'r siop, neidio dros y cownter a dechrau llenwi'u pocedi â phacedi o sigaréts. Rhedodd Mr Binny ar eu holau gan weiddi'n ofer arnynt. Eiliadau'n ddiweddarach daeth tua dwsin o bobl eraill i'r siop gan lenwi'u pocedi â thuniau o fwyd.

Penderfynodd Del y byddai'n well iddo adael cyn gynted â phosib. Gadawodd dair punt ger y til cyn cerdded yn gyflym allan o'r siop. Ond wedi iddo gamu allan teimlodd law yn gafael yn ei grys. Trodd i weld Mr Binny'n dal yn dynn ynddo ac yn pwyntio at gynhwysion y fargen fwyd.

– Dy'ch chi ddim wedi talu am y *meal deal* ... ry'ch chi wedi dwyn o fy siop! gwaeddodd arno â dagrau'n cronni yn ei lygaid.

– Na ... gadewais i'r arian wrth y til ... ry'ch chi'n fy nabod i, Mr Binny ... Del ... rwy'n archebu *The Cricketeer* gyda chi ... ry'n ni'n trafod criced ...

– Lleidr! Dyma fy mywoliaeth i, oedd unig ymateb Mr Binny, a suddodd calon Del pan edrychodd dros ysgwydd y siopwr a gweld un o'r ysbeilwyr yn rhoi'r tair punt oedd ger y til yn ei boced. Sylweddolodd hefyd fod Mr Binny wedi colli arni'n llwyr.

Yn sydyn, clywodd waedd.

– *Go! Go! Go! It's the Feds!*

Gwagiodd y siop mewn eiliadau a gwthiodd degau o bobl heibio i Del a Mr Binny, gan gario cymaint o nwyddau ag y gallent. Tarodd rywun gefn y siopwr wrth redeg heibio iddo a chwympodd Mr Binny i'r llawr. Estynnodd Del ei fraich i'w helpu i godi ar ei draed ond roedd hwnnw wedi dechrau gweiddi,

– Daliwch e ... lleidr ...

Trodd Del i weld hanner dwsin o heddweision terfysg yn rhedeg tuag ato.

– Na ... na ... 'wy ddim yn euog ... oedd ei eiriau olaf cyn iddo gael ei daro ar ei ben â phastwn.

Ni allai Del gofio fawr ddim am yr hyn ddigwyddodd yn ystod yr oriau wedi iddo gael ei arestio, ond cofiai ddod ato'i hun am ychydig mewn fan heddlu. Daeth ato'i hun am yr eildro gyda phen tost mewn carchar gyda degau o bobl eraill, y rhan fwyaf ohonynt yn eu harddegau. Rai oriau'n ddiweddarach cafodd ei dywys i Lys Ynadon Ealing, lle'r oedd degau o bobl a fu'n rhan o'r terfysg yn ymddangos gerbron yr ynadon.

Roedd gan Del frith gof o wrando ar dystiolaeth yr heddlu, ac yna cyfreithiwr yn dweud wrtho ei fod wedi gweld y dystiolaeth CCTV ac yn ei annog i bledio'n euog. Pe bai'n gwneud hynny, meddai, y drefn arferol ar gyfer trosedd o'r fath oedd dirwy, a hyd at 100 o oriau o wasanaeth cymunedol. Roedd Del yn dal i deimlo'n ddryslyd a simsan ar ôl cael ei fwrw ar ei ben a gwenodd yn wan heb sylweddoli beth oedd goblygiadau pledio'n euog.

Yn anffodus i Del, digwyddodd y drosedd honedig hon dan amgylchiadau anarferol a phenderfynodd y Wladwriaeth gosbi'r ysbeilwyr yn hallt.

Cafodd ei ddedfrydu i 14 mis yn y carchar.

Treuliodd y ddau fis nesaf yn Sefydliad Troseddwyr Ifanc Feltham yn Hounslow cyn i'w gyfreithiwr, Ricky Banks, berswadio'r awdurdodau i adael iddo fyw gartref gyda'i fam-gu ar yr amod ei fod yn gwisgo tag electronig.

Roedd Coleg Queens wedi'i ddiarddel am ddwyn anfri ar y brifysgol, ac er bod ganddo'r hawl i weithio yn ystod y 12 mis nes y byddai'r tag yn cael ei dynnu, methodd â chael gwaith.

Dychwelodd i'r Cei ym mis Hydref y flwyddyn honno'n llawn chwerwder am yr anghyfiawnder a ddioddefodd, ac yn llawn casineb tuag at y wladwriaeth fu'n gyfrifol am yr anghyfiawnder hwnnw. Penderfynodd dalu'r pwyth yn ôl, ac aeth ati i astudio gweithredoedd ei arwr, Fidel Castro. Byddai'r chwyldro yng Nghymru'n dechrau yn y Cei, meddyliodd.

4.

Edrychodd Milton Smith allan o ffenest ei swyddfa ar drydydd llawr ei dŷ, a safai ar dri chyfer o dir ar ben bryn uwchben pentref y Cei.

Yn sgil llwyddiant y cwmni allforio gwalc bu modd i Milton brynu cartref ym mhob un o'r tair tref lle'r oedd ffatri ganddo, i hwyluso'r gwaith o oruchwylio'r gweithfeydd yn Abergwaun, Aberteifi a'r Cei. Ond erbyn hyn, yn bedwar ugain oed, treuliai'r rhan fwyaf o'i amser yn y Cei, sef pentref ei febyd.

Trodd o'r ffenest a mynd i eistedd ger y ddesg yn ei swyddfa, gan wynebu'i fab, Simon. Roedd hwnnw'n cymryd dracht hir o'i goffi ar ôl treulio'r deng munud cynt yn ymbil ar ei dad i newid ei feddwl ynghylch cadw'r ffatri yn y Cei ar agor.

– Na. Rwy wedi penderfynu gwerthu'r tŷ yn Abergwaun ... mae'n werth dros £500,000 ac mi fydd hynny'n ddigon i gadw'r ffatri yn y Cei ar agor am o leia chwe mis ... a rhoi amser inni ennill cytundebau newydd, meddai Milton.

Gwingodd Simon pan glywodd fod ei dad yn bwriadu gwerthu'r tŷ, a olygai y byddai'n cael ei amddifadu o dros hanner miliwn o bunnoedd o'i etifeddiaeth. A hynny i gadw ugain *pleb* mewn gwaith.

– Paid â phoeni, fydd dim rhaid iti symud i B&B. 'Wy ddim yn bwriadu gwerthu'r tŷ yn Aberteifi ... ar hyn o bryd, ychwanegodd Milton.

Ond roedd Simon wedi cael llond bol o fyw yng nghysgod ei dad.

– Mae gen i syniad neu ddau ar gyfer dyfodol y cwmni. Rwy'n credu ei bod hi'n bryd imi ddechrau ysgwyddo peth o'r baich, meddai, cyn cymryd llwnc hir arall o'i goffi.

– Mae gen ti ddigon ar dy blât yn cadw'r rhan o'r busnes rwyt ti'n gyfrifol amdano rhag mynd i'r gwellt, atebodd Milton.

Roedd ymerodraeth Milton yn cynnwys mwy na ffatrïoedd gwalc yn unig. Tua diwedd y nawdegau penderfynodd ehangu'r busnes trwy agor siopau elusen yn y Cei, Aberteifi ac Abergwaun. Roedd y siopau hynny'n helpu i osgoi talu trethi yn ogystal â chodi arian i warchod dolffiniaid Bae Ceredigion. Ceisiodd osod ei fab, Simon, ar ben ffordd ym myd busnes trwy ei wneud yn gyfrifol am y siopau nes ei fod yn cymryd yr awenau pan fyddai Milton yn barod i drosglwyddo'r cwmni iddo. Dros y misoedd cynt, fodd bynnag, nid oedd y siop yn y Cei wedi gwneud digon o elw.

– Mae'n drychinebus, Simon. Pam fod y siop wedi cymryd cyn lleied o arian dros y flwyddyn ddiwethaf? gofynnodd Milton yn chwyrn.

– Mae'r staff yn anobeithiol. Mae'r tair yn rhy ... dechreuodd Simon cyn llwyddo i atal ei hun rhag dweud bod y tair hen fenyw oedd yn gwirfoddoli yn y siop yn rhy hen, a hwythau dros eu pedwar ugain, am fod ei dad yr un oedran â nhw.

– Ti sy'n gyfrifol am y siopau elusen wrth gwrs ... ond dangosa damed bach o gydymdeimlad. Maen nhw'n bobl oedrannus ... rwy'n nabod Jane, Gwen ac Ina ers o'n i'n cachu'n felyn. Yfa dy goffi, mae'n mynd yn oer. Rwy'n credu bod gan y ddau ohonon ni ddiwrnod prysur o'n blaenau, meddai Milton, heb ddweud wrth Simon fod ganddo apwyntiad gydag arbenigwr yn Ysbyty Bronglais yn Aberystwyth y bore hwnnw.

Cododd Simon a gadael yr ystafell heb yngan gair arall, ond yn rhegi ei dad o dan ei wynt.

Cyn gynted ag y gadawodd Simon yr ystafell, cododd Milton o'i sedd a chamu at y mẁg gwag roedd ei fab wedi'i adael ar y ddesg. Tynnodd ffiol yn ofalus o'i boced, ei hagor, tynnu ffon gwlân cotwm allan ohoni a brwsio ochr y mẁg i gael sampl o DNA Simon.

5.

Syllodd Gwen Edwards allan o ffenest siop elusen y Dolffin Trwynbwl a safai ar waelod un o strydoedd culion y Cei. Gwelodd adlewyrchiad ohoni'i hun yn y ffenest. Sylwodd nad oedd y beret du a wisgai ar ei phen yn hollol syth. Symudodd y beret i'r man priodol ac ochneidio.

Roedd hi'n ganol mis Awst. Serch hynny, nid golygfa ddelfrydol o ymwelwyr yn tyrru am y traeth yn eu siorts a'u fflip-fflops a welai Gwen, ond yn hytrach traeth gwag ac ambell deulu'n rhedeg i gysgodi rhag y glaw trwm a fu'n disgyn ers dyddiau erbyn hyn. Roedd tywydd gwael haf 2012 yn golygu ei bod hi'n dymor trychinebus i fusnesau'r ardal, gan gynnwys siop elusen y Dolffin Trwynbwl.

Roedd y siop wedi'i rhannu'n dair. Yn y rhan oedd wedi'i neilltuo ar gyfer henebion a thrugareddau roedd Gwen Edwards ei hun, oedd i bob pwrpas yn rheoli'r siop dan oruchwyliaeth Simon Smith. Er iddi ddioddef bywyd caled yn ystod yr ugain mlynedd cynt roedd Gwen yn fenyw fach fwyn a serchog. Collodd ei gŵr, Morris, a'i hunig ferch, Rita, o fewn blwyddyn i'w gilydd, a dechreuodd fagu ei hŵyr a'i hwyres ar ei phen ei hun pan oedd hi dros ei thrigain oed.

Gyferbyn â rhan Gwen o'r siop roedd y gornel a neilltuwyd ar gyfer llyfrau, CDau, DVDau, tapiau a recordiau feinyl. Yno roedd Mrs Ina Lloyd-Williams, menyw ddiwylliedig a fu'n athrawes biano ac yn briod â chyfreithiwr yn y Cei nes i hwnnw farw saith mlynedd ynghynt. Eisteddai Ina'n llonydd yn ei chadair ag un llaw ar ben y llall, gan ddangos ei hewinedd hir, perffaith.

Roedd trydedd adran y siop, yr adran ddillad a gemwaith, dan ofal Miss Jane Davies, cyn-athrawes yn ysgol gynradd y Cei, oedd wedi ymddeol ers dros ugain mlynedd bellach. Hi oedd yr hynaf o'r tair ac erbyn hyn yn gorfod teithio i'r siop yn ei sgwter *mobility*. Hen ferch oedd Miss Davies, yn dal i fyw yn y bwthyn lle cafodd ei geni 85 mlynedd ynghynt. Roedd bod yn gyfrifol am yr adran hon o'r siop yn ei siwtio i'r dim am fod ganddi chwaer a fu'n gweithio yn y byd ffasiwn yn Llundain yn ystod y 60au a'r 70au.

– Bydd yn rhaid imi straffaglu i fyny'r rhiw 'na drwy'r glaw heddi 'to, meddai Gwen gan edrych ar y glaw'n pistyllu i lawr ffenest y siop.

– Rwy wedi dweud wrthot ti. Ddylet ti gael *Shopmobility* fel un Jane. Rwyt ti dros dy bedwar ugain nawr, meddai Ina, a oedd mewn gwirionedd yr un oedran â'i ffrind.

– Mae Ina'n iawn. Mae 'da chi bron i filltir i gerdded i fyny'r rhiw 'na at dop y pentref, ychwanegodd Jane.

– Nid y daith yw'r broblem ond y glaw ... dechreuodd Gwen esbonio cyn i Ina dorri ar ei thraws.

– Yr hen gri'cmalau'n cydio, ife? – gofynnodd Ina gan edrych dros ei sbectol i weld ymateb Gwen.

– Na. Dim o gwbl. Ei gweld hi'n llithrig dan draed pan 'wy'n rhedeg lan 'na yn fy sgidiau sodlau uchel, atebodd Gwen fel chwip gan weld Simon Smith yn parcio'i gar gyferbyn â'r siop.

– Mae e wedi cyrraedd. Mi fydda i'n cael llond ceg ganddo heddi. Dy'n ni ddim wedi gwerthu bron dim ers pythefnos, ychwanegodd. Tynnodd y beret i lawr dros ei thalcen fel y gwnâi bob tro y byddai'n poeni am rywbeth.

– Beth os bydd y siop yn cau? Beth wnawn ni wedyn? Rwy wedi arfer dod 'ma bob dydd. Alla i byth fynd yn ôl i wylio *Prynhawn Da*, meddai Jane.

Agorodd y drws a cherddodd Simon Smith i mewn cyn cau ei ymbarél a'i hysgwyd am eiliadau hir. Brasgamodd tuag at y gegin fach yng nghefn y siop lle'r oedd cyfleusterau gwneud te a choffi ar gyfer y tair wirfoddolwraig.

– Dewch i fy swyddfa, Mrs Edwards, os gwelwch yn dda, gorchmynnodd, gan gerdded heibio'r tair heb edrych arnynt. Dilynodd Gwen ef i'r swyddfa. Gwenodd Simon yn nawddoglyd ar Ina a Jane cyn cau'r drws ar ei ôl gyda chlep.

Ymhen chwinciad roedd y ddwy'n sefyll ger y drws fel y gwnaent bob tro y byddai Gwen a Simon yn cael cyfarfod.

– Perfformiad gwael iawn yn ystod y chwarter diwethaf, Mrs Edwards, meddai Simon gan eistedd ar fwrdd gwaith y gegin, yn cicio'i goesau yn ôl ac ymlaen yn ddi-baid wrth siarad.
– Mae'n rhaid i bethau newid, ac rwy'n ofni y bydd yn rhaid inni ddechrau wrth ein traed, ychwanegodd gan anwesu ei farf goch.

– Ond ... mae'r tair ohonon ni 'di bod yn gweithio yn y siop am ddegawd. Does bosib eich bod chi'n ystyried ein diswyddo ni? Ry'n ni'n wirfoddolwyr. Y siop sy'n ein cadw ni i fynd, protestiodd Gwen.

Edrychodd Simon ar Gwen am eiliad gan siglo'i ben o'r naill ochr i'r llall.

– Nid amdanaf fy hun rwy'n meddwl, ond am y dolffiniaid druan. Meddyliwch am y dolffiniaid, Mrs Edwards.

Edrychodd y ddwy oedd yn gwrando ar yr ochr arall i'r drws yn syn ar ei gilydd.

– Y dolffiniaid, myn diain i ..., meddai Ina'n dawel. Camodd at y drws cyn i Jane ei hatal trwy afael yn ei braich.

– Gad iddo orffen, inni gael gwybod beth yw ei gynllun, cynghorodd honno.

Sylwodd Ina fod Jane wedi gwelwi yn ei phryder am y dyfodol.

– Beth y'ch chi'n awgrymu? gofynnodd Gwen yn dawel.

– Bydd yn rhaid i'r tair ohonoch chi roi'r gorau iddi os na fyddwch chi'n llwyddo i gynyddu incwm y siop erbyn y Nadolig ... a gyda llaw ... fydd y siop ond ar agor yn ystod y prynhawniau o fis Hydref ymlaen, meddai Simon.

– Ond fe fydd yr oriau agor hynny'n ei gwneud hi'n amhosib inni lwyddo, erfyniodd Gwen.

– Gwrandewch, Mrs Edwards. Ry'n ni yng nghanol dirwasgiad ac mae pobl o bob oed yn ddi-waith, yn enwedig pobl ifanc. Mae'n rhaid inni roi cyfle i'r to ifanc ... rhoi cyfle i'r rheiny sydd angen cael eu traed tanynt ... pobl sydd wedi methu yn y gorffennol ... . pobl fel ... eich ŵyr chi, Del, meddai Simon yn awgrymog.

– Y diawl bach dan din ... yn ceisio rhoi pinsiad o siwgwr ar y bilsen, meddai Ina'n ffyrnig gan edrych ar wyneb Jane, oedd hyd yn oed yn fwy gwelw erbyn hyn.

– Alla i ddim addo, wrth gwrs, ond mi wna i 'ngorau glas i roi cyfle i Del i wella'i CV trwy wirfoddoli yn y siop pan ... os ... bydd yn rhaid i chi'ch tair roi'r gorau iddi, meddai Simon gan wincio ar Gwen. – Reit, Mrs Edwards, tan y tro nesa 'te, gorffennodd Simon gan neidio i lawr oddi ar y bwrdd, codi ei ymbarél, agor y drws a chamu drwy'r siop heb edrych ar Ina a Jane, oedd wedi symud i ffwrdd o'r drws eiliadau ynghynt.

– 'Na beth sydd ei angen yw tamed bach o'r hen *sex appeal*. Dynion a menywod ifanc deniadol i ddenu'r cwsmeriaid ... peidio â phenodi neb dros ddeugain oed oni bai eu bod nhw'n MILFs, myfyriodd Simon wrth yrru'n ôl i'w gartref yn Aberteifi, lle'r oedd wedi trefnu i gyfarfod â'i MILF ei hun yn ei chartref y prynhawn hwnnw.

Roedd Simon yn gobeithio y byddai Gwen yn derbyn ei air ynghylch rhoi swydd wirfoddol i'w hŵyr er nad oedd yn fwriad ganddo wneud hynny. Teimlai'n ffyddiog yn gwneud yr addewid oherwydd gwyddai na fyddai ymddiriedolwyr yr elusen yn fodlon defnyddio rhywun oedd wedi'i ddedfrydu am ladrata.

– Wel. Dyna ni. Mae hi ar ben arnon ni, meddai Ina'n dawel pan ddaeth Gwen allan o'r gegin.

– O diar, oedd unig ebychiad Jane Davies cyn iddi daro rhech fach a chwympo i'r llawr yn anymwybodol.

6.

Bu Del Edwards yn syllu ar y frechdan tiwna am dros bum munud cyn i'r swyddog prawf, Bob Jones, godi o'i gadair a chamu'n llechwraidd tuag ato. Cymerodd y frechdan yn araf o'i law fel petai'n ddryll a bod Bob wedi llwyddo i atal Del rhag cyflawni hunanladdiad o drwch blewyn.

– Rwy'n deall yn iawn. Braidd yn rhy gynnar, meddai, gan roi ei fraich ar ysgwydd dde Del a rhoi'r frechdan yn ôl yn y bag. – Paid â phoeni, mae gen i newyddion da, ychwanegodd, gan ddychwelyd i'w sedd. – Mae Prifysgol Aberystwyth wedi ymateb i fy nghais, ac maen nhw'n fodlon iti orffen dy radd yno. Yn anffodus, bydd yn rhaid iti aros tan fis Medi'r flwyddyn nesa ... ac mi fydd angen iti gael digon o arian i dalu'r ffioedd, sy'n £3,000 y flwyddyn, heb sôn am dalu am lety, eglurodd.

– Alla i deithio o'r Cei bob dydd ... talu am y ffioedd yw'r broblem. Does dim llawer o arian gan Mam-gu ... a sai'n debygol o gael swydd yn y cyfamser chwaith, meddal Del yn benisel.

– Mae gen ti flwyddyn tan hynny, ac mi wna i bopeth i dy helpu i gael swydd. Ta beth, mae 'na lawer o lefydd gwaeth na'r Cei i fyw ar y clwt. Treuliodd fy mam, heddwch i'w llwch, nifer o hafau hapus yno gyda'i mam-gu a'i thad-cu pan oedd hi'n ferch ifanc, ac rwy'n ei chofio hi'n dweud mai'r Cei oedd ei hoff le yn y byd, meddai Bob.

Gyda hynny canodd ffôn symudol Del. Gwelodd mai ei fam-gu oedd yn ei ffonio. Gwrandawodd yn astud am ychydig cyn ymateb.

– Iawn, wela i di draw yn yr ysbyty.

7.

Roedd cartref Ina Lloyd-Williams yn un o res o dai teras sylweddol a safai uwchben harbwr y Cei. Eisteddai Ina'n gefnsyth gyferbyn â'i merch-yng-nghyfraith, Meleri, ym mharlwr y tŷ y noson wedi i Jane Davies gael ei tharo'n wael yn y siop.

Meddyliodd Ina fod Meleri'n edrych yn fwy destlus o lawer na'r tro diwethaf iddi ei gweld y Nadolig cynt, a synhwyrai mai rhyw ddyn neu'i gilydd oedd yn gyfrifol am y trawsnewidiad. Credai fod Meleri wedi ymweld â hi i ddweud ei bod wedi cyfarfod â rhywun newydd, ac felly'n symud ymlaen yn dilyn marwolaeth ei gŵr dair blynedd ynghynt. Ond roedd Ina'n anghywir.

Roedd Ina eisoes wedi crybwyll bod ei ffrind, Jane Davies, wedi'i tharo'n wael yn y siop ond doedd gan Meleri fawr o ddiddordeb. Penderfynodd Ina ddechrau sgwrs newydd.

– Ydy Mared yn iawn? gofynnodd gyda thinc o gerydd yn ei llais am nad oedd ei hwyres wedi ymweld â hi'r noson honno.

– Ydy. Wedi mynd i'r sinema gyda ffrindiau. Wrth gwrs, mae'n poeni am ei chanlyniadau TGAU ymhen pythefnos, a 'wy'n synnu dim, atebodd Meleri.

– O. Ro'n i wastad yn meddwl y byddai Mared yn pasio'n uchel.

– Yn anffodus, mae safonau addysg yr ysgol wedi dirywio'n arw yn ystod y pum mlynedd diwethaf, meddai Meleri gan godi'i haeliau.

– Wel, ry'ch chi'n dysgu 'na ... ac ry'ch chi wedi bod yn bennaeth yr adran gerdd am faint ... wyth mlynedd? ... Fe ddylech chi wybod, meddai Ina gan edrych dros ei sbectol i weld ymateb ei merch-yng-nghyfraith.

Gwenodd Meleri'n wan gan benderfynu osgoi'r abwyd.

Bu Meleri yn athrawes yn Ysgol Uwchradd Aberteifi ers deunaw mlynedd. Roedd Edward, mab Ina, yn athro hanes yn yr ysgol pan ymunodd Meleri â'r staff. Blagurodd perthynas rhwng y ddau ac roeddent yn briod ymhen dwy flynedd. Cafodd Mared ei geni bum mis yn ddiweddarach.

Ni fu fawr o Gymraeg erioed rhwng Ina a Meleri ac roedd hi'n anorfod felly y byddai'r berthynas rhwng y ddwy'n ffrwydro wedi i Edward farw. Ar y pryd roedd y galar o golli ei hunig fab yn drech nag Ina a methodd â chadw'i cheg ar gau yn ystod y cynhebrwng.

– Beth yn y byd ddaeth dros ei ben i brynu'r motorbeic anferth 'na ... ac yntau'n 44 oed? gofynnodd i Meleri wrth i'r ddwy eistedd yn anghyfforddus o agos at ei gilydd yn festri'r capel. – Pam wnaethoch chi mo'i atal rhag prynu'r peth?

– Am na wnaethoch chi adael iddo brynu motorbeic pan oedd e'n y coleg. Pe baech chi wedi gadael iddo wneud hynny yn hytrach na'i faldodi, fydde fe ddim wedi cael argyfwng canol oed ac mi fydde fe 'ma nawr, sibrydodd Meleri'n ffyrnig.

Trodd Ina'n araf at Meleri.

– Chi'n iawn. Se'n well petai e wedi cael affêr fel dynion canol oed eraill, brathodd, gan godi a cherdded draw at y gweinidog, Noel Evans, i ddiolch iddo am y gwasanaeth.

Ni thorrodd y ddwy 'run gair am fisoedd wedi hynny, nes i Ina ddilyn cyngor ei ffrindiau, Gwen a Jane. Syrthiodd ar ei bai, gan ysgrifennu at Meleri'n ymddiheuro am ei hymddygiad ac yn gofyn iddi hi a Mared i ymweld â hi rywbryd.

Croesodd Meleri a Mared stepen drws Ina rai dyddiau cyn y Nadolig y flwyddyn honno, a meddalodd calon Ina wrth i Mared arddangos ei thalentau cerddorol i'w mam-gu drwy chwarae *Clair de Lune* ar y piano, darn y bu Ina'n ei ddefnyddio i roi gwersi i blant yr ardal yn y parlwr dros y blynyddoedd.

Oedd, roedd gan y ferch *touch* gwych a thipyn o *brio* hefyd, a dywedodd Ina wrth Meleri fod yn rhaid i Mared ddal ati i ganu'r piano.

Atebodd Meleri nad oedd ganddyn nhw biano a bod gwersi piano'n ddrud. Wrth gwrs, byddai'n hyfryd petai Ina'n gallu rhoi gwersi iddi, ond roedd hi'n ormod gofyn i Meleri a Mared deithio dros ugain milltir o Aberteifi i'r Cei bob wythnos. Byddai'n well petai Mared yn parhau i dderbyn gwersi yn Aberteifi.

Efallai am ei bod hi'n Ŵyl y Nadolig, neu am ei bod yn edifar am ei hymddygiad yn angladd ei mab, ond cynigiodd Ina roi'r piano i Mared yn anrheg Nadolig, gan olygu y gallai Meleri arbed arian drwy roi gwersi i Mared ei hun.

Trosglwyddwyd y piano i gartref Meleri wythnos yn ddiweddarach, gan adael gofod yn y parlwr blaen a dim ond atgofion i'w lenwi. Fodd bynnag, ni chlywodd Ina lawer mwy am ddawn gerddorol Mared yn ystod ymweliadau prin y ddwy.

– Rwy'n siŵr y gwnaiff hi'n weddol yn ei harholiad cerdd, meddai Ina'n dawel gan edrych draw i'r fan lle arferai'r piano sefyll.

– Wrth gwrs. Ond mae hi am wneud Cem, Ffis a Biol ar gyfer ei Lefel A. Yn anffodus, mae'r adran wyddoniaeth yn cael canlyniadau gwael ar y naw, meddai Meleri gan ddod at y rheswm dros ei hymweliad y noson honno.

– O diar. Beth am wersi preifat? Falle alla i helpu gyda'r gost, cynigiodd Ina, cyn i Meleri fachu ar ei chyfle.

– Dy'ch chi ddim yn bell ohoni. Rwy wedi penderfynu y bydd Mared yn mynd i Ysgol Fonedd Aberhonddu i astudio ar gyfer ei harholiadau Safon Uwch, meddai.

– Jiw jiw. Bydd hynny'n costio ffortiwn, rhyfeddodd Ina, gan wybod nad oedd gan Meleri ddigon o arian i dalu am addysg breifat i'w merch, yn bennaf am nad oedd Edward wedi talu am unrhyw yswiriant bywyd. Does bosib ei bod hi'n meddwl y galla i dalu am addysg breifat Mared, meddyliodd.

Er bod Ina'n berchen tŷ gwerth tua £300,000 a bod ei gŵr yn dwrnai llwyddiannus yn ei ddydd, roedd ei chynilion wedi gostwng i tua £80,000 am fod buddsoddiadau Gwynfryn wedi gwneud colledion echrydus yn ystod argyfwng y banciau dros y ddwy flynedd flaenorol.

Gwyddai Meleri y byddai Mared yn cael tŷ ac eiddo Ina wedi iddi huno felly byddai'n rhaid iddi ddweud wrth Meleri yn blwmp ac yn blaen na fedrai ysgwyddo'r baich, meddyliodd Ina.

– Faint yw'r ffioedd?

– £8,000, atebodd Meleri'n gyflym.

– Mawredd mawr ... £8,000 y flwyddyn, meddai Ina.

– Na ... y tymor, atebodd Meleri.

– Wel ... byddai hynny'n costio dros ...

– ... £24,000 y flwyddyn, meddai Meleri'n gyflym eto. – £48,000 dros y ddwy flynedd, ychwanegodd yn gyflymach fyth, cyn estyn i dynnu rhywbeth allan o'i bag llaw.

– Rwy'n awyddus i helpu, wrth gwrs, ond sut y'ch chi'n meddwl talu am hyn? Sai'n credu'ch bod chi'n deall nad ydw i'n graig o arian, eglurodd Ina cyn i Meleri roi'r ffurflen roedd wedi'i thynnu o'i bag i'w mam-yng-nghyfraith.

Edrychodd Meleri'n hir ar yr hen wraig. Roedd hi wedi aros am yr eiliad hon i ddial arni ers tair blynedd.

– Mae'n flin gen i ... ond 'wy ddim yn gofyn ichi am arian. Mi alla i fforddio talu am y cwbl ... diolch i chi, meddai, gan eistedd yn ôl yn ei chadair.

Roedd dwylo Ina'n crynu wrth iddi ymestyn am ei sbectol ddarllen.

– Mae'n amlwg nad y'ch chi'n cofio arwyddo'r ffurflen hon saith mlynedd yn ôl, meddai Meleri.

– Beth? meddai Ina gan wisgo'i sbectol a gweld ei llofnod ar waelod y ddogfen.

– Y ddogfen wnaethoch chi ei harwyddo yn rhoi'r tŷ yn nwylo Eddie i osgoi gorfod gwerthu'r tŷ ... petaech chi'n mynd yn fethedig ac yn gorfod symud i gartref hen bobl, meddai Meleri'n fuddugoliaethus.

– Wel ... ie ... rwy'n gweld fy llofnod i, un Edward, ac un ein cyfreithiwr, Ricky Banks. Rwy'n cofio arwyddo sawl dogfen ar ôl i Gwynfryn farw. Mi wnes i beth oedd Gwynfryn wedi awgrymu yn ei ewyllys. Dilyn ei ddymuniad e oeddwn i, meddai Ina'n ffwndrus.

– Roedd e'n llygad ei le yn gwneud hynny ar y pryd, esboniodd Meleri. – Mae'r gyfraith yn mynnu bod yn rhaid i unrhyw un sy'n breswylydd mewn cartref hen bobl dalu am y gwasanaeth os oes ganddyn nhw arian neu eiddo, gan gynnwys unrhyw dir neu dŷ wrth gefn. Gwyddai Gwynfryn fod y gost o edrych ar ôl rhywun mewn cartref hen bobl dros £600 yr wythnos. Gwyddai hefyd y byddai'r wladwriaeth yn bachu'r tŷ i dalu am eich gofal chi petai'n rhaid ichi fynd i gartref. Ond all y wladwriaeth ddim hawlio'r tŷ os oes saith mlynedd wedi pasio ar ôl i'r eiddo gael ei drosglwyddo. Penderfynodd Gwynfryn felly drosglwyddo'r tŷ i Edward ... ac fe adawodd Eddie ei holl eiddo i fi a Mared yn ei ewyllys ... ac yn benodol ... y tŷ i Mared. Ond mae gen i bŵer twrnai nes y bydd hi'n ddeunaw oed. Felly, hi ... a fi ... fydd yn berchen y tŷ wedi i'r saith mlynedd fynd heibio. Edrychwch ar y dyddiad ar y ffurflen, Ina, meddai Meleri.

Gwelodd Ina fod y ddogfen wedi'i harwyddo ar Awst yr wythfed 2005, saith mlynedd yn ôl i'r diwrnod. Gollyngodd y papur i'w chôl gan edrych yn syn ar Meleri.

– Ry'ch chi'n edrych yn welw iawn, Ina. Hoffech chi wydraid o ddŵr? gofynnodd Meleri'n ffug dyner.

– Jyst dywedwch beth sydd ar eich meddwl.

– Mae ffioedd Mared yn £8,000 y tymor felly does dim dewis gen i ond gwerthu'r tŷ hwn, Ina.

– Gwerthu'r tŷ? Byth, ysgyrnygodd Ina.

– Yn anffodus, nid eich penderfyniad chi yw hynny. Falle ddylech chi gysylltu â'ch cyfreithiwr. Ond mi fydd e'n cadarnhau beth rwy wedi'i ddweud wrthoch chi. Mi fyddwch chi'n cael llythyr gan fy nghyfreithiwr i maes o law.

– Ond ble fydda i'n byw? gofynnodd Ina, a dagrau'n cronni yn ei llygaid.

– Cartref hen bobl, wrth gwrs. Fydd dim rhaid ichi dalu ceiniog ... neu ... wrth gwrs ... fe allech chi barhau i fyw yma a thalu rhent i mi. Byddai £500 yr wythnos yn talu am ffioedd blynyddol Mared yn yr ysgol. O leiaf bydd yr arian yn mynd i aelodau o'ch teulu yn hytrach na'r wladwriaeth ... mae'n rhaid edrych ar ôl y to ifanc, Ina.

– Ond ...

– O, ai dyna'r amser? Mae'n rhaid imi fynd. Rhowch wybod beth yw eich penderfyniad erbyn diwrnod canlyniadau TGAU Mared. Mi fyddai'n braf petaech chi'n ei ffonio hi i weld sut hwyl gafodd hi. Na, peidiwch â chodi ... rwy'n gwybod fy ffordd allan, ychwanegodd Meleri'n ysgafn.

Awr yn ddiweddarach roedd Ina wedi dechrau dygymod â'r sioc o ganfod nad oedd yn berchen ar ei chartref bellach ac wedi dechrau pendroni ynghylch cymhellion Meleri.

Beth oedd y tu ôl i'r cynllun, tybed? Roedd Ina'n dal i fod yn argyhoeddedig fod gan Meleri ddyn yn ei bywyd, a byddai'n gyfleus iawn petai Mared yn treulio wythnosau yn Aberhonddu, iddi hi gael rhyddid i jolihoitian.

Yna, cofiodd ei bod wedi clywed rhywun arall yn dweud yr un geiriau, 'Mae'n rhaid edrych ar ôl y to ifanc', yn ddiweddar ond ni allai gofio pwy.

Roedd Ina'n ystyried ffonio Ricky Banks pan ganodd y gloch. Agorodd y drws a gweld Gwen a Del yn sefyll yno.

– Newyddion gwael, Ina fach ... strôc ... mae Jane wedi mynd, meddai Gwen.

– Druan â hi ... a fydda i ddim yn bell ar ei hôl hi chwaith, meddai Ina gan dywys y ddau i mewn i dŷ Meleri Lloyd-Williams.

8.

Bu Milton Smith yn eistedd wrth ei ddesg am ddeng munud ar ôl derbyn yr e-bost gan y cwmni DNA yn cadarnhau ei amheuon nad oedd Simon yn fab iddo.

Roedd Simon wastad wedi edrych yn hynod o debyg i Ted, hanner brawd Milton. Roedd y tebygrwydd wedi codi braw ar Milton yn ystod y chwe mis blaenorol, ers i Simon dyfu barf goch drwchus a wnâi iddo edrych fel môr-leidr.

Bu i Simon ymuno â grŵp drama amatur yn Aberteifi ryw naw mis ynghynt, a chafodd ran Brenin y Môr-ladron mewn cynhyrchiad lleol o *Pirates of Penzance*. Ar gyfer y rhan, ac am y tro cyntaf yn ei fywyd, penderfynodd dyfu barf. Achosodd hyn gryn benbleth i'w dad, oherwydd du oedd lliw barf tad Milton, a du oedd lliw y farf oedd ganddo ef pan oedd yn gaeth mewn gwersyll carcharorion rhwng 1951 a 1953 yn ystod Rhyfel Corea. Ond roedd gan ei hanner brawd hŷn, Ted, farf goch, yn ôl pob sôn, fel lliw gwallt ei fam a fu farw ddwy flynedd ar ôl priodi.

Roedd hyn wedi corddi ac anesmwytho Milton gan wneud iddo feddwl yn ôl i'r 1970au. Dechreuodd amau mai ei hanner brawd oedd tad Simon, a bod ei wraig a Ted wedi bod yn ei dwyllo.

Boddodd Ted ar ôl syrthio oddi ar ei gwch pysgota ym Mae Ceredigion yn ystod storm yn niwedd Tachwedd 1974 a chafodd Simon ei eni ym mis Mawrth 1975. Felly, roedd hi'n bosib bod Simon yn fab i Ted, ond ni allai Milton drafod y mater â'i wraig gan iddi farw o lid yr ymennydd dair blynedd ar ôl genedigaeth Simon.

Darllenodd ganlyniadau'r prawf unwaith eto, gan sylweddoli fod personoliaeth Simon hefyd yn debycach i un Ted.

Ochneidiodd, gan feddwl am ei ymweliad â'r arbenigwr canser yn Ysbyty Bronglais yn Aberystwyth ar ddechrau'r wythnos, yn dilyn profion yn Abertawe rai wythnosau ynghynt.

Esboniodd yr arbenigwr ei fod yn dioddef o ganser a bod hwnnw wedi lledu cymaint fel nad oedd modd ei drin. O ganlyniad, dim ond rhyw chwe mis oedd gan Milton ar ôl i fyw.

Derbyniodd y newyddion gydag urddas, gan fynd ati i drefnu'r cyffuriau roedd eu hangen arno i allu parhau i redeg cwmni Gwalco er mwyn rhoi trefn ar bethau cyn iddo farw.

– Mae'n flin gen i ... does dim allwn ni ei wneud, meddai'r arbenigwr.

– Fe allen i fod wedi marw yn rhyfel Corea yn 1951 ... rwy wedi cael trigain mlynedd yn fwy nag y dylen i, atebodd Milton gan wenu.

Roedd yn sicr nad oedd am i Simon etifeddu'r cwmni. Byddai Gwalco'n siŵr o fynd i'r gwellt gyda mab Ted wrth y llyw, ond doedd ganddo 'run etifedd arall. Byddai'n rhaid iddo feddwl yn ofalus am ddyfodol yr ymerodraeth roedd wedi brwydro mor galed i'w chreu.

9.

Roedd capel Tabernacl y Cei dan ei sang wrth i'r galarwyr aros i'r arch oedd yn cario corff Jane Davies gael ei chludo o'r hers i flaen y capel.

Edrychodd y gweinidog, Noel Evans, ar y gynulleidfa o'i flaen, gan amcangyfrif bod bron i gant o bobl wedi gwasgu mewn i'r capel i dalu teyrnged i'r gyn-athrawes ysgol gynradd, gan gynnwys nifer o'i chyn-ddisgyblion.

Roedd Noel Evans yn benderfynol o wneud y mwyaf o'r diwrnod arbennig hwn yn ei yrfa, er gwaetha'r tristwch o golli aelod mor ffyddlon o'i braidd. Gwyddai Noel y byddai'r achlysur yn un arloesol yn hanes y capel. Roedd wedi darbwyllo Ricky Banks i adael iddo lywio'r gwasanaeth yn ei ffordd ddihafal ei hun, am nad oedd y cyfreithiwr wedi llwyddo i gael gafael ar yr unig berthynas i Jane oedd yn dal ar dir y byw, sef ei chwaer, Nora.

Gwelodd Noel yr ymgymerwr yn codi'i law o gefn y capel i nodi ei fod yn barod. Pesychodd yn uchel, ac ymhen eiliad neu ddwy daeth y gerddoriaeth organ agoriadol i ben a dechreuodd y gweinidog annerch y galarwyr.

– Cyn inni ddechrau'r gwasanaeth er serchus gof am y ddiweddar Jane Davies hoffwn eich hysbysu y bydd y gwasanaeth yn yr amlosgfa'n cael ei ddarlledu'n fyw ar y we, ac fe fydd y rhai sy'n methu teithio'r 30 milltir i amlosgfa Aberystwyth yn gallu gwylio'r gwasanaeth yn y festri ar deledu sgrin eang, diolch i Evans Electronics ... o Aberaeron. Bydd y gwasanaeth hefyd yn cael ei ddarlledu yn yr un modd ar gyfer ffrindiau eraill y ddiweddar Jane Davies sydd wedi methu dod i'r un o'r ddau wasanaeth, a hynny yng nghartref gofal Afallon yn y Cei. Unwaith eto, diolch i Evans Electronics ... o Aberaeron, ychwanegodd, gan weld perchennog Evans Electronics, John Evans, yn wincio i ddiolch i'w gefnder am yr hysbyseb.

Credai Noel y byddai'r fenter hon yn help i hysbysebu gweithgareddau'r capel, gan gynnig gwasanaeth pwysig i aelodau'r gymuned, heb sôn am y cyfle i wneud casgliadau i godi arian ar gyfer y capel yn y festri, yr amlosgfa a'r cartref hen bobl.

Roedd aelodaeth y capel wedi dirywio'n arw am wahanol resymau yn ystod y saith mlynedd y bu Noel yn weinidog arno. O ganlyniad, roedd cyflog Noel wedi gostwng yn sylweddol hefyd. Penderfynodd felly y byddai'n rhaid iddo fod yn fwy dyfeisgar, gan greu ffrydiau ariannol newydd.

Amneidiodd i nodi y dylai'r cludwyr dywys yr arch i mewn i'r capel, ac ar yr un pryd gwelodd Milton Smith yn eistedd ar ei ben ei hun yng nghefn y capel, yn syllu arno. Dechreuodd y gynulleidfa ganu'r emyn gyntaf, 'O! Fy Iesu bendigedig, unig gwmni f'enaid gwan ...'.

Roedd Milton Smith wedi penderfynu mynd i angladd Jane Davies o ran parch at fenyw roedd wedi'i hadnabod ers i'r ddau fynychu'r un ysgol gynradd yng nghanol y 1930au, ac am ei bod wedi gweithio yn siop y Dolffin Trwynbwl ers blynyddoedd. Ond y rheswm pennaf oedd ei awydd i weld a fyddai chwaer Jane, Nora, yn bresennol.

Roedd Milton yntau'n chwilio am unig gwmni'i enaid gwan. Nid oedd wedi gweld Nora ers iddo orfod gadael y pentref i ymuno â'r fyddin yn 1950. Bu'r ddau'n canlyn am dros flwyddyn cyn iddo adael. Oedd Milton mewn cariad â hi ar y pryd? Yn bendant. Roedd hi mor wahanol i bawb arall.

Gwyddai Milton y byddai'n adnabod Nora petai hi yno er nad oedd wedi'i gweld ers dros drigain mlynedd. Cofiai bob eiliad o'r noson honno pan gamodd hi oddi ar y bws ysgol ar ôl iddi orffen ei harholiadau ym Mehefin 1950. Y noson pan gawson nhw ryw am y tro cyntaf ar draeth y pentref, a'r noson olaf i'r ddau dreulio gyda'i gilydd.

Y diwrnod wedi i'r ddau selio'u cariad, derbyniodd Milton yr amlen frown yn ei orchymyn i adael y pentref i wasanaethu ei Fawrhydi yn Rhyfel Corea. Ni wyddai ddim am Gorea'r diwrnod hwnnw, ond ymhen tri mis roedd wedi teithio o Southampton drwy Aden a Hong Kong gyda mil o filwyr eraill y Lluoedd Arfog, i borthladd Pohang yng Nghorea. Ymhen tri mis arall roedd yn rhan o un o frwydrau ffyrnicaf y Rhyfel yn Uijeongbu, a chafodd ei ddal gan fyddin Gogledd Corea. Ar ôl gorymdeithio am wythnos, treuliodd weddill y rhyfel mewn gwersyll carcharorion yn Pyoktong.

Erbyn iddo ddychwelyd o'r rhyfel ddwy flynedd yn ddiweddarach clywodd Milton fod Nora wedi symud i Lundain i ddilyn cwrs celf mewn coleg yno. Er iddo ysgrifennu ati droeon drwy law ei chwaer ni chafodd lythyr yn ôl ganddi. O'r diwrnod hwnnw ymlaen penderfynodd beidio ag edrych yn ôl. Aeth ymlaen i garu eto, gweithio, priodi a chreu busnes llewyrchus.

Ond erbyn hyn teimlai Milton wacter ingol o wybod nad

oedd ganddo unrhyw un y gallai rannu ei deimladau â nhw. Dyna pam y daeth i'r angladd i chwilio am Nora. Roedd am rannu'i deimladau â'r wraig roedd wedi'i charu a chyda'r unig berson, efallai, oedd wedi'i garu ef erioed. Edrychodd o'i amgylch, ond er mawr siom iddo doedd Nora ddim yn y capel.

Daeth yr emyn i ben a gofynnodd Noel Evans i Ina Lloyd-Williams gyflwyno'r deyrnged.

Cododd Milton ei ben a gweld Ina'n codi o'i sedd ger Gwen Edwards a'i theulu cyn cerdded yn araf tuag at y sedd fawr a gosod ei nodiadau ar y ddarllenfa. Sylwodd Milton fod Ina'n dal i gadw'i hewinedd yn hir. Gwenodd, gan gofio am y gyfrinach roedd Ina ac yntau yn ei rhannu.

Wrth i Ina ddechrau sôn am fagwraeth a theulu Jane Davies, allai Milton ddim peidio â meddwl am yr ewinedd hir rheiny'n gwasgu mewn i gnawd ei gefn y noson honno flynyddoedd yn ôl.

Pryd oedd hi? Canol y chwedegau rywbryd. Yn bendant, cyn iddo ddechrau canlyn ei wraig. Felly rhywbryd yn ystod haf 1964 neu 1965, mwy na thebyg. Roedd Milton wedi gweithio'n hwyr yn trwsio injan ei gwch pysgota ac yn cerdded heibio i safle'r bad achub pan glywodd rywun yn crio'n dawel. Aeth o dan ramp y bad achub a gweld Ina yno'n torri'i chalon. Dyfalodd Milton ar unwaith beth oedd yn bod, am fod pawb yn y pentre'n gwybod bod Gwynfryn, gŵr Ina, yn bachu ar bob cyfle i fustachu gyda merched y swyddfa yn ogystal ag ambell gleient. Roedd hi'n amlwg bod Ina wedi dod i wybod am anturiaethau rhywiol Gwynfryn, a chlosiodd Milton ati i'w chysuro.

Roedd Milton yn ddyn dibriod yn ei dridegau cynnar bryd hynny, ac yn manteisio ar bob cyfle carwriaethol a ddôi i'w ran, yn bennaf gyda merched oedd ar eu gwyliau yn y pentref. Nid oedd wedi bwriadu manteisio ar sefyllfa fregus Ina, ond ar ôl iddo'i chysuro am funud neu ddwy a'i dal yn dynn wrth iddi regi'i gŵr, edrychodd Ina i fyw ei lygaid a dechrau ei gusanu'n angerddol. O fewn dim roedd y ddau'n caru'n wyllt ar lawr safle'r bad achub.

Wedi iddyn nhw orffen daeth Ina ati'i hun yn sydyn.

– Diolch Milton. Rwy'n gwybod beth i'w wneud nawr. Dim gair? meddai, gan roi ei dillad amdani.

– Dim gair, cadarnhaodd Milton, ac roedd wedi cadw at ei addewid. Yn fuan wedyn, dechreuodd Ina weithio yn swyddfa'i gŵr, a ganed Edward tua blwyddyn yn ddiweddarach.

Roedd Milton yn dal i gofio'r gyfathrach ag Ina'n glir ddegawdau'n ddiweddarach, a hynny'n bennaf am ei fod wedi gwingo mewn poen oherwydd yr ewinedd hir rheiny am ddyddiau lawer wedi'r noson honno.

Wrth i Ina ddod â'r deyrnged i ben teimlodd Milton y blew yn codi ar gefn ei war. Pryd gafodd Edward ei eni? Blwyddyn ar ôl y noson honno? Mwy? Llai? Naw mis yn ddiweddarach? Oedd hi'n bosib mai ei fab ef oedd Edward? Os felly, gallai ei linach barhau. Roedd gan Edward ferch. Oedd honno'n wyres iddo? Sut allai ddarganfod y gwir? Hyd yn oed petai e'n gofyn i Ina, mae'n bosib mai dweud celwydd fyddai hi.

Pwyllodd. Dim ond un ffordd oedd o ddarganfod y gwir, fel y gwyddai. Prawf DNA. Ond sut allai Milton ddod i ben â hynny?

Erbyn hyn roedd Noel Evans yn cyflwyno'r ail emyn.

– Mi glywaf dyner lais yn galw arnaf fi. I ddod a golchi 'meiau i gyd yn afon Calfari. Arglwydd dyma fi, canodd Noel, heb wybod beth fyddai'n dod i'w ran yn ystod y tri mis nesaf.

10.

Roedd y gwasanaeth yn yr amlosgfa'n tynnu at ei derfyn, ac roedd Noel Evans yn fwy na bodlon. Bu'n achlysur didrafferth a dim ond cyflwyno'r corff i'w losgi oedd ar ôl i'w wneud, cyn i'r arch symud o olwg y gynulleidfa a chludo gweddillion Jane Davies i ebargofiant.

Rhoddodd Noel ei droed ar y sbardun, fel y gwnaeth Jehu ar ei daith i Jezreel, wrth yrru'r 30 milltir o'r Cei i'r amlosgfa er mwyn gwneud yn siŵr y byddai yno i groesawu pawb cyn i'r gwasanaeth ddechrau am ddau o'r gloch.

Toc cyn dau, derbyniodd Noel neges destun gan ei wraig, Delyth, yn dweud bod tua hanner cant o bobl wedi aros i gael lluniaeth ysgafn yn festri capel y Tabernacl cyn gwylio'r gwasanaeth. Cafodd neges destun arall gan un o'r blaenoriaid oedd yn goruchwylio'r darllediad yng nghartref henoed Afallon i ddweud bod pob un o'r 30 preswylydd yn aros yn eiddgar i wylio'r gwasanaeth.

Roedd tîm Noel ar dân.

Cofiodd Noel y cyfarwyddiadau clir a gafodd yn ei ddarlithoedd yng Ngholeg Diwinyddol Aberystwyth ar ddechrau'r 90au ar gyfer angladdau a chroesawu galarwyr i'r gwasanaeth.

– Edrychwch yn drist, ond ddim yn rhy drist ... codwch un ael fel Roger Moore ac edrychwch i fyw llygaid pawb, ac yn fwy na hynny, i ganol y gannwyll, meddai'r darlithydd. – Yn bwysicaf oll, defnyddiwch ddwy law wrth siglo dwylo. Daliwch law dde'r gwrthrych yn dynn am bedair eiliad, cyn gosod eich llaw chwith ar arddwrn y gwrthrych ar ôl dwy eiliad, yna rhyddhau a symud ymlaen i'r gwrthrych nesaf.

Dim ond hanner awr oedd wedi'i glustnodi ar gyfer y gwasanaeth hwn, cyn i bawb orfod gadael i wneud lle i'r gwasanaeth nesaf, felly roedd yn seremoni ddigon syml.

Serch hynny, un o hoff ddywediadau Noel oedd 'methu paratoi, paratoi i fethu' ac roedd y gweinidog trylwyr wedi treulio'r rhan fwyaf o'r noson cynt yng nghwmni rheolwr yr amlosgfa, Geoff Parkes, a'i nai, Dyfan, oedd yn gyfrifol am ochr dechnegol y busnes.

Roedd sawl amlosgfa wedi dechrau defnyddio camera i ddarlledu gwasanaethau'n fyw ar y we, ond roedd Geoff Parkes wedi penderfynu mynd un cam ymhellach gan osod pedwar camera: un yn y cefn, un yn y blaen ac un ar y naill ochr a'r llall o'r ystafell. Roedd y pedwar camera'n rhoi cyfle i nai Geoff, Dyfan Parkes, newid y *shots*, fel cyfarwyddwr teledu, o'i safle ar ochr dde'r ystafell. Eisteddai ei ewythr wrth ei ochr yn ystod pob gwasanaeth. Ef oedd yn gyfrifol am chwarae'r emynau ar organ fach, yn ogystal ag unrhyw gerddoriaeth oedd angen ei chwarae ar system sain yr amlosgfa.

– Ry'n ni'n cynnig gwasanaeth tamed bach yn fwy sbesial na'r amlosgfeydd eraill am fod Dyfan yn gallu torri rhwng y pedwar camera i adlewyrchu grym emosiynol y seremoni ac ... os ca' i ddweud, Mr Evans, i ddangos doniau'r gweinidog hyd yr eithaf, meddai Geoff, oedd yn hen gyfarwydd â seboni gweinidogion er mwyn cael mwy o arian allan ohonyn nhw.

– ... ac mae gan bob un o'r camerâu gyfleuster *zoom*, sy'n golygu bod pobl sy'n gwylio'r gwasanaeth yn gallu gweld yr angerdd ar wyneb y gweinidog, ategodd Dyfan, oedd wedi dilyn cwrs astudio'r cyfryngau yng Ngholeg Ceredigion cyn dechrau gweithio i'w ewythr flwyddyn ynghynt.

– Mae'n effeithiol iawn, Mr Evans ... mae Dyfan yn *whizz* gyda'r dechnoleg 'ma. Arloesol yw'r gair, broliodd Geoff cyn i'r tri ddechrau trefnu'r *shots* fyddai'n dangos Noel Evans ar ei orau y diwrnod canlynol.

Penderfynodd Geoff y byddai'n syniad da i Noel gerdded tuag at un o'r camerâu oedd ar ochr yr ystafell wrth gyflwyno'r corff i'w losgi, gan ddod at fan delfrydol lle byddai'i wyneb yn llenwi'r sgrin wrth iddo adrodd y llinell olaf. Yn anffodus, cafodd Noel ychydig o drafferth gyda hyn, a bu'n rhaid i Geoff osod darn o dâp du ar y man delfrydol hwnnw.

– 'Na ni. I'r dim. Yr wyneb llawn. Fel Crist ar y groes ... Perffaith. *Very Robert Powell*, meddai Geoff Parkes ar ôl deng munud hir o ymarfer.

Wedi dros ddwy awr o drefnu, ffarweliodd Noel Evans â Geoff a Dyfan Parkes, ond wrth iddo gerdded at ei gar, cofiodd ei fod wedi anghofio rhoi'r rhestr o gerddoriaeth ar gyfer y seremoni i Geoff Parkes.

Roedd y cyfreithiwr, Ricky Banks, wedi'i ffonio dridiau

ynghynt i ddweud pa emynau roedd Jane Davies wedi gofyn amdanynt yn y capel a'r amlosgfa, a'r darn cerddoriaeth oedd i'w chwarae wrth i'r llenni gau o amgylch yr arch.

– Mae hi wedi gofyn am *La Donna è mobile* ar ddiwedd y seremoni, meddai Ricky.

– Beth yw hwnnw? gofynnodd Noel.

– Verdi! *Rigoletto*! meddai Ricky.

– Wrth gwrs. Wrth gwrs, atebodd Noel, gan geisio celu'i anwybodaeth ar yr un pryd â cheisio dyfalu ai Verdi oedd wedi ysgrifennu *Rigoletto*, neu *Rigoletto* oedd wedi ysgrifennu Verdi. Ysgrifennodd y geiriau *ladonna mobilay* dan enwau'r emynau ar ddarn o bapur a'i roi ym mhoced ei gôt.

– Diolch byth bod y darn papur yn dal yn fy mhoced, meddyliodd dridiau'n ddiweddarach wrth ddychwelyd i roi'r rhestr i Geoff a rhoi un cyfarwyddyd arall iddo cyn gadael.

– Pan fydda i'n dechrau cyflwyno'r corff i'w losgi, falle y bydde'n syniad ichi ddechrau'r gerddoriaeth yn isel ac yna codi'r lefel pan rwy'n dweud 'amser i chwerthin' ... ac fe alli di, Dyfan, dorri oddi arna i at yr arch yn symud o'r golwg. Dim ond syniad bach, meddai Noel.

– *Nice touch*, meddai Geoff.

– Yn hollol. I'r dim, Mistar Evans, cytunodd Dyfan.

– Amser i chwerthin ... dim problem, cadarnhaodd Geoff, gan nodi'r cyfarwyddyd ar y darn papur.

– A thorri at yr arch ar gyfer y *money shot*. Neis, atseiniodd Dyfan gan amneidio â'i ben.

– Ie. Y *money shot*, atseiniodd Noel, wrth adael yr amlosgfa.

– Dyfan ... dere 'ma am eiliad, galwodd ei ewythr ar y dyn ifanc wrth edrych ar y rhestr o gerddoriaeth a gafodd gan Noel Evans.

– Beth yw'r llythyren 'na? L neu m? gofynnodd, gan roi'r bapur i Dyfan.

– M, atebodd Dyfan yn bendant.

– Ti'n siŵr?

– Yn sicr.

– A beth yw hwnna? B neu l?

– Yymmm ... l, atebodd Dyfan gan roi'r papur yn ôl i'w ewythr, a edrychodd ar y rhestr unwaith eto.

– Wrth gwrs ... rwy'n deall beth sy 'da fe nawr, meddai Geoff cyn cerdded i'w swyddfa i lawrlwytho'r gerddoriaeth briodol.

* * *

Daeth emyn olaf y gwasanaeth i ben a chymerodd y Parchedig Noel Evans anadl ddofn cyn dechrau ar ei berfformiad.

– Y mae tymor i bob peth, ac amser i bob gorchwyl dan y nef, amser i eni, ac amser i farw ..., dechreuodd, gan gamu'n araf i gyfeiriad y camera i'w chwith, a chadw un llygad ar y tâp du oedd ar y llawr o'i flaen.

– ... amser i blannu, ac amser i ddiwreiddio'r hyn a blannwyd, amser i ladd, ac amser i iacháu, amser i wylo ac amser i chwerthin ..., meddai, gan gyrraedd ei farc ac aros am eiliad.

Gwasgodd Geoff Parkes fotwm a dechreuodd y gerddoriaeth, wrth i Noel ddal ati.

– ... amser i alaru ... ac ... ac ... ac ... amser i ddawnsio ..., meddai Noel, gan ddechrau baglu dros ei eiriau wrth iddo glywed darn anghyfarwydd o gerddoriaeth yn llenwi'r ystafell.

– *Holiday! Celebrate! Holiday! Celebrate!*

Cerddodd Noel at ochr dde'r ystafell lle eisteddai Geoff a Dyfan.

– Beth yn y byd yw hwnna? Stopia fe, stopia fe nawr, Geoff! sibrydodd Noel.

– *If we took a holiday ... took some time to celebrate ... just one day out of life ... it would be ... it would be so nice*, canodd Madonna wrth i Geoff godi o'i sedd i wynebu Noel.

– Yn gwmws beth sgwennest ti ar y darn papur. *Madonna ... Holiday.*

Daliodd Madonna ati i ganu.

– Everybody spread the word ... we're gonna have a celebration ... all across the world ...

– Iesu bach ... Ladonna Mobilay o'r opera Verdi gan Rigoletto o'n i'n moyn, y ffŵl, meddai Noel, cyn troi a gweld bod yr arch wedi dechrau ar ei thaith.

– La Donna é mobile? Na ... Madonna *Holiday* ofynnest ti amdano ... sut o'n i fod i wybod? Mae caneuon cyfoes yn boblogaidd iawn mewn gwasanaethau erbyn hyn, mynnodd Geoff.

Cyn i Geoff gael cyfle i gamu yn ôl i'w sedd i ddiffodd y gerddoriaeth, clywodd Dyfan yn griddfan.

– Does dim ots am hynny nawr ... Geoff, ma' gennon ni *outage*, meddai hwnnw, gan weld bod y darllediad wedi diflannu o sgrin ei gyfrifiadur.

– Ers pryd? ebychodd Geoff.

– Sai'n gwybod, atebodd Dyfan.

Camodd Geoff yn gyflym yn ôl at Noel, oedd erbyn hyn wedi troi i weld yr arch yn prysur ddiflannu o'r golwg.

– Beth sy'n digwydd? Tro'r gerddoriaeth aflafar 'na bant a stopia'r belt ... 'wy ddim wedi gorffen cyflwyno'r corff i'w losgi eto, hisiodd Noel, wrth i Madonna ddal i ganu.

– Holiday! Celebrate! It's time for the good times, forget about the bad times, oh yeah ...

– Mae gennon ni *outage*, Mr Evans ... dyw'r gwasanaeth ddim yn cael ei ddarlledu ar y we.

– Ers pryd?

– Dy'n ni ni ddim yn gwybod, Mr Evans.

– Iesu annwyl ... gwna rywbeth, Geoffrey, gwaeddodd Noel yng nghlust Geoff, gan anghofio bod y camera'n dal yn dynn ar ei wyneb. Cyn i Geoff Parkes gael cyfle i ymateb roedd Noel wedi neidio tuag at yr arch, gan geisio atal ei thaith.

– Stopia'r belt 'na, ddyn, meddai'n chwyrn, gan geisio gafael yn handlen yr arch a'i thynnu am yn ôl, wrth i aelodau'r gynulleidfa ei wylio'n gegagored.

Erbyn hyn roedd Geoff Parkes wedi rhoi arwydd i Dyfan

stopio'r belt, cyn troi a gweld Noel yn ceisio dal ei afael ar yr arch, cyn llithro, bwrw'i ben ar y belt a syrthio i'r llawr, wrth i'r arch ddiflannu'n araf o'r golwg.

Cododd Noel ar ei draed yn simsan eiliadau'n ddiweddarach gan weiddi ar Dyfan.

– Gwasga'r botwm *reverse* y diawl dwl ..., cyn syrthio'n anymwybodol unwaith eto.

Hanner munud yn ddiweddarach roedd Noel wedi dod ato'i hun ac yn dal ei lygad chwith mewn poen. Camodd Geoff tuag ato. Rhoddodd ei fraich am ysgwydd Noel.

– Does dim angen *reverse* ar declyn fel hwn, Mr Evans.

– Oes gennych chi arch arall? Un sbâr ... fel bod y galarwyr yn y Cei yn gallu gweld diwedd y gwasanaeth? sibrydodd Noel yng nghlust Geoff, cyn i'r ddau glywed Dyfan yn gweiddi

– R'yn ni 'nôl ar-lein!

Nid cynulleidfa'r amlosgfa oedd yr unig rai i wylio'r gweinidog yn straffaglu gydag arch y ddiweddar Jane Davies. Er bod sgrin cyfrifiadur Dyfan Parkes wedi diffodd, roedd y gwasanaeth yn dal i gael ei ddarlledu yn festri'r capel a'r cartref hen bobl.

Eisteddai pawb yn syfrdan yn eu seddi yn y ddau leoliad yn gwylio Noel Evans yn colli rheolaeth arno'i hun ac yn rhegi wrth geisio tynnu'r arch yn ôl.

Roedd pawb wrthi'n codi o'u seddi gan ymbalfalu yn eu pocedi am gyfraniad haelach na'r arfer at yr achos am eu bod wedi mwynhau'r sioe pan welon nhw rywun yn cerdded o gefn yr amlosgfa tuag at y gweinidog.

Gwelodd Noel y fenyw'n nesáu drwy un llygad. Dechreuodd feddwl ei fod yn gweld pethau oherwydd roedd hi yr un ffunud â'r ddiweddar Jane Davies, ond ei bod hi ychydig yn deneuach a thalach o lawer. Yna sylweddolodd mai hon oedd chwaer Jane, Nora Davies.

– Wel dyna be rwy'n ei alw'n *send-off*! Gadewch i mi gyflwyno fy hun ... Leonora ... Leonora Da Vies, meddai'r wraig drawiadol, a wisgai siwt drowsus borffor a thwrban oren ar ei phen.

Eisteddodd pawb i lawr drachefn yn festri'r capel a chartref Afallon gan obeithio y bydden nhw'n cael mwy o'r un math o adloniant, ond eiliadau'n ddiweddarach cawsant siom wrth i'r sgrin fynd yn ddu.

Roedd y seremoni a gyrfa'r Parchedig Noel Evans ar ben.

Rhan II

1.

Eisteddai Gwen Edwards, Ina Lloyd-Williams, Leonora Da Vies a'r cyfreithiwr Ricky Banks o gwmpas bwrdd y gegin yng nghartref y ddiweddar Jane Davies, oedd yn un o res o hen fythynnod pysgotwyr a wynebai'r môr ger y penrhyn ar ochr fwyaf gorllewinol pentref y Cei.

Wrth gerdded dros y trothwy ddeng munud ynghynt, synnodd Leonora Da Vies o weld cyn lleied roedd y cartref lle cafodd ei magu wedi newid yn ystod y trigain mlynedd diwethaf.

Daeth llif o atgofion yn ôl am ei bywyd cynnar gyda'i chwaer a'i rhieni yn y tŷ ac iddo un ystafell a chegin yn unig ar y llawr gwaelod, dwy ystafell wely ac, erbyn hyn, toiled i fyny'r grisiau.

Bu saith mlynedd cyntaf bywyd Leonora'n rhai hapus, nes i'w thad foddi wrth bysgota am sgadan fore Gwener, 14 Ionawr 1938, yn un o'r stormydd gwaethaf a welodd Bae Ceredigion yn ystod yr ugeinfed ganrif.

Bu farw pum pysgotwr o'r pentref y bore hwnnw, ac roedd gweld ei thad yn gorwedd yn gelain ar fwrdd yn y bwthyn wedi i'w gorff gael ei ddarganfod bum niwrnod yn ddiweddarach, a'i mam yn wylo'n hidl, yn olygfa oedd wedi aros yn ei chof am byth.

Ni fu'n hapus yn y bwthyn o'r diwrnod hwnnw ymlaen. Chwerwodd mam Leonora tuag at fywyd ar ôl iddi golli ei gŵr ac o ganlyniad tyfodd ysfa Leonora i ddianc, a symudodd i Lundain i astudio mewn coleg yn y ddinas pan oedd hi'n ddeunaw. Hwn oedd y tro cyntaf iddi ddychwelyd i'r pentref ers hynny.

– Rwy wedi dod â'r tair ohonoch i dŷ Jane oherwydd ro'n i'n meddwl y byddai'n fwy cartrefol darllen yr ewyllys fan hyn yn hytrach na'r swyddfa, yn enwedig ar ddiwedd diwrnod hir fel hwn, eglurodd Ricky Banks gan edrych ar wynebau blinedig y tair, cyn tynnu copi o ewyllys Jane allan o'i fag.

– Does dim rhaid i chi fynd trwy'r ddogfen gyfan, Mr Banks. Ry'n ni wedi cael diwrnod hir. Bydd y prif fanylion yn ddigon am nawr, meddai Leonora.

– Fel ry'ch chi'n gwybod, Miss Da Vies, gadawodd eich mam y bwthyn hwn i'ch chwaer wedi iddi farw, ond roedd eich chwaer o'r farn y dylai eich mam fod wedi rhannu'r eiddo rhwng y ddwy ohonoch chi. Felly, yn ei hewyllys mae'n gadael y cartref teuluol i chi, meddai Ricky.

Amneidiodd Leonora â'i phen. Roedd eisoes wedi sylwi nad oedd system wres canolog yn y tŷ. Yr unig ffynhonnell ar gyfer gwres oedd y lle tân sylweddol yn yr ystafell ffrynt. Trodd at Ricky Banks.

– Diolch am yr wybodaeth. Gyda llaw, rwy 'nôl yn y Cei nawr, Mr Banks. Nora yw fy enw i fan hyn, Nora Davies.

Meddyliodd Ricky y byddai wedi bod yn haws o lawer iddo ddod o hyd i Nora petai'n gwybod ei bod wedi newid ei henw o Davies i Da Vies. Ar ôl pedwar diwrnod o chwilio cawsai afael ar Nora y noson cynt. Torrodd y newyddion drwg am farwolaeth ei chwaer cyn trefnu iddi ddal y trên cyntaf o Lundain i Aberystwyth fel ei bod o leiaf yn cyrraedd ar gyfer diwedd y gwasanaeth yn yr amlosgfa.

Trodd Ricky i wynebu Gwen ac Ina.

– Mae Jane yn cyfeirio at y cyfeillgarwch fu rhyngoch chi dros y blynyddoedd, a'r ffaith na fyddai'r un ohonoch yn fodlon derbyn rhodd ariannol ganddi, meddai. – Felly mae hi'n gadael ei sgwter symudol i chi, Gwen, gan obeithio y bydd hynny'n eich helpu i fod yn annibynnol am sawl blwyddyn arall, ychwanegodd.

Amneidiodd yr hen fenyw fach gron ei phen a gwenu'n siriol ar y cyfreithiwr.

– ... ac am eich bod chi, Ina, wedi rhoi'ch piano i'ch wyres rai blynyddoedd yn ôl, a chan wybod eich bod yn hiraethu am yr offeryn, mae Jane wedi gadael ei phiano i chi.

– Hael iawn yn wir, meddai Ina gan syllu dros ei sbectol ar y piano hynafol y tu ôl i Ricky Banks.

Oedodd Ricky am ychydig nes i Nora ofyn,

– Ai dyna'r cwbl?

– Ie ... heblaw am yr arian, wrth gwrs. Ni fu Jane yn ddigon ffodus, yn ei geiriau'i hun, i briodi a chael plant. Ond bu'n ddigon ffodus i fod yn rhan o addysg plant yr ardal hon, ac nawr mae hi am helpu plant y byd. Felly mae'r arian i gyd yn mynd i elusennau fel Achub y Plant, Oxfam ac yn y blaen, meddai Ricky gan roi'r ddogfen ar y bwrdd.

– A faint o arian yw hynny, tybed? gofynnodd Ina.

– Ina! dwrdiodd Gwen yn siarp.

– Na, mae'n iawn. Bydd yn wybodaeth gyhoeddus cyn bo hir, ta beth. £70,000, atebodd Ricky cyn codi i ffarwelio â'r tair.

– Rwy'n siŵr fod gan y tair ohonoch chi dipyn i'w drafod, felly mae'n well i mi droi tua thref, meddai, cyn troi at Ina. – Ond hoffen i gael gair bach gyda chi y tu allan, Ina, os ydy hynny'n iawn, meddai, gan siglo llaw Gwen a Nora cyn gadael.

Gan ddilyn cyngor Ricky Banks, roedd Ina wedi cynnig talu am addysg ei hwyres, Mared, am dymor yn Ysgol Fonedd Aberhonddu gyda'r nod o benderfynu erbyn y Nadolig a fyddai'n parhau i dalu ffioedd Mared neu'n gadael i Meleri werthu'r tŷ.

– O'n i am ichi wybod 'mod i wedi derbyn llythyr gan gyfreithiwr Meleri yn dweud ei bod hi wedi derbyn eich cynnig. Bydd hyn yn prynu amser inni feddwl am ein cam nesaf, meddai Ricky, gan ddal llaw Ina am eiliad, cyn troi ar ei sodlau a cherdded lawr y stryd.

Roedd Ricky'n awyddus i wneud ei orau glas dros Ina am fod ei gŵr, Gwynfryn, wedi'i fentora yn ystod blynyddoedd cynnar ei yrfa yn gyfreithiwr ac roedd y ddau wedi bod yn garedig ac ystyriol ohono.

Pan aeth Ina yn ôl i'r tŷ gwelodd Nora'n tynnu potel o wisgi o'i bag ac yn tywallt diod yr un iddyn nhw.

– 'Stedda, Ina fach. Mae gennon ni dros drigain mlynedd o fywyd i'w drafod. *Fasten your seatbelts, it's going to be a bumpy night!*

2.

Roedd y ffaith fod Del Edwards wedi'i ddewis fel y troseddwr bum gwaith mewn rheng adnabod yn ystod y misoedd diwethaf wedi ennyn diddordeb y Ditectif Arolygydd Mike James ym mhencadlys yr heddlu yn Aberystwyth.

Penderfynodd ymchwilio i gefndir Del Edwards gan ddarganfod ei fod wedi'i ddedfrydu am fod yn rhan o'r terfysgoedd yn Llundain flwyddyn ynghynt. Tybiodd felly nad oedd hi'n debygol mai Del oedd wedi cyflawni'r troseddau yng Ngheredigion, am ei fod dan gyrffyw rhwng wyth yr hwyr ac wyth y bore bob dydd.

Ond beth petai Del Edwards wedi canfod ffordd o dwyllo'r system dagio? Yna gallai fod wedi cyflawni'r troseddau, gan wybod fod ganddo alibi perffaith.

Edrychodd Mike James ar y pentwr o ffeiliau ar ei ddesg a'r toreth o negeseuon e-bost ar sgrin ei gyfrifiadur, a gwyddai nad oedd ganddo'r amser i ddilyn trywydd ei ddamcaniaeth am Del Edwards ymhellach. Ond roedd yn adnabod rhywun allai ei helpu i wneud hynny, sef y sawl oedd yn Dditectif Arolygydd nes i Mike James ei olynu ddwy flynedd ynghynt. Dilwyn 'Columbo' Weobley.

Roedd Mike James wedi dysgu llawer am waith ditectif dan oruchwyliaeth Weobley, cyn i hwnnw ymddeol yn dilyn 30 mlynedd o wasanaeth i'r goron. Er hynny, nid Weobley oedd ditectif mwyaf llwyddiannus y llu, yn bennaf am ei fod yn treulio gormod o amser yn ceisio datrys achosion dibwys.

Roedd Dilwyn Weobley yn enwog ymysg heddlu'r ardal am beidio â rhoi'r gorau i unrhyw achos, a dyna sut cafodd y llysenw 'Columbo', ar ôl y ditectif unigryw oedd mor boblogaidd ar y sgrin fach ar un adeg. Hefyd, roedd Dilwyn yn edrych yn debyg i'r actor Peter Falk, a chwaraeai'r ditectif, gyda'i ffrwd o wallt du, aeliau trwchus ac osgo ychydig yn gefngrwm. Yn ôl yr hyn a glywodd Mike James, nid oedd y bywyd segur a ddaw ar ôl ymddeol wrth fodd Weobley, a gwnaeth gais am swydd heddwas cymunedol yng Nghanolbarth Ceredigion, flwyddyn yn unig wedi iddo ymddeol.

Bachodd yr heddlu ar y cyfle i gyflogi rhywun gyda'r fath brofiad, gan wybod y byddai Weobley'n gallu mentora'r swyddogion cymunedol ifanc roedd y llu am eu cyflogi yn y dyfodol.

– Dwi ddim yn dy boeni di, ydw i? gofynnodd DI Mike James, pan ffoniodd hwnnw Weobley'r noson ganlynol.

– Bydd yn rhaid iti gysylltu ag Arolygydd y Tîm Plismona Bro a bydd angen i hwnnw gysylltu â'r Sarjant, ond dwi ddim yn gweld pam na allwn ni gadw llygad ar y cnaf. Bydd PCSO newydd yn ymuno â'r tîm ddechrau mis Medi ar gyfer ardal y Cei, Aberaeron a De Ceredigion, atebodd Weobley, gan edrych ar ffeil o'i flaen, cyn ychwanegu, – Fi fydd yn ei mentora. Mi fydd yn brosiect bach diddorol i Ms Sonya Lake. Ac os yw Del Edwards wedi bod wrthi'n troseddu, neu'n bwriadu troseddu eto, mi fydd hi ar ben arno.

3.

Dechreuodd Nora, Ina a Gwen drafod eu bywydau dros y 62 o flynyddoedd a aeth heibio ers iddyn nhw weld Nora ddiwethaf cyn gynted ag y gadawodd Ricky Banks y tŷ.

Bu'r tair yn ddisgyblion yn yr un dosbarth yn ysgol gynradd y Cei, ac eto yn Ysgol Ramadeg Llandysul, gan ddal yr un bws bob dydd am saith mlynedd nes iddyn nhw adael yr ysgol yn ddeunaw oed yn haf 1950.

– Dewch 'mla'n ... anogodd Nora wedi iddi dywallt y wisgi.

– Un hip newydd ac un pen-glin ... 1992 a 1998, meddai Gwen.

– Ina? gofynnodd Nora.

– Hollol iach ... dim byd ... beth amdanat ti, Nora?

– Trawiad ar y galon yn 1999 ... stent i mewn ... dim ffags wedi hynny ... ond yfed digon o wisgi i gadw'r arteris ar agor, meddai Nora gan syllu ar ei ffrindiau ysgol am y tro cyntaf ers dros drigain mlynedd. Roedd Gwen erbyn hyn yn fenyw fach siriol oedd yn atgoffa Nora o wahadden. Roedd y beret du a'r cyfuniad o slacs a siaced yn *faux pas* ffasiynol, meddyliodd.

Trodd ei sylw at Ina. Eisteddai honno'n gefnsyth o'i blaen gan edrych dros ei sbectol ar Nora. Roedd gwisg Ina ychydig yn fwy chwaethus. Serch hynny doedd neb yn ei iawn bwyll wedi gwisgo *cloche* ers dyddiau'r actores Joan Crawford, meddyliodd Nora. Twt-twtiodd dan ei hanadl heb sylweddoli fod Ina a Gwen ill dwy'n beirniadu ei dewis hi ei hun o wisg ar gyfer angladd ei chwaer, sef siwt drowsus borffor a thwrban oren.

Bu'r tair yn rhannu'u hatgofion am Jane Davies am ychydig, a dechreuodd eu tafodau lacio wrth i effaith y ddiod gadarn gydio ynddynt.

– Mae'n biti mai marwolaeth fy chwaer yw'r rheswm dros gwrdd â ffrindiau bore oes eto, meddai Nora.

– Hmmm. Wnest ti ddim llawer o ymdrech i gadw mewn cysylltiad ar ôl iti fynd i'r coleg yn Llundain. Wrth gwrs, roedd 'na sibrydion dy fod ti'n disgwyl ... ac mai fe, Milton Smith, oedd y tad ... yn enwedig am dy fod wedi mynd i aros at un o berthnasau dy dad yn Llundain cyn i ti gael canlyniadau dy *Highers*, meddai Ina, gan wylio ymateb Nora.

– 'Wy erioed wedi talu sylw i sibrydion, Ina fach ... er enghraifft, roedd 'na sibrydion fod gan Gwynfryn lygad am ferched ifanc deniadol, meddai Nora.

– Yn naturiol ... fe briododd fi, atebodd Ina fel chwip.

– ... ar ôl iddo briodi we'n i'n feddwl, meddai Nora.

– Pwy wedodd y fath anwiredd wrthot ti, Nora Davies? taranodd Ina.

– Ro'n i'n derbyn llythyrau gan Jane yn aml ... ac ro'n nhw'n rhai hir iawn, meddai Nora'n heriol.

– Wel ... roedd hi'n anghywir, atebodd Ina, gan wybod na allai feirniadu Jane Davies ar ddiwrnod ei hangladd.

– Ta beth, roedd Milton yn *chevalier parfait*. Rwyt ti'n gwybod yn iawn fod pethau wedi dod i ben am ei fod wedi gorfod ymladd yng Nghorea ... ac fe wnaeth e'n dda iawn iddo'i hun. Roedd gan Milton fwy na fyddech chi'n meddwl lan stâr, meddai Nora.

– ... roedd ganddo fe fwy na fyddech chi'n meddwl lawr stâr 'fyd ..., mentrodd Ina, cyn ychwanegu'n gyflym, – ... o beth rwy'n glywed.

– ... ac o beth ro'n i'n glywed gan fy chwaer roedd Milton yn dy gwrso di, Gwen, am dipyn 'fyd, cyn i ti gyfarfod â Morris, ychwanegodd Nora.

– Nonsens llwyr. Dim byd yn y peth, atebodd Gwen yn ffwrdd-â-hi, cyn ceisio newid trywydd y sgwrs. – Mae'n amlwg dy fod ti'n gwybod tipyn am ein bywydau ni drwy lythyron Jane, ond dy'n ni ddim yn gwybod llawer am dy fywyd di yn Llundain, Nora.

Treuliodd Nora'r hanner awr nesaf yn adrodd hanes ei bywyd a'i hanturiaethau yn Llundain ar ôl iddi raddio o Goleg Celf St Martin. Bu'n gweithio i gwmnïau gwahanol yn y *Rag Trade* yn Llundain, gan ganolbwyntio ar frodwaith llaw yn ystod y 50au a dechrau'r 60au.

– ... wedyn ges i gyfle i weithio i Mary Quant ar ddechrau'r 60au, a bues i'n yfed gyda phobl fel David Hockney, Francis Bacon a Jeffrey Bernard yn y Coach and Horses yn Soho, broliodd.

– Fues i'n creu brodwaith i'r mawrion: Westwood, Barbara Hunicki, Zandra Rhodes ... yn ennill arian a'i wario fel dŵr ...

dyddiau da ... ac ar ôl imi ymddeol fe ganolbwyntiais i ar greu dillad i gleientel *exclusive* iawn i'm cynnal yn y fflat yn Chelsea, ychwanegodd, gan orffen ei hwisgi a thywallt un arall iddi'i hun.

– Felly be wnei di â'r bwthyn? Ei werthu? gofynnodd Gwen.

– Sai'n gwbod. Rwy'n teimlo braidd yn farus yn berchen dau gartref, meddai Nora.

– Ti'n iawn, Nora. Does gen i ddim un, meddai Ina, oedd wedi dechrau meddwi a dweud ar goedd beth oedd ar ei meddwl.

– Be ti'n feddwl? gofynnodd Gwen yn syfrdan.

Oedodd Ina am eiliad cyn penderfynu datgelu ei sefyllfa gythryblus.

Gafaelodd Gwen Edwards yn llaw ei ffrind, a phenderfynu rhannu'r ffaith ei bod hithau hefyd mewn sefyllfa ariannol argyfyngus, ac yn poeni am ddyfodol Val, Vince a Del.

– Beth y'n ni'n mynd i wneud, Gwen fach? gofynnodd Ina cyn i'r ddwy glywed Nora'n chwerthin yn dawel.

– Does dim angen iti fod mor greulon, Nora, meddai Gwen.

– Pam ddylai *hi* boeni? Mae ganddi hi, Leonora Da Vies, fflat yn Chelsea ..., dechreuodd Ina cyn i Nora dorri ar ei thraws.

– Rwy'n chwerthin am fy mod i yn yr un cwch â chi ... un o fflatiau henoed y Cyngor sydd gen i yn Chelsea ... rwy'n dweud Chelsea ond mae'n agosach at Battersea a dweud y gwir ... fflat *high rise* gyda golygfa wych o hen bwerdy Battersea. Do, fe weithiais i i Westwood, Rhodes, Quant ac ati ... ond am gyflog pitw, a wnes i erioed dorri gair â'r un ohonyn nhw. Fues i yn yr un tafarndai â Francis Bacon, Hockney a Bernard yn achlysurol, ond do'n i ddim yn eu hadnabod o gwbl ... wnes i drial siarad 'da nhw unwaith neu ddwy, ond roedden nhw fel arfer yn feddw dwll erbyn imi gyrraedd y dafarn ar ôl gorffen gwaith yn hwyr bob nos. Ers imi ymddeol rwy wedi cadw dau ben llinyn ynghyd drwy weithio mewn ffatrïoedd dillad yn ne Llundain. Ferched, does gen i 'run ddimai goch i'm henw. Dim ond fy mhensiwn ... felly does dim dewis gen i ond symud yn ôl i fyw ... ac i farw... yn y Cei, meddai Nora, gan orffen ei hwisgi mewn un llwnc.

4.

Eisteddai'r Parchedig Noel Evans â'i ben yn ei ddwylo yn ei swyddfa yn y Mans y nos Sadwrn honno. Gwyddai fod ei ymddygiad yn yr amlosgfa'n warthus, a hynny am iddo fod yn hunanol a meddwl am ei berfformiad ei hun yn hytrach na gwasanaethu'i braidd. Roedd wedi cael ei gosbi eisoes, a gwyddai y byddai'n cael ei gosbi'n fwy hallt gan aelodau'r capel yn ystod y dyddiau nesaf.

Roedd ei wraig, Delyth, wedi bod yn gefnogol, wrth gwrs, gan ddweud nad ei fai ef oedd camgymeriad Dyfan Parkes gyda'r darllediad byw, na'r ffaith fod Geoff Parkes wedi camddeall ysgrifen Noel.

– Mae'n rhaid iti ysgrifennu pregeth orau dy fywyd ar gyfer y gwasanaeth bore fory, cariad, ac rwy'n gwybod y galli di wneud hynny am fod gen i ffydd ynot ti, meddai Delyth, gan gusanu'i gŵr yn dyner ar ei dalcen cyn diflannu i'r lolfa.

Deuai Noel o linach hir o weinidogion oedd yn ymestyn yn ôl i'w hen, hen, hen, hen, hen ewythr, y pregethwr unllygeidiog enwog Christmas Evans, a gyfareddodd filoedd o addolwyr ar ddechrau'r 19eg ganrif.

Syllodd ar y llun o'i berthynas enwog oedd yn crogi ar y wal uwchben ei ddesg. Edrychai Christmas Evans yn gyhuddgar ar Noel drwy un llygad. Edrychodd Noel yn ôl arno drwy un llygad am fod y llall yn biws ac ynghau wedi iddo daro'i ben yn erbyn yr arch yn yr angladd.

Yn sydyn, teimlodd Noel wefr drydanol yn mynd trwy'i gorff, a sylweddolodd y gallai oresgyn y sefyllfa roedd yn ei hwynebu. Roedd 'na lu o arwyr yr Hen Destament wedi siomi'r Iôr gan wyro oddi ar lwybr cyfiawnder, gan gynnwys Saul a'r Brenin Dafydd.

Byddai'n adfer ei enw da drwy gyflwyno'r bregeth orau a draddodwyd gan unrhyw aelod o'i deulu ers dyddiau Christmas ei hun. Na, gan gynnwys yr hen Christmas.

Gweithiodd yn ddi-baid am bedair awr i gwblhau ei bregeth, cyn codi o'i sedd a wincio ar Christmas. Gallai dyngu fod Christmas wedi wincio'n ôl arno.

5.

– Felly fan hyn gwympodd Jane druan? gofynnodd Nora. Chwythodd ei thrwyn a syllu ar y fan am eiliadau hir.

Cadarnhaodd Gwen hynny. Tynnodd ei beret oddi ar ei phen ac ymgrymodd Ina. Safodd y tair mewn tawelwch yn Siop Elusen y Dolffin Trwynbwl y bore Llun wedi iddyn nhw feddwi yng nghwmni'i gilydd.

– Mae'n amlwg fod gweithio fan hyn a chael eich cwmni chi wedi meddwl y byd i Jane. A chan nad oes dewis gen i ond aros yn y Cei, falle dylwn i gymryd ei lle hi fel gwirfoddolwr, fel rhyw fath o deyrnged iddi, meddai Nora.

– Be 'di'r pwynt? Fe fyddwn ni'n gorfod rhoi'r gorau i weithio 'ma erbyn y Nadolig os na fydd pethau'n gwella yn y siop. Fe fydden i a Gwen yn fodlon gorffen gweithio 'ma nawr oni bai ei fod yn arbed gwresogi'r tŷ yn ystod y dydd, meddai Ina.

Gyda hynny cerddodd menyw yn ei phumdegau cynnar i mewn i'r siop, gan amneidio'i phen i gyfarch y tair cyn dechrau cerdded o gwmpas yn edrych ar y nwyddau.

– Dyma gyfle imi brofi fy hun, meddai Nora wrth Gwen ac Ina.

– Bwr gered, Gok Wan, meddai Gwen, oedd yn hen gyfarwydd ag arlwy teledu nosweithiol Val a Vince. Ymhen eiliad roedd Nora wrth ymyl y fenyw.

– A yw *madame* yn chwilio am rhywbeth penodol y bore 'ma? gofynnodd, gan afael ym mraich y fenyw a'i thywys i gyfeiriad yr adran ddillad a gemwaith cyn i honno gael cyfle i yngan gair.

– Mae *madame* yn gwisgo'n eithriadol o drawiadol os ga' i ddweud, ychwanegodd, gan gymryd cam yn ôl ac edrych yn araf ar y fenyw o'i chorun i'w sawdl, cyn rhoi ei llaw chwith ar ei gên yn feddylgar.

– Ydw i'n iawn yn meddwl fod *madame* yn gwisgo rhywbeth bach gan Alexander McQueen y bore 'ma? gofynnodd, gan godi'i hael chwith yn awgrymog. – Rwy'n credu fod gen i rywbeth fyddai'n siwtio *madame* i'r dim, ychwanegodd, gan edrych yn gyflym drwy'r rheilen ddillad. Rhoddodd hynny gyfle i'r fenyw ddweud wrth Nora pam yn union yr oedd wedi ymweld â'r siop y bore hwnnw.

– A dweud y gwir wrthoch chi, dwi ddim yn mynd i siopau elusen fel arfer ... heblaw yn rhinwedd fy swydd gydag adran gwisgoedd y BBC yng Nghaerdydd, meddai, gan adael saib rhwng y llythrennau B, B, a C er mwyn i Nora ddeall ei bod yn delio â pherson pwysig.

– Ro'n i'n chwilio am rywbeth damed bach yn *Chavvy* ... ar gyfer parti gwisg ffansi ... ac am fy mod i a'r gŵr yn dychwelyd i Gaerdydd fory ro'n i'n meddwl falle y byddai rhywbeth addas yn y siop hon, meddai, gan geisio camu heibio i Nora i gael cipolwg ar y dillad oedd yn hongian yn rhes y tu ôl iddi.

Ond safodd Nora yn ei hunfan gyda'i breichiau ymhlyg dan ei brest.

– Does dim byd *Chavvy* yn Siop Elusen y Dolffin Trwynbwl, *madame*. Dim ond y dillad gorau mae'r siop arbennig hon yn eu derbyn ... *haute couture* yn unig. Mae pobl Ceredigion yn gwisgo'n chwaethus iawn. Does dim *Chavs* fan hyn. Ewch i Gaerdydd os y'ch chi am ddillad *Chavvy* ... missis, meddai, gan droi'i chefn ar y fenyw ac esgus rhoi trefn ar y dillad ar y rheilen.

Cyn i'r fenyw gael cyfle i ymateb roedd Ina'n sefyll rhyngddi hi a Nora ac yn hanner estyn ei braich.

– Dy'n ni ddim wedi cyfarfod yn iawn o'r blaen. Mrs Lloyd-

Williams. Rwy'n byw drws nesa i chi, meddai'n dawel wrth y fenyw.

– Mrs Penry Jones. Carol Penry Jones ... fyddwch chi ddim yn fy ngweld i yn y siop yma eto, meddai'r fenyw gan anelu am y drws, gydag Ina'n ei dilyn.

– Mae'n rhaid ichi faddau iddi. Newydd gladdu ... wel, amlosgi'i chwaer ddydd Sadwrn, sibrydodd Ina wrthi.

– Beth wnaeth hi? Anadlu arni?

Chwarddodd Ina'n isel, gan obeithio nad oedd Nora wedi clywed, cyn dweud,

– Mae croeso ichi ddod draw am baned unrhyw bryd y'ch chi moyn. Roedd fy niweddar ŵr yn gyfreithiwr ...

– Diolch. Ond fel ddwedais i wrth Grendel fan'na, ry'n ni'n dychwelyd i Gaerdydd fory ... ond falle alwn ni draw pan ddychwelwn ni i'r Cei dros y Nadolig, meddai Mrs Penry Jones gan wenu'n nawddoglyd ar Ina cyn gadael y siop.

– Glywon ni'r cwbl. Un ddauwynebog fuest ti erioed, Ina, meddai Nora, wedi i Ina ailymuno â hi a Gwen yng nghefn y siop.

– Ddechreuest ti lafoeri unwaith iti 'i chlywed hi'n dweud 'BBC'. Ta beth, welest ti beth oedd hi'n wisgo? Synnen i fochyn mai 'na'i gyd sydd 'da hi yn ei wardrob yw dillad Primark ac Asda, sgyrnygodd Nora.

– O, na. Mae ganddi hi ddillad chwaethus iawn yn ei wardrob, Nora. Annette Gortz, Stella McCartney ... dillad drud iawn. Dros ugain ffrog heb sôn am sgertiau a sgidiau ... Givenchy, Liberty a Jaeger, meddai Ina, i brofi'i phwynt.

– Sut wyt ti'n gwybod bod ganddi ddillad chwaethus, Ina? gofynnodd Gwen yn dawel ar ôl rhai eiliadau.

– Be ti'n feddwl? Be sy'n bod arnoch chi'ch dwy bore 'ma? atebodd Ina, gan sylweddoli ei bod wedi agor ei cheg cyn meddwl unwaith eto.

Erbyn hyn roedd Nora hefyd wedi troi i'w hwynebu.

– Da iawn, Gwen. Mae Miss Marple fan'na yn llygad ei lle. Sut wyt ti Ina'n gwybod am ei wardrob hi?

Edrychodd Ina'n gyflym o un i'r llall, gan wybod y byddai'n rhaid iddi gyfaddef y cwbl.

– Wel ... mae gen i allwedd i'r tŷ ac rwy wedi cael pip rownd, dyna i gyd, meddai, gan wybod y byddai'n rhaid iddi ymhelaethu. – Prynodd Mr a Mrs Penry Jones y tŷ oddi ar bâr hyfryd, Jean a George. Cyfreithwyr o Abertawe. Ro'n i'n cadw llygad ar y lle pan oedd y tŷ'n wag bob gaeaf ac roedd gen i allwedd ... rhag ofn i'r peips fyrstio os oedd hi'n rhewi. Pan brynodd Mr a Mrs Penry Jones y tŷ tua deunaw mis yn ôl sylwais eu bod nhw wedi dod â phiano yno. Erbyn hynny ro'n i wedi rhoi fy mhiano i i Mared, ac yn ystod gaeaf y llynedd meddyliais tybed a oedd Mr a Mrs Penry Jones wedi newid cloeon y tŷ a gosod system larwm.

– A doedden nhw ddim? awgrymodd Gwen.

– Nag oedden.

– Ac felly gest ti gyfle i ganu'r piano eto, meddai Nora.

– Do ... ro'n i'n gwneud yn siŵr fy mod i'n chwarae darnau tawel rhag ofn i rywun fy nglywed i o'r stryd. *Etudes* Chopin ac yn y blaen, meddai Ina cyn i Nora dorri ar ei thraws.

– ... a gest ti gyfle i gael cipolwg ar eu dillad hefyd?

– Wel ... do. Ond ro'n i'n ormod o *lady* i edrych ar ddillad Mr Penry Jones ... a pheidiwch â dweud na fasech chi wedi gwneud yr un peth chwaith, meddai Ina'n amddiffynnol.

– Hmmm. Faint o ddillad mae hi'n gadw yn y tŷ? gofynnodd Nora'n dawel.

– O, Nora fach. Mae'n siŵr bod gwerth miloedd o bunnoedd o ddillad 'na. Fyddet ti'n gwybod mwy am hynny na fi, wrth gwrs, atebodd Ina.

– Ac maen nhw'n cadw'u dillad yno dros y gaeaf?

– Ydyn. Mae gan y bobl sy'n berchen tai haf ddigon o arian. Pam fydden nhw'n trafferthu symud eu dillad yn ôl ac ymlaen o'u cartrefi bob tro maen nhw'n dod i'r Cei?

– Os feddyli di faint o dai haf sy'n llawn dillad drud yn y pentref 'ma ... wel, mae'n siwr fod 'na werth miloedd yma, meddai Gwen gan dynnu ei beret i lawr dros ei thalcen.

– Yn hollol. Gwerth miloedd os nad degau o filoedd, Gwen, meddai Nora'n dawel.

Edrychodd Ina'n wyllt rhwng y ddwy.

– Beth y'ch chi'n parablu amdano? gofynnodd honno'n ddryslyd.

– Mae Nora'n meddwl y byddai ein problemau ariannol ni'n diflannu petaen ni'n llwyddo i ddwyn y dillad drud 'ma a'u hail-werthu. Ydw i'n iawn, Nora? holodd Gwen.

– Pam lai? cytunodd Nora gan edrych yn obeithiol ar ei dwy ffrind.

– Mae gan *rai* ohonon ni foesau, Nora. Efallai dy fod ti wedi anghofio dy Feibl wrth iti ymdrybaeddu yn Sodom am dros drigain mlynedd, ond rwy'n dal i gofio'r wythfed gorchymyn. Na ladrata, meddai Ina'n hunangyfiawn gan edrych yn chwyrn arni dros ei sbectol.

– Heb anghofio'r gorchymyn olaf ond un ... Na chwennych dŷ dy gymydog ... neu, o leia, na fusnesa yn nhŷ dy gymydog, ategodd Gwen.

Closiodd Nora at Gwen ac Ina gan sibrwd,

– Gwrandewch. Mae'r tair ohonon ni mewn picil ariannol. Mae'n bosib y byddi di, Ina, mewn cartref hen bobl erbyn y Nadolig ... rwy'n debygol o rewi i farwolaeth erbyn mis Chwefror, ac os bydd Val yn colli'i swydd bydd pethau'n edrych yn ddu iawn arnat ti, Gwen, a dy deulu 'fyd.

Sbardunodd tawelwch y ddwy arall Nora i ymhelaethu ar ei chynllun.

– Os oes gan Mrs Penry Jones ugain gwisg chwaethus gan gynllunwyr hyd yn oed hanner enwog, maen nhw'n werth o leiaf £500 yr un. Ry'n ni'n sôn am werth hyd at £10,000, meddai Nora cyn i Ina ymyrryd.

– ... a'r cyfan sy'n rhaid inni wneud yw cerdded trwy'r twll yn y clawdd rhwng y ddwy ardd wedi iddi nosi, mynd trwy'r drws cefn, rhoi'r dillad mewn bagiau, mynd â nhw i 'nhŷ i a'u gwerthu, meddai Ina, oedd yn meddwl yn uchel wrth ystyried y posibiliadau.

– Y broblem fydd gwerthu'r dillad, ystyriodd Gwen.

– Falle nad wyt ti ac Ina'n nabod neb addas, ond yn ffodus i ni rwy wedi treulio f'oes ymysg pobl sydd, gawn ni ddweud, damed bach yn amheus; sy'n ennill eu bywiolaeth rhwng Drury Lane a Soho yn Llundain, gyda'r fantais o fod yn ddigon pell o Gymru fach, meddai Nora. – Mae gen i un neu ddau o hen gysylltiadau y galla i droi atyn nhw. 'Na'i gyd fyddai'n rhaid imi wneud fyddai pacio'r dillad mewn dau gês a mynd â nhw ar y trên i Lundain i'w gwerthu. Ddylen i gael tua 60% o'u gwerth nhw os nad ydyn nhw'n rhy ddyran ... £6,000 am y cwbl. £2,000 yr un, gorffennodd, gan glapio'i dwylo.

– Byddai hynny'n helpu i dalu ffioedd coleg Del heb sôn am roi cyfle inni hybu enillion y siop er mwyn cadw'n swyddi, meddai Gwen.

– A byddai'n fy helpu i i wresogi'r bwthyn, cytunodd Nora.

– Ond beth amdana i? Fe fyddai'n rhaid imi gael gafael ar £300,000, meddai Ina.

– Dim os wnei di symud i fyw gyda fi. Byddai'r £4,000 yn talu am system wresogi dda ac o leia fe fyddai 'da ti do dros dy ben ... a dy annibyniaeth, yn hytrach na symud i fyw i gartref hen bobl, awgrymodd Nora.

– 'Wy ddim yn siŵr pa un fyddai'r gwaetha, atebodd Ina, oedd erbyn hyn yn meddwl o ddifri am y posibiliadau. – Ond beth os cawn ni'n dal? gofynnodd.

– Glywais i Mrs Penry Jones yn dweud wrthot ti na fydd hi na'i gŵr yn dod yn ôl i'r Cei tan y Nadolig, meddai Gwen.

– Rwy wedi gwylio'r *CSI Miami* 'na. Bydd yn rhaid inni fod yn garcus o ran gadael unrhyw DNA neu ddarnau o'n dillad ar ein holau, meddai Ina, yn twymo i'r syniad.

– 'Co hi Ina Biggs, chwarddodd Gwen.

– Ta beth. Hyd yn oed os cawn ni'n dal, beth allan nhw wneud i ni? Ein rhoi ni yn y carchar? Go brin. Dy'n nhw ddim hyd yn oed yn anfon troseddwyr rhyfel Natsïaidd sydd yn eu hwythdegau i'r carchar rhagor. Ac mae gen i hanner syniad falle nad yw Mrs Côt-Ffwr-Dim-Nicars sy'n gweithio i'r BBC wedi llenwi'r ffurflenni priodol cyn mynd â'r dillad adre ar ôl i bwy bynnag sy'n cyflwyno rhaglenni'r Bîb wisgo'r ffrogiau 'na unwaith. Mae'n bosib na fydde hi hyd yn oed yn dweud wrth yr heddlu am y lladrad. Ac wrth gwrs, fyddai dim syniad 'da'r heddlu pryd fyddai'r lladrad wedi digwydd, meddai Nora cyn ychwanegu, – Y peth gwaetha allai ddigwydd inni fyddai gorfod mynd i gartref hen bobl. Gwrandewch. Ry'n ni'n dal yn weddol iach, yn gorfforol ac yn feddyliol. Ry'n ni'n gwybod na wnaiff hynny bara'n hir iawn ... bydd Parkinsons, Alzheimers, canser neu drawiad y galon yn ein lladd ni cyn bo hir. Man-a-man inni wneud rhywbeth fydd yn helpu teulu Gwen ac yn fy nghadw i, a tithe Ina, yn weddol gysurus nes inni ...

– ... gael ein galw, torrodd Ina ar ei thraws.

– Ry'n ni i gyd wedi gweithio'n galed ar hyd ein hoes, heb ddim i ddangos amdano ar ddiwedd y daith, ychwanegodd Nora. – Nawr, mae 'da ni gyfle i newid hyn. Beth y'ch chi'n feddwl?

– Sai'n credu bod llawer o ddewis 'da ni, Nora, meddai Gwen gan weld Ina'n amneidio'i phen i gytuno â hi.

6.

Nid oedd Noel Evans yn teimlo mor hyderus am ei ddyfodol wrth iddo eistedd mewn cadair foethus yn nhŷ Milton Smith y bore wedi iddo gyflwyno'r bregeth i'w braidd. Er i Noel lwyddo, yn ôl ei wraig, i ddraddodi'r bregeth fwyaf ysbrydoledig iddi ei chlywed erioed, yn anffodus, dim ond pump o bobl (gan gynnwys Delyth) oedd yn y capel i'w glywed.

Yn waeth na hynny, doedd y pedwar addolwr arall ddim yn aelodau o'r capel, ond yn bobl leol oedd wedi clywed am y gyflafan yn yr amlosgfa yn nhafarndai'r dref y noson cynt, ac wedi dod yno i ofyn i'r Gweinidog, ar ddiwedd y gwasanaeth, a oedd DVD ar gael.

Ffoniodd Noel reolwr yr amlosgfa, Geoff Parkes, yn syth ar ôl y gwasanaeth i ofyn iddo beidio â gwerthu'r un DVD o'r drychineb.

– Ydych chi'n meddwl 'mod i'n wallgo, Mr Evans? Mae'n rhaid i mi ystyried fy mywoliaeth, meddai Geoff, oedd eisoes wedi derbyn dros hanner cant o alwadau ffôn yn gofyn am gopïau o'r DVD.

– Gyda llaw ... 'wy ddim eisiau'ch gweld chi'n agos at y lle 'ma 'to. 'Wy ddim yn derbyn iaith anweddus yn yr amlosgfa ... ry'ch chi'n *banned*, Mr Evans. *Banned*.

Gwyddai Noel fod ei yrfa yn weinidog yn y Cei ar ben a bod y blaenoriaid, mwy na thebyg, wedi cysylltu â phob aelod i'w siarsio i beidio â mynd i'r gwasanaeth y bore hwnnw.

Roedd yr holl beth yn hunllef. Gwyddai y byddai'n cael ei orchymyn yn fuan i fynychu cyfarfod lle byddai'r blaenoriaid a phwysigion eraill y capel yn mynnu ei fod yn chwilio am alwad arall. Tybiai y byddai'n gorfod treulio gweddill ei ddyddiau gwaith un ai'n gaplan mewn carchar neu'n cenhadu dramor.

Roedd Noel wrth ei gyfrifiadur yn edrych beth oedd gan Wikipedia i'w ddweud am Venezuela pan ganodd y ffôn. Cododd y teclyn at ei glust yn araf gan ddisgwyl y gwaethaf, ond cafodd sioc pan glywodd lais Milton Smith yn ei gyfarch.

– Noel?

– Ie. Y Parchedig Noel Evans yma, meddai, gan dybio mai dyna'r tro olaf y byddai'n yngan y geiriau hynny.

– Milton Smith. Rwy'n clywed bod pawb wedi troi yn dy erbyn, Noel. Dere i 'ngweld i am wyth o'r gloch bore fory. Gyda llaw, rwy am i ti wybod 'mod i wedi newid fy ewyllys. Rwy am gael fy nghladdu yn hytrach na fy llosgi. Ha ha ha. Fory. Cofia. Ymlaen mae Canaan ... neu am yn ôl? meddai Milton gan chwerthin yn uchel unwaith eto cyn dod â'r alwad i ben gyda chlep.

Ni chanodd y ffôn eto'r diwrnod hwnnw, er syndod i Noel,

ac roedd mewn penbleth pan gyrhaeddodd gartref Milton am bum munud i wyth y bore wedyn.

– Noel. Dere mewn, 'machgen i. Te neu goffi? ... Neu rywbeth bach cryfach? ... Rwyt ti'n edrych fel taset ti 'i angen e, meddai Milton cyn diflannu i'r gegin.

– Coffi os gwelwch yn dda. Llaeth. Dim siwgr, atebodd Noel, cyn cerdded i'r lolfa.

Ymhen munud neu ddau roedd Milton wedi dychwelyd gyda *cafetière* o goffi, dwy gwpan a jwg chwaethus yr olwg yn llawn llaeth. Llenwodd y cwpanau cyn rhoi un ohonyn nhw i Noel.

– Paid â chwympo fe. Meissen. Gwerth £500. Tua 1836. Yr un flwyddyn ag ysgrifennodd Verdi *Rigoletto* ... neu ai Rigoletto ysgrifennodd Verdi? meddai Milton. Chwarddodd yn dawel, cyn cymryd dracht hir o'r coffi a gwylio ymateb Noel.

– Roeddech chi yn y festri, meddai Noel.

– Na.

– Roeddech chi yng nghartref Afallon? gofynnodd Noel.

– Na. Dim eto, diolch byth.

– Ond doeddech chi ddim yn yr amlosgfa, oeddech chi? Nid chi oedd Leonora Da Vies? gofynnodd Noel, gan bwyso ymlaen ac astudio wyneb rhychiog Milton yn ofalus.

– Nora? Na. Mae gen i arian ond sai'n gallu trawsnewid fy hun i fod yn dduwies, meddai Milton heb feddwl. – Ta beth. Mae gen i gopi o'r DVD. Yr unig un sy'n bodoli ..., ychwanegodd yn araf.

– ... ond ddwedodd Geoff Parkes na fyddai'n ...

– Rwy wedi talu'n dda iddo am yr unig gopi ... a paid â phoeni, does gen i ddim bwriad o dy flacmelio di, Noel. Rwy yma i dy helpu ... os wnei di fy helpu i.

Eisteddodd Noel yn ôl yn ei gadair wrth i Milton esbonio'i gynllun.

– Rwy ar ddeall dy fod o'r farn fod 'na fywyd tragwyddol?

– Wel, ydw ... mae'n rhan o'r swydd-ddisgrifiad fel rwy'n deall.

– Hmmm. Ond beth os yw'r enaid yn marw gyda'r corff, a'r

unig ran ohonom sy'n para yw ein DNA? gofynnodd Milton.

– Alla i ddim amgyffred syniad o'r fath, Mr Smith.

– Milton i ti, Noel ... o hyn ymlaen. Ond os nad oes bywyd tragwyddol, mae'n bwysig inni wybod o ble ry'n ni'n dod ac i ble ry'n ni'n mynd.

Penderfynodd Milton mai nawr oedd yr amser delfrydol i esbonio'r sefyllfa i'r gweinidog. Roedd wedi treulio'r penwythnos yn meddwl am ei fywyd carwriaethol dros y blynyddoedd, ac wedi sylweddoli fod 'na bosibilrwydd ei fod yn dad i fwy o blant na mab Ina Lloyd-Williams yn unig.

– Gad imi esbonio, Noel. Mae gen i fab, ond rwy bron yn siŵr fod gen i fwy o blant, ac fe ddylai'r rheiny gael yr un cyfle â Simon. Rwy am wneud yn siŵr bod pob un allai fod yn fab neu'n ferch i mi yn cael chwarae teg ... .beth yw'r stori 'na yn y Beibl am y boi 'da'r dwylo blewog?

Ond cyn i Noel gael cyfle i ateb, aeth Milton yn ei flaen.

– Mae'n bosib bod gen i blentyn, neu blant, llwyn a pherth; ac rwy am iddyn nhw gael eu cydnabod a rhannu fy llwyddiant, ychwanegodd, gan ddewis peidio â dweud wrth Noel nad oedd Simon yn fab iddo.

– Cysylltwch gyda nhw 'te ... rwy'n siŵr ...

– Fe ddigwyddodd hyn amser maith yn ôl. Ges i ryw gyda llawer o fenywod yn ystod y 50au a'r 60au ... llawer gormod a dweud y gwir ... ond dim tra o'n i'n briod, Noel ... dim unwaith. Ta beth. Mae 'na dri o bobl â chysylltiadau â'r pentre hwn allai fod yn blant i mi.

– Ond beth sydd gan hyn i'w wneud â mi?

– Maen nhw i gyd i ryw raddau dan dy oruchwyliaeth di.

– Yn aelodau o'r capel? Ond beth alla *i* wneud?

– Alla i ddim gofyn iddyn nhw'n uniongyrchol. Byddai'n achosi ... wel ... tipyn o embaras i'r teuluoedd hynny ... ac fe allen nhw ddweud celwydd wrtha i, eglurodd Milton cyn tynnu ffiol ac ynddi ffon wlân cotwm allan o ddrôr a'i rhoi ar y ddesg.

– Rwy am i ti gael sampl DNA tri o bobl.

– Rwy'n credu ddylech chi gysylltu â Jeremy Kyle yn hytrach

na gweinidog yr efengyl. Ta beth ... wn i ddim yw'r weithred yn gwbl foesol, meddai Noel.

– Os ydyn nhw'n perthyn imi, fe fyddan nhw'n gyfoethog iawn, Noel. Fyddan nhw ddim yn poeni rhyw lawer am foesoldeb pan fyddan nhw'n etifeddu dros filiwn o bunnoedd. Fyddi di ddim yn brifo neb. Dim ond yn rhoi cyfle iddyn nhw ennill ffortiwn heb iddyn nhw wybod. Mae'n ddigon syml ... cer i'w gweld a chael cwpanaid o de gyda nhw, a chael gafael ar y gwpan neu esgus ei thorri'n ddamweiniol, mynd â hi i'r gegin a chael swab yn gyflym ... neu ddweud wrthyn nhw fod 'na gacynen yn eu gwallt ... a thynnu darn o wallt wrth gael gwared â'r gacynen ddychmygol. Rhywbeth fel'na.

– Rwy'n deall eich sefyllfa, Mr ... Milton ... ond alla i ddim gwneud hynny, meddai Noel cyn i Milton dorri ar ei draws.

– Mae'r blaenoriaid yn mynd i gael gwared arnat ti, mae gen i ofn. Cyn gynted ag y bydd y cyfarfod hwn yn gorffen, bydd yn rhaid imi ffonio fy nghyswllt yn y capel a dweud na fydda i'n rhoi rhodd hael iawn iddyn nhw ar gyfer yr organ a tho'r capel. Dyna pam nad wyt ti wedi derbyn galwad ganddyn nhw hyd yma. O'm herwydd i. Dy'n nhw ddim yn mynd i faddau nac anghofio am hyn ar chwarae bach. Noel, rwyt ti'n ddyn da ac rwy'n parchu hynny, ond ambell waith mae'n rhaid i ddynion da wneud pethau dy'n nhw ddim eisiau eu gwneud, meddai Milton gan edrych i fyw llygad y gweinidog.

Eisteddodd Noel yn ei gadair yn meddwl am gynnig Milton, gan geisio dod o hyd i ryw gymhariaeth yn y Beibl. Roedd e'n ddyn oedd yn credu yng ngair yr Iesu, ac efallai fod Milton yn iawn, y gallai wneud rhywbeth fyddai o fudd i bobl heb yn wybod iddyn nhw.

Gwyddai fod cynnig Milton yn un a fyddai'n ei achub yn y bywyd hwn yn hytrach nag yn y bywyd oedd i ddod, ond byddai cadw'i swydd yn wyrth. Bu'n rhaid i Noel ymgodymu â'i gydwybod, fel y gwnaeth Jacob gyda'r angel, cyn penderfynu derbyn cynnig Milton.

– O'r gorau. Rwy'n cytuno ... ar yr amod na fydda i'n gorfod dweud un gair o gelwydd na thorri dim un o'r deg gorchymyn, meddai.

– Digon teg, meddai Milton gan godi a siglo llaw Noel i selio'r cytundeb.

– Gyda llaw, pwy yw'r darpar etifeddion?

– Un cam ar y tro, Noel. Enw'r etifedd posib cyntaf yw Mared.

– Mared? Sai'n gyfarwydd â'r enw. Dyw hi ddim yn aelod o'r capel.

– Nagyw. Ond mae ei mam-gu yn un o dy braidd. Ddylet ti ddechrau drwy ymweld â hi i gael cyfeiriad ei hwyres.

– Beth yw enw'r fam-gu?

– Ina Lloyd-Williams, atebodd Milton gan weld bod Noel yn syllu'n gegagored arno.

7.

Eisteddai'r Parchedig Noel Evans ac Ina Lloyd-Williams yn anghyfforddus gyferbyn â'i gilydd yn ystafell ffrynt Ina yn ddiweddarach yr wythnos honno.

Fel pob gweinidog da roedd Noel wedi ffonio ymlaen llaw i drefnu'r ymweliad, gan beri cryn ofid iddi. Er ei bod wedi cytuno i ddwyn y dillad o dŷ Mr a Mrs Carol Penry Jones, roedd cydwybod Ina'n ei phigo, ac roedd yn poeni'n arw am dorri un o'r deg gorchymyn.

Roedd hwyliau Noel Evans dipyn yn well am nad oedd wedi derbyn yr un gair o gerydd am ei berfformiad yn angladd Jane Davies pan gyfarfu â blaenoriaid y capel y diwrnod cynt. Yn hytrach, roeddent wedi'i ganmol am gyflwyno syniadau newydd, ond gan ychwanegu y dylai trefniadau angladdau yn y dyfodol fod ychydig yn fwy traddodiadol.

Dywedodd y trysorydd fod y capel wedi derbyn dros £500 o roddion gan alarwyr yn dilyn gwasanaeth Jane Davies, gan ychwanegu fod Milton Smith wedi cyfrannu £15,000 tuag at apêl to'r capel.

Pan glywodd am gyfraniad Milton gwyddai Noel fod ei swydd yn ddiogel, ond teimlai'n anghysurus am yr orchwyl o gael gafael ar DNA wyres Ina Lloyd-Williams. Llwyddodd i ddarbwyllo'i hun ei fod yn cyflawni gweithred dda yn y pen draw, gan addo iddo'i hun hefyd na fyddai'n dweud gair o gelwydd wrth gyflawni'r dasg.

– Dim ond galw draw i weld sut oeddech chi ar ôl yr angladd, Mrs Lloyd-Williams.

– Wrth gwrs. Roedd yn ddiwrnod hir ... i ni i gyd, atebodd Ina, gan edrych yn ofalus ar y gweinidog.

– Oedd wir, cytunodd Noel, gan wenu'n wan.

Bu ysbaid o dawelwch cyn i Noel benderfynu mynd at galon y mater.

– Sut mae'r teulu'n cadw, Mrs Lloyd-Wiliams?

– Teulu?

– Y ferch-yng-nghyfraith ... yr wyres ... Mared on'tife?

– Byth yn ei gweld hi, Mr Evans. Fe fydd hi'n cael ei chanlyniadau TGAU yr wythnos nesa, ond sai'n debygol o'i gweld hi am sbel.

– Nagy'ch chi wir? synnodd Noel, gan synhwyro fod Ina mewn cyfyng-gyngor.

– Does dim llawer o Gymraeg rhyngddo i a'i mam y dyddiau 'ma, Mr Evans.

– Mae'n flin gen i glywed hynny, meddai Noel, gan weld cyfle i fanteisio ar y sefyllfa.

– Oes rhywbeth alla i wneud? Alla i fod mor hy' a gofyn pam eich bod yn anghytuno, Mrs Lloyd-Williams?

Edrychodd Ina arno am rai eiliadau, gan feddwl efallai y byddai ymweliad gan y gweinidog yn pigo cydwybod Meleri, neu o leiaf yn achosi embaras iddi.

– Arian ac eiddo, atebodd yn swrth, heb ymhaelaethu.

– O diar. Cariad at arian yw gwreiddyn sawl drygioni, meddai Noel yn dawel gan wyro'i ben yn araf.

– Yn hollol, Mr Evans, cytunodd Ina, gan sylweddoli fod ganddi gyfle i gael barn y gweinidog, yn anuniongyrchol, am y lladrata o'r tŷ gwyliau.

– Efallai y dylech chi ymhaelaethu ychydig, anogodd Noel, gan feddwl bod Ina'n dal i sôn am y ffrae gyda'i merch-yng-nghyfraith.

– A ddylai rhywun wneud rhywbeth fyddai o fudd ariannol i rai pobl ond a fyddai'n golygu bod rhywun arall yn colli allan? gofynnodd Ina.

Meddyliodd Noel am ennyd, gan geiso deall rhesymeg Ina Lloyd-Williams, cyn taro ar y syniad ei bod hi'n ystyried gadael ei merch-yng-nghyfraith a'i hwyres allan o'i hewyllys.

– Beth fyddech chi, Mr Evans, yn wneud petaech chi mewn sefyllfa i dderbyn tipyn o arian, gan wybod y byddai rhywun arall ar ei golled? holodd Ina eto. Pwysodd ymlaen yn ei chadair a syllu'n daer dros ei sbectol ar y gweinidog.

– Ydych chi'n fy holi i'n benodol, Mrs Lloyd-Williams? gofynnodd Noel.

– Ydw. Mae gen i barch mawr tuag atoch chi, Mr Evans. Fe fuoch chi o gymorth mawr imi ar ôl i Gwynfryn ac Edward farw, meddai Ina.

Teimlodd Noel chwys yn dechrau cronni ar ei dalcen. Yn amlwg roedd yr hen wreigan wedi teimlo drosto yn dilyn angladd Jane Davies ac yn ystyried gadael arian i'r capel yn ei hewyllys.

– Wel, Mrs Lloyd-Williams, fe ddwedodd yr Iesu ... gwerth y cwbl sydd gennyt, a rhanna ef ymhlith y tlodion a chei drysor yn y nefoedd ... ac ... mae'n haws i gamel fynd trwy grau nodwydd nag i rywun cyfoethog fynd i mewn i deyrnas Duw. Felly os ydych chi'n penderfynu amddifadu rhywun o arian neu eiddo ... mewn ffordd ... ry'ch chi'n ei wneud yn haws iddyn nhw fynd i'r nefoedd. Felly, ry'ch chi'n gwneud ffafr â nhw, atebodd Noel.

– Diddorol. Diddorol iawn. Ry'ch chi wedi lleddfu fy ngofidion, Mr Evans, meddai Ina.

– Serch hynny, efallai y dylwn i ymweld â'ch merch-yng-nghyfraith i geisio dal pen rheswm â hi, awgrymodd Noel.

– Wrth gwrs, meddai Ina, gan estyn am ei llyfr rhifau ffôn a chyfeiriadau.

8.

Roedd Milton Smith wedi cerdded draw at dŷ Nora o leiaf hanner dwsin o weithiau yn ystod y pythefnos ers angladd Jane Davies. Ond bob tro y byddai'n dod o fewn hanner canllath i'r bwthyn penderfynai y byddai'n well iddo droi'n ôl yn hytrach na chorddi hen atgofion a theimladau a ymestynnai yn ôl dros drigain mlynedd.

Serch hynny, roedd ganddo nifer o gwestiynau oedd angen eu hateb, a dim ond Nora allai gynnig yr atebion hynny. Camodd yn araf at ddrws y tŷ a churo'n ysgafn arno un nos Wener braf ar ddechrau penwythnos Gŵyl Banc mis Awst, gan obeithio fod ei gyn-gariad gartref.

Tra oedd yn sefyll yno, gwelodd gwpwl ifanc yn dod allan o ddrws ffrynt y bwthyn drws nesaf a cherdded at gar BMW oedd yn llawn dillad a chyfarpar syrffio. Roedd hi'n amlwg bod y rhain yn berchen neu'n rhentu'r tŷ ac wedi dod o bell i fwynhau Gŵyl y Banc yn y Cei.

– Noson hyfryd, meddai'r dyn yn Saesneg, gan gario dau fag yn llawn bwyd a gwin i'r tŷ.

– Ydy wir, meddai Milton, gan glywed y drws yn agor y tu ôl iddo.

– Ro'n i'n meddwl pryd fyddet ti'n dod draw. Rwy wedi aros trigain mlynedd. Doedd wythnos neu ddwy arall ddim yma nac acw, meddai Nora.

Wrth iddi gyfarch Milton, gwelodd Nora fenyw'n cerdded o'r car i'r tŷ drws nesa.

Cododd honno'i phen a dweud, – Helo Jane ... sut y'ch chi ... ? yn Saesneg cyn gweld nad ei chymydog arferol oedd yn ei hwynebu.

– Na, chwaer Jane ydw i. Bu ... bu farw Jane dros bythefnos yn ôl, meddai Nora.

– Mae'n flin gen i ... do'n i ddim yn gwybod ... dy'n ni ddim wedi bod lawr 'ma ers diwedd Gorffennaf ... roedd Jane yn ... yn ..., meddai'r fenyw, gyda dagrau'n cronni'n ei llygaid. – ... roedd hi'n fenyw hyfryd ... esgusodwch fi, ychwanegodd, gan gamu'n gyflym i mewn i'r tŷ.

Trodd Nora at Milton.

– Mae'n siŵr dy fod ti am imi ddweud nad wyt ti wedi newid dim ... ond rwyt ti wedi heneiddio, Milt, meddai'n swta, gan droi'i chefn arno a chamu i mewn i'r bwthyn heb gau'r drws. Aeth Milton i mewn ar ei hôl hi, gan gau'r drws ac ymuno â Nora yn yr ystafell fyw.

Roedd hi'n gwisgo kimono hir glas a thwrban oren llachar i guddio'i gwallt gwyn. Ond merch ddeunaw oed gyda gwallt hir coch oedd hi o hyd yn nychymyg Milton Smith.

– Dyma'r tro cynta imi fod yma ... doedd dy fam ddim yn ... – dechreuodd Milton, cyn i Nora dorri ar ei draws.

– 'Wy ddim am rannu hen atgofion. 'Wy'n cymryd nad wyt ti wedi dechrau colli dy gof ... a dydw inne ddim chwaith. Mae'r ddau ohonon ni'n cofio pob dim am ein gilydd, meddai'n siarp gan eistedd mewn cadair ac estyn ei braich fel arwydd i Milton eistedd gyferbyn â hi.

– Sai'n gwybod pam dy fod ti mor sych, Nora. Falle gwneith hwn helpu ychydig, meddai Milton, gan dynnu potel fach o wisgi o'i boced a sylwi ar ymateb Nora. – Rwy'n gweld fod 'na rai pethau sydd heb newid. Lle wyt ti'n cadw dy wydrau? gofynnodd, gan wenu arni a mynd trwodd i'r gegin.

– Maen nhw yn y cwpwrdd uwchben y sinc. Gyda llaw, mae dy ben ôl di dipyn yn llai, meddai Nora, gyda hanner gwên.

– Ac mae d'un di dipyn yn fwy, atebodd Milton yn gellweirus wrth iddo ddychwelyd gyda dau wydraid o wisgi a rhoi un i Nora, heb dynnu'i lygaid oddi arni.

– Paid â syllu arna i fel'na ... rwy'n gwybod 'mod i'n edrych fel hen brwnsen erbyn hyn.

– Na, na ... y llygaid ... mae dy lygaid di'n dal yn chwareus ... fe fyddwn i'n dy nabod di yn unrhyw le.

Llyncodd Nora hanner ei diod mewn un cegaid cyn i Milton ofyn y cwestiwn a fu'n ei boeni ers trigain mlynedd.

– Pam nad atebaist ti fy llythyrau i o Gorea a pham wnest ti atal Jane rhag rhoi dy gyfeiriad yn Llundain i mi ar ôl imi ddod yn ôl i'r Cei?

– Am beth wyt ti'n sôn? Pa lythyrau? atebodd Nora, cyn gorffen gweddill ei diod ac anfon Milton yn ôl i'r gegin i nôl un arall iddi.

– Dere 'nôl â'r botel y tro 'ma, gwaeddodd, gan sylwi nad oedd y ddiod wedi llwyddo i'w hatal rhag crynu drwyddi.

– Sgrifennais i droeon o'r gwersyll carcharorion, meddai Milton wedi iddo ddychwelyd o'r gegin.

– I ble?

– I'r cyfeiriad hwn ... a phan ches i ddim ateb, dechreuais ysgrifennu llythyrau atat ti a'u rhoi nhw mewn amlen gyda'r rhai o'n i'n sgwennu at fy nhad, a gofyn i hwnnw eu rhoi nhw i ti ... ond ysgrifennodd e 'nôl yn dweud dy fod ti wedi symud i Lundain.

– Pam wnest ti ddim ysgrifennu ata i yn Llundain 'te?

– Rhoddodd fy nhad y llythyrau i Jane ac fe ddwedodd hi y byddai'n eu hanfon i dy gyfeiriad yn Llundain am nad oeddet ti am i neb arall wybod dy gyfeiriad yno am ryw reswm.

Sipiodd Nora'i hwisgi'n araf gan gau ei llygaid am ennyd.

– Ddwedodd Jane nad oeddet ti wedi anfon yr un llythyr, Milton. Ro'n i'n gwybod bod Mam ddim yn dy hoffi di ryw lawer ... doedd hi ddim yn fy hoffi fi chwaith ... ond do'n i ddim yn gwybod fod Jane wedi cymryd yn dy erbyn di. Ddwedodd hi fod gen ti gariad newydd pan ddest ti 'nôl o'r rhyfel ...

– ... celwydd ... celwydd! Ddwedodd hi wrtha i fod gen ti rywun yn Llundain ac y byddai'n well imi beidio â chorddi'r dyfroedd ... a dyna wnes i ...

– ... tan nawr ...

– Tan nawr, Nora. Pam fyddai hi'n gwneud y fath beth?

– Sgen i ddim syniad. Meddwl nad oeddet ti'n ddigon da i mi? Doedd hi byth yn faleisus ... a dweud y gwir ges i fyth gam ganddi ... mae'n siŵr bod ganddi ei rhesymau ... ond chawn ni fyth wybod nawr.

– Ond roeddet ti'n dal i aros amdana i? gofynnodd Milton gan deimlo gwefr yn mynd trwy'i gorff. Roedd e am gusanu Nora'n frwd. Cododd ar ei draed a chamu tuag ati gan estyn ei freichiau i'w chofleidio.

Eisteddodd Nora yn ei hunfan gan edrych i fyw ei lygaid.

– Na ... mae'n rhy hwyr ... ry'n ni'n bobl wahanol ... ry'n ni'n hen, Milt.

– Nora ... rwy'n dal i dy garu di. Wnes i ddim stopio dy garu di.

– O, Milton ... dwyt ti ddim wedi newid, meddai Nora, cyn clywed rhywun yn curo ar ddrws ffrynt y tŷ.

Pan agorodd Nora'r drws, gwelodd y fenyw a ddihangodd i'r bwthyn drws nesa funudau ynghynt yn sefyll yno, a'i gŵr wrth ei hymyl.

– Mae'n flin gennon ni am eich colled ... ry'n ni'n berchen y tŷ drws nesa ac roedden ni'n nabod Jane yn weddol dda. Roedd gan y ddau ohonon ni lawer o barch tuag ati, meddai'r dyn.

– Diolch, meddai Nora, gan wenu'n groesawgar ar y ddau a'u gwahodd i'r tŷ.

Cyflwynodd Hugh a Donna Richards eu hunain, gan esbonio fod Hugh yn gweithio ar ei liwt ei hun, a bod Donna'n gwneud ei bywoliaeth fel prif weithredwr elusen plant yn ne-orllewin Lloegr.

– Pleser cyfarfod â chi. Nora ydw i ...

– ... a fi yw Milton ... Milton Smith, meddai hwnnw, gan godi o'i gadair a siglo dwylo'r ddau'n wresog.

– Braf cyfarfod â chi, Mr a Mrs Smith, meddai Hugh.

Gwelodd Milton geg Nora'n agor i'w gywiro ond bu'n gyflymach na hi.

– Diolch yn fawr ... a dweud y gwir, Jane lwyddodd i'n cadw ni gyda'n gilydd pan oedden ni'n gariadon ar ddechrau'r pumdegau ... on'tife, Nora?

– Ife, Milton? atebodd honno, gan gofio sut roedd personoliaeth chwareus Milton wedi'i swyno pan oedd hi yn ei harddegau.

– Ie ... ro'n i'n garcharor rhyfel yng Ngogledd Corea ac ro'n i wedi colli cysylltiad gyda Nora, ond fe wnaeth Jane yn siŵr fod fy llythyrau i'n cyrraedd fy nghariad yn Llundain ... ac yn fuan wedi imi ddychwelyd o Gorea fe briodon ni ... ar 26 Awst, 1954.

– Dyna ramantus... Hugh, mae hynny'n 58 mlynedd i'r diwrnod, meddai Donna.

– Dyna pam ry'n ni'n cael diod fach heno ... i ddathlu'n pen-blwydd priodas, ac i gofio am Jane, meddai Milton, gan edrych yn slei ar Nora.

– Roedd Jane yn gymwynasgar iawn gyda ni hefyd, meddai Hugh, gan esbonio ei fod yn gwneud ei fywoliaeth ym myd technoleg gwybodaeth, a bod ganddo felly ddiddordeb mewn teclynnau o bob math.

– Penderfynais osod larwm diogelwch a system TCC yn yr adeilad pan brynon ni'r bwthyn. Ond oherwydd bod rhai misoedd yn mynd heibio bob tro cyn inni ddychwelyd i'r bwthyn, roedd angen rhywun i newid tapiau'r camerâu TCC, meddai, cyn i Donna ychwanegu,

– ... ges i'r syniad o ofyn i Jane eu newid nhw bob wythnos. Wrth gwrs, erbyn hyn gallen ni sefydlu system lle gallwn wylio'r lluniau TCC o bell ar gyfrifiadur, ond roedd Jane yn mwynhau helpu gymaint.

– Ac ydych chi am inni barhau â'r trefniant? gofynnodd Milton, oedd wedi hen arfer â sylweddoli'n gyflym beth oedd gwir amcan pobl.

– Wel ... doedden ni ddim yn mynd i ofyn, ond os ydych chi'n cynnig ..., meddai Hugh, gan wenu.

– Hmmmm ... a fyddai £50 y mis yn dderbyniol? gofynnodd Milton yn chwareus.

– Cau dy geg, Milton! Fe fyddwn ni ... fe fydda *i*'n ei wneud am ddim. Ddo i draw nes 'mlaen i chi gael esbonio beth fydd angen imi wneud, meddai Nora wrth Hugh a Donna cyn ffarwelio â'r ddau.

Dychwelodd funud yn ddiweddarach.

– Mae gen ti wyneb, Milton Smith ... gofyn am arian am wneud cymwynas ... ac esgus ein bod ni'n briod. Sut yn y byd alla i esbonio iddyn nhw 'mod i'n hen ferch pan wela i nhw eto?

– Dweda wrthyn nhw 'mod i wedi marw, atebodd Milton yn dawel.

– Doniol iawn ... fe fyddi di'n canu yn ein hanggladdau ni i gyd.

Brathodd Milton ei dafod. Penderfynodd beidio â dweud wrth Nora y byddai'n marw ymhen rhai misoedd, oherwydd nid oedd am iddi deimlo trueni drosto os nad oedd hi'n dal i'w garu.

– Wyt ti'n meddwl y bydden ni wedi para wythnos gyda'n gilydd, Milton? Rwyt ti wedi mynd ar fy nerfau ar ôl ugain munud yn dy gwmni ... ry'n ni'n dau'n gwybod nawr na fydden ni byth wedi para.

Edrychodd hwnnw'n syn arni.

– Ond dyw hynny ddim yn meddwl na ddylen ni weld ein gilydd eto, Nora ... fel ddwedes i, ro'n i mewn cariad 'da ti ... ac rwy'n dal mewn cariad 'da ti.

– Nonsens. Rwyt ti mewn cariad gyda'r gorffennol. Rwyt ti mewn cariad gyda merch ddeunaw oed oedd ddim yn gwybod y gwahaniaeth rhwng ei phenelin a'i ffansen. Falle fod Jane wedi gwneud cymwynas â'r ddau ohonon ni ... ac yn bwysicach ... 'sen ni'n gweld ein gilydd eto, bob tro fydden i'n edrych arnat ti fydden i'n gwybod dy fod ti'n dad i dy fab ... ac yn fy marn i roedd e'n rhannol gyfrifol am farwolaeth fy chwaer. Rwy'n credu y bydde'n well inni beidio â gweld ein gilydd eto, meddai Nora.

Cododd Milton a chamu tuag ati.

– Ond Nora ...

– Cer o'ma, Milt, meddai, gan osgoi llygaid ei chyn-gariad.

– Addawa un peth i mi 'te, Nora. Fe fyddi di yna os fydda i dy wir angen?

– Na ... ie ... sai'n gwybod. Gad fi fod.

Camodd Milton yn araf at y drws cyn mynd allan trwyddo a'i gau'n araf ar ei ôl.

Y gwir oedd bod Nora wedi derbyn pob un o lythyrau Milton gan ei chwaer. Ond penderfynodd beidio ag ymateb gan ddweud wrth Jane am atal Milton rhag cysylltu â hi. Roedd hi'n mwynhau ei bywyd yn ferch ifanc rydd yn Llundain a gwyddai y byddai'n rhaid iddi ddychwelyd i fywyd cul, diflas yn y Cei petai hi'n ailgydio yn ei pherthynas â Milton wedi iddo ddychwelyd o Gorea. Gwyddai Nora iddi fod yn snob yn ystod y cyfnod hwnnw a'i bod wedi trin Milton yn hynod o wael.

Ond roedd wedi methu â chyfaddef y gwir i Milton y prynhawn hwnnw. Cafodd ysgytwad pan sylweddodd nad oedd ei gariad tuag ati wedi pylu, ond doedd hi ddim yn haeddu cariad Milton. Roedd yn rhaid iddi dalu penyd am ei hymddygiad drigain mlynedd ynghynt drwy beidio â'i weld eto.

Gwridodd â chywilydd am esgus mai ei chwaer annwyl oedd wedi dinistrio'r berthynas, ac am ddangos y fath atgasedd ffug tuag at gariad mwyaf ei bywyd. Dechreuodd lefain. Nid oedd wedi llefain cymaint ers iddi golli ei thad yn yr un tŷ bron i bedwar ugain mlynedd ynghynt.

9.

Roedd prynhawniau Sadwrn yn werthfawr i Val a Vince am fod Val yn dechrau ei gwaith yn y ffatri prosesu gwalc yn gynnar y bore drwy'r wythnos a Vince yntau yn aml yn gorfod labro ar foreau Sadwrn i gadw dau ben llinyn ynghyd. Yn aml, dyna'r unig gyfle a gâi'r ddau i dreulio amser hamdden gyda'i gilydd.

Byddent yn mynd am dro hir ar draeth y Cei, yna'n cael diod neu ddau yn un o dafarndai'r pentref, cyn mynd adre i orwedd ym mreichiau'i gilydd ar y soffa i wylio'r teledu am weddill y noson.

Felly doedd Del ddim yn synnu fod ei chwaer wedi strancio pan ddywedodd Vince wrthi ei fod wedi trefnu i weithio ar sgwter Shopmobility Gwen y diwrnod hwnnw. Roedd Gwen wedi defnyddio'r sgwter nifer o weithiau ers iddi ei etifeddu, er ei bod yn honni ei fod yn rhy araf o lawer yn mynd i fyny'r rhiw i'w chartref.

– Rwy'n siŵr y galla i wneud rhywbeth i'w gyflymu rywfaint, meddai Vince gan dderbyn sws anferth gan Val ar y pryd am fod mor ystyriol.

– Pam fod yn rhaid iti fynd i gartre dy rieni? A phryd fyddi di'n ôl? A pham fod angen i Del fynd 'da ti? gofynnodd Val, gan giledrych yn amheus ar y ddau yng nghegin Gwen y bore hwnnw.

– Mae Dad â'r cyfarpar rwy ei angen i newid cyflymdra'r cerbyd. Mae Mam ac yntau wedi mynd bant am benwythnos. Felly rwy angen Del i helpu, ond fe fyddwn ni adre erbyn wyth, atebodd Vince gan bwyntio at y tag ar bigwrn Del. –Dere 'mla'n, Del ... rwy angen dy help di i lwytho'r sgwter i'r fan, ychwanegodd, gan roi sws glec i'w wraig a gadael y tŷ.

Ugain munud yn ddiweddarach roedd y ddau wedi cyrraedd cartref rhieni Vince ym mhentref Synod Inn, bum milltir o'r Cei, ac wedi trosglwyddo'r sgwter i garej ei rieni cyn dechrau ar y gwaith o'i gael i symud yn gyflymach.

– Reit. Beth wyt ti am imi wneud? gofynnodd Del, gan weld Vince yn cerdded tuag at ddrws yn y garej a arweiniai at y tŷ ei hun.

– Dim byd. Fe orffennais i'r gwaith o wneud y sgwter yn gyflymach ar ôl i Val fynd i'r gwaith bore ddoe, meddai.

– Ond pam ofynnaist ti i mi ddod 'ma 'te?

Closiodd Vince at Del gan dynnu pac o gardiau o'i boced, cyn eu taenu ar draws ei law chwith.

– Dewisa garden, unrhyw garden, meddai, gan wenu.

– Wyt ti'n wallgo? Be tase Val yn dod i wybod bod 'da ti gardiau yn dy boced? meddai Del.

* * *

Newidiodd bywyd Vince am byth un nos Sadwrn yn 1995 pan oedd yn saith mlwydd oed, a hynny pan welodd raglen y consuriwr Paul Daniels ar y teledu. O'r foment honno gwyddai y byddai yntau, un dydd, yn gonsuriwr enwog.

Ni chymerodd at bynciau academaidd yn yr ysgol, ond yn hytrach at waith metel a gwaith coed. Canolbwyntiodd ar waith coed pan adawodd yr ysgol yn 16 oed, gan ddilyn cwrs gwneud dodrefn yng Ngoleg Ceredigion yn Aberteifi y flwyddyn ganlynol. Bachodd ar y cyfle i gyfuno'i ddiddordeb mewn gwaith coed a chonsurio drwy greu blwch consuriwr ar gyfer esgus torri corff yn ddau fel rhan o'i brosiect blwyddyn gyntaf.

Perswadiodd ei fam i fod yn rhan o'r act, a gadael iddo'i 'thorri'n ddwy', gan ddefnyddio'r dechneg lle byddai honno'n plygu'i hun yn ei hanner yn un rhan o'r bocs, gyda choesau prosthetig ffug yn y rhan arall.

Erbyn hynny roedd Vince wedi gloywi'i grefft ac wedi magu digon o hyder i ymweld â meysydd carafannau'r ardal, gan arddangos ei ddoniau i'r rheolwyr adloniant yno.

– Gofynna iddi symud bysedd ei thraed! gwaeddodd rheolwr adloniant maes carafanau Holimarine, lle'r oedd hyd at 2,000 o bobl yn aros bob wythnos yn ystod yr haf.

– Allith hi ddim gwneud hynny, atebodd Vince yn benisel.

Cododd y rheolwr a rhoi ei fraich dros ysgwydd Vince.

– Dyw defnyddio un person ar gyfer y tric ddim yn ddigon rhagor. Mae angen dau berson, un ym mhob bocs, fel bod y gynulleidfa'n gallu gweld un ohonyn nhw'n symud bysedd ei thraed, meddai, wrth i fam Vince geisio straffaglu allan o'r bocs.

– ... sy'n golygu bod angen iti gael rhywun gyda choesau tebyg i rai dy fam. Pob lwc 'da hynna, meddai'r rheolwr, gan syllu ar gluniau anferth mam Vince oedd erbyn hyn wedi llwyddo i ryddhau ei hun o'r bocs.

Bu uchelgais Vince yn deilchion am wythnosau nes iddo weld Val yn dawnsio ym mharti pen-blwydd un o'i ffrindiau mewn tafarn yn y pentref. Syrthiodd mewn cariad â Val y tro cyntaf iddo weld ei choesau. Roedd yn ei seithfed nef pan ddangosodd Val ei bod hefyd yn gallu plygu'i hun yn ddau wrth iddyn nhw garu yng nghefn fan Vince y noson honno.

Roedd Val yn fwy na hapus i fod yn rhan o'r act, a phenderfynodd Vince arbrofi ychydig gan adeiladu tanc dŵr arbennig. Y nod oedd gosod Vince yn y tanc wedi'i glymu â bolltau, a'i fod yn llwyddo i ryddhau ei hun cyn iddo redeg allan o wynt.

Am mai saer coed oedd Vince, penderfynodd ddefnyddio to pren yn hytrach na tho metel ar gyfer y perfformiad cyntaf o'r tric yng ngwersyll gwyliau Wide Horizons ger y Cei.

Er iddo lwyddo i ddatod y rhwymau ymhen hanner munud, methodd ag agor to'r tanc am fod y coed wedi amsugno'r dŵr a chreu gwactod oedd yn atal y to rhag agor.

Wrth i Vince straffaglu am ei fywyd, gan wybod na allai ddal ei wynt am lawer hirach, roedd y gynulleidfa ar eu traed yn cymeradwyo'r perfformiad. Ond sylweddolodd Val fod rhywbeth mawr o'i le.

O ganlyniad i weithio yn y ffatri gwalc a chodi bocsys trwm o bysgod yn ddyddiol roedd wedi magu tipyn o fôn braich. Roedd Vince yn ffodus fod ei gymar yn fenyw nobl, oherwydd llwyddodd i agor y to a thynnu Vince allan gerfydd ei war. Pan ddaeth ato'i hun clywodd Val yn dweud,

– Dwyt ti byth yn mynd i wneud hyn eto.

– Iawn, atebodd yn wan, cyn iddo gael ei gludo o'r adeilad ar stretsier. Nid oedd Vince wedi camu ar lwyfan ers y diwrnod hwnnw.

* * *

– Addewaist ti i Val na fyddet ti byth yn mynd ar lwyfan eto, meddai Del gan roi'r garden yn ôl yn y pac.

– Gwranda. Ry'n ni'n sgint. Ry'n ni'n gwybod bod Gwen yn brin o arian er na fyddai hi byth yn cyfadde hynny, ac rwyt ti bron â rhedeg mas o arian 'fyd. Mae'n *no brainer*, ychan ...

– Ond beth wyt ti moyn imi wneud?

– Symud y dodrefn ar ac oddi ar y llwyfan ... chwarae'r gerddoriaeth ar y PA i gyd-fynd â'r triciau ... pethau fel'na. Syml.

– 'Wy ddim yn siŵr, Vince ... eith Val off ei phen.

– Gwranda. Mae'n werth £200 y noson inni, Del. Cyfle i ti godi arian ar gyfer dy ffioedd coleg. Beth amdani?

– Wel ... mae'n ffordd o wneud arian yn weddol gyflym, mae'n debyg.

– Iawn. Rwy wrthi'n trefnu i dreialu'r act ar ddechrau mis Hydref ... i gael fy hunanhyder yn ôl a chyflwyno ambell dric newydd ... *seven of hearts*.

– Sori?

– Y garden ddewisaist ti ... y *seven of hearts*.

– Ie. Ti'n iawn, Vince.

– Wrth gwrs fy mod i ... Ali-wp! meddai Vince gan ddynwared ei hoff gonsuriwr, Ali Bongo, cyn iddo agor y drws i'w hen ystafell wely.

Chwibanodd Del pan gamodd i mewn iddi. Roedd y waliau'n frith o bosteri a lluniau o gonsurwyr enwocaf y byd gan gynnwys Harry Houdini, Jasper Maskelyne, Harry Blackstone a Doug Henning.

Sylwodd Vince ar ymateb Del.

– Roedd Mam yn meddwl na fydden i a Val yn para, felly fe benderfynodd hi gadw'r stafell fel yr oedd hi pan o'n i'n dal i fyw gartref, esboniodd, gan godi bocs yn llawn deunydd ar gyfer ei act a'i roi yn nwylo Del. – Mae'r system sain yn y garej. Be sy'n bod? holodd, wrth weld yr anghrediniaeth ar wyneb ei frawd-yng-nghyfraith.

– Do'n i ddim yn sylweddoli pa mor bwysig oedd hud a

lledrith i ti. Ddylet ti ddweud wrth Val. Rwy'n siŵr y bydde hi'n newid ei meddwl petaet ti'n cael gair gyda hi.

– Na. Mae'n rhaid imi wneud hyn hebddi am nawr ... nes imi gael fy hunanhyder yn ôl, atebodd Vince, gan godi bocs arall.

– Ta beth, rwyt ti'n un pert i siarad. Rwy'n cofio Val yn dweud wrtha i mai lluniau chwaraewyr pêl-droed Lerpwl ac aelodau Girls Aloud oedd ar wal dy stafell wely di tan tua pum mlynedd yn ôl, ychwanegodd.

Gwenodd Del, gan gofio bod y lluniau ar y wal wedi newid bron dros nos wedi iddo ddarganfod yn bymtheg mlwydd oed mai Fidel oedd ei enw bedydd, pan fu'n rhaid iddo gael pasbort i fynd ar daith ddiwylliannol yr ysgol i Baris am dridiau.

Bu'n rhaid i'w fam-gu esbonio iddo bod ei fam, Rita, wedi honni mai Fidel Castro oedd tad Del. Penderfynodd Rita ddilyn gyrfa fel dawnswraig ar ôl iddi ennill ysgoloriaeth i fynychu coleg dawns yn Llundain, a gadael y Cei yn ddeunaw oed yn 1981.

Byddai Rita'n dychwelyd i weld ei mam a'i thad yn achlysurol yn ystod ei gyrfa lwyddiannus fel dawnswraig yn y West End yn Llundain, a chyda chwmnïau dawns ar draws cyfandir Ewrop.

Dychwelodd adref toc cyn y Nadolig un flwyddyn ar ddiwedd y 1980au gyda babi pum mis oed yn ei breichiau. Er iddyn nhw gael cryn sioc, cytunodd Gwen a'i gŵr, Morris, i edrych ar ôl y plentyn er mwyn iddi hi allu dychwelyd i ailafael yn ei gyrfa.

– Beth yw ei henw hi? gofynnodd Gwen.

– Valerie, atebodd Rita.

– Pam Valerie? gofynnodd Morris.

– Ar ôl ei thad.

– Ei thad? gofynnodd Gwen.

– Valéry Giscard d'Estaing, cyn-Arlywydd Ffrainc. Gawson ni garwriaeth fer a thanbaid ar ôl iddo 'ngweld i'n dawnsio yn y *Folies Bergère*. Rwy wastad wedi bod yn un am ddynion hŷn, atebodd Rita.

Er bod Rita'n gymeriad benchwiban, cadwodd at ei haddewid i anfon arian adre i helpu'i rhieni i dalu am fagwraeth Val, gan ymweld â'i merch ddwywaith neu dair y flwyddyn rhwng ei galwadau fel dawnswraig.

Roedd Morris yn ddigon hapus i helpu i fagu'r ferch fach, oherwydd teimlai iddo fod dan draed Gwen yn ystod y chwe mis ers iddo ymddeol o'i swydd yn bostman.

Dair blynedd yn ddiweddarach cafodd Gwen a Morris sioc arall pan ddychwelodd Rita gyda babi arall yn ei breichiau.

– A beth yw enw hwn? gofynnodd Gwen.

– A pwy yw'r tad y tro hwn? ychwanegodd Morris.

– Fidel yw ei enw, ar ôl ei dad. Fidel Castro. Ddwedes i wrthoch chi 'mod i wedi bod yng Nghiwba gyda chwmni dawns asgell chwith flwyddyn yn ôl ... wel ... gwrddon ni ag El Kommandante, a ...

– Does dim angen iti ddweud mwy, meddai Gwen gan droi ei llygaid i gyfeiriad Val, oedd yn glustiau i gyd.

Ar ôl i Rita adael y babi yng ngofal ei rhieni a dychwelyd i ymuno â chwmni dawns yn y Dwyrain Canol, penderfynodd Gwen a Morris ddweud wrth bobl mai Delwyn oedd enw'r babi, rhag i bobl feddwl bod Rita'n wallgof.

Ond ni welodd y ddau eu merch yn fyw eto. Chwe mis yn ddiweddarach bu farw Rita mewn damwain bws yn yr Almaen wrth i'r cwmni dawns deithio yn ôl o Ferlin i Lundain.

Roedd colli ei unig ferch yn ormod i Morris, a bu hwnnw farw o drawiad y galon chwe mis yn ddiweddarach. Doedd dim dewis gan Gwen ond brwydro mlaen gan geisio magu'r ddau blentyn orau gallai. Er bod pensiwn gweddw'r swyddfa bost wedi helpu i gynnal y tri ohonynt bu'n rhaid iddyn nhw fyw'n gynnil iawn o hynny ymlaen.

Roedd cael gwybod y gallai fod yn fab i Fidel Castro wedi newid bywyd Del. O'r eiliad honno, dechreuodd ymddiddori ym mhob dim oedd yn ymwneud ag El Kommandante, y chwyldro yng Nghiwba a Marcsiaeth, cyn ehangu ei ddiddordeb i'r Rhyfel Cartref yn Sbaen a'r Chwyldro yn Rwsia. Ymhen mis, roedd y lluniau o Steven Gerrard, Xavi Alonso a Cheryl Cole ar wal ei ystafell wely wedi diflannu a lluniau o Castro, Antonio Gramsci a La Passionara yn eu lle.

– Dere 'mla'n ... mae tipyn o waith 'da ni i'w wneud cyn iti ddysgu popeth ar gyfer y sioe, meddai Vince gan gamu at y garej.

10.

Cyfarfu Ina, Gwen a Nora yn nhŷ Ina am wyth o'r gloch ar nos Sadwrn yng nghanol mis Medi. Roedd hi wedi nosi'n gynnar am fod y tywydd mor stormus a gwlyb. Roedd yr amgylchiadau'n berffaith ar gyfer y lladrad o dŷ Mr a Mrs Penry Jones am fod strydoedd cefn y pentref yn wag wrth i'r tair hen fenyw gerdded allan o ddrws cefn y tŷ am hanner awr wedi wyth.

– Wyt ti'n hollol siŵr nad yw Mr a Mrs Penry Jones yma dros y penwythnos? gofynnodd Nora.

– Ydw. Cnociais ar y drws ffrynt ddwywaith neithiwr a thair gwaith heddiw. Ta beth, dyw eu car nhw ddim o flaen y tŷ. Paid â phoeni, Nora, meddai Ina.

Gwthiodd y tair drwy'r twll yn y coed a rannai'r ddau dŷ, cyn symud yn llechwraidd tuag at y drws cefn. Tynnodd Ina allwedd y drws o boced ei throwsus du a'i throi yn y clo.

– Damo. Dyw e ddim yn agor, sibrydodd wrth y ddwy arall, oedd yn sefyll wrth ei hysgwydd.

– Dere 'ma ag e, meddai Nora, gan ofni bod Mr a Mrs Penry Jones wedi newid cloeon y tŷ. Ond pan drodd Nora'r allwedd a gwasgu'r handlen, agorodd y drws y tro hwn, a chamodd i mewn i'r gegin, gyda Gwen ac Ina'n ei dilyn.

– Ro't ti wedi'i adael ar agor y tro diwethaf iti fod 'ma, yr het, ysgyrnygodd Nora.

Tynnodd Gwen dortsh o boced ei throwsus a'i rhoi i Ina, cyn i honno wthio heibio i Nora gan sibrwd,

– Dilynwch fi.

– Pam y'n ni'n sibrwd? sibrydodd Gwen.

– 'Wy ddim yn gwbod, sibrydodd Nora, gan ddilyn Ina allan o'r gegin ac ar hyd y cyntedd.

Oedodd Ina am eiliad ar waelod y grisiau a arweiniai at y stafelloedd gwely lle'r oedd dillad gwerthfawr Mrs Penry Jones yn aros i gwrdd â'u perchnogion newydd.

– Ydych chi am weld y piano? Fydd neb yn ein gweld ni. Maen nhw wedi tynnu cyrtens y stafell ffrynt. Mae'n hyfryd. Steinman, meddai.

Cyn i'r ddwy arall gael cyfle i ddweud wrthi am gallio, agorodd ddrws yr ystafell. Cafodd y tair eu dallu a'u byddaru eiliad yn ddiweddarach wrth i olau'r stafell ddod ymlaen.

– Pen-blwydd hapus i ti, pen-blwydd hapus i ti ..., dechreuodd grŵp o bobl ganu, cyn dod i stop eiliad yn ddiweddarach.

– Pwy yffach y'ch chi? gofynnodd dyn canol oed oedd yn gwisgo het Burberry, hwdi a jogyrs Adidas tebyg iawn i'r rhai roedd Ina'n eu gwisgo.

Roedd wyth o bobl canol oed yn sefyll yn yr ystafell, gyda balwnau ymhobman a baner anferth yn dweud 'Pen-blwydd Hapus Cliff 60' yn hongian uwchben y lle tân.

Safai Nora ac Ina'n gegagored gan fethu ag yngan gair. Camodd Gwen o flaen y ddwy arall gan wenu'n siriol ar y dyn.

– Ry'n ni wedi dod i ganu yn y parti. Mae fy ffrind Ina fan hyn yn byw drws nesa, ac fe ddwedodd Mrs Penry Jones ... Carol ... wrthi ei bod hi'n cynnal parti syrpreis ar gyfer ei gŵr gan ein gwahodd ni. Dyw hi ddim wedi cyrraedd eto, diolch byth, meddai Gwen.

– Na. Roedd 'na ddamwain ar y draffordd ger Abertawe'n gynharach. Ges i neges destun gan Carol yn dweud y byddan nhw'n cyrraedd tua naw ... dyna pam ry'n ni wedi cadw'r golau i ffwrdd, meddai'r dyn, gan sylwi ar drowsus lonclan Ina am y tro cyntaf.

– Rwy'n gweld eich bod wedi gwisgo'n addas ar gyfer y parti hefyd, ychwanegodd, gan lyncu stori Gwen yn gyfan gwbl wrth iddo weld bod y tair wedi gwneud ymdrech i wisgo fel *Chavs*, sef thema'r parti syrpreis.

Sylwodd Ina fod Nora wedi agor ei cheg i wadu ei bod wedi gwisgo fel *Chav*, ond llwyddodd i atal ei ffrind rhag strywio popeth trwy ddamsgen ar ei throed.

– Well i chi roi'r golau bant rhag ofn i chi ddifetha'r syrpreis, meddai Gwen yn wên i gyd, gan gyflwyno'i hun.

– Gwen Edwards ydw i, meddai, gan siglo llaw y dyn.

– Helo. Terry Rees, atebodd hwnnw, gan ollwng llaw Gwen wrth i honno dynnu'r ddwy arall i mewn i'r stafell a gwthio Ina tuag at y piano.

– Fe wnaiff Ina chwarae 'pen-blwydd hapus' ar y piano, ychwanegodd Gwen, gan dywys Ina a Nora tuag at yr offeryn.

Diffoddodd Terry Rees y golau ac arhosodd pawb i Carol Penry Jones a'i gŵr gyrraedd. Closiodd Gwen at Terry.

– Ers pryd y'ch chi 'ma? sibrydodd.

– Tua chwech o'r gloch. Rhoddodd Carol allwedd y tŷ imi ddoe ac fe deithion ni fyny o Gaerdydd pnawn 'ma. Ry'n ni wedi parcio yn y strydoedd cefn a dod mewn trwy gefn y tŷ rhag ofn i Cliff weld ein ceir ni. Fel ry'ch chi'n gwybod, mae Carol wedi bod yn trefnu'r parti ers wythnosau, atebodd Terry.

Gwingodd Gwen, gan sylweddoli y dylai Ina fod wedi cnocio ar y drws yn fwy aml y prynhawn hwnnw i wneud yn siŵr bod y tŷ'n wag. Gwyddai hefyd fod mwy o waith o'u blaenau i gael eu hunain allan o'r twll roedden nhw ynddo. Ond cyn i Gwen gael cyfle i feddwl mwy am y sefyllfa, clywodd gar yn stopio o flaen y tŷ.

Bu tawelwch yn yr ystafell am eiliadau hir wrth iddyn nhw glywed drws y tŷ'n agor, a chamau'n agosáu at yr ystafell cyn i'r drws agor. Rhoddodd Terry y golau mlaen a gwenodd Carol o weld y sioc ar wyneb ei gŵr wrth i bawb ddechrau canu 'pen-blwydd hapus', a chamu tuag ato i'w gofleidio a'i longyfarch. Ond trodd gwên Mrs Penry Jones yn olwg o anghrediniaeth pan welodd hi Ina'n canu'r piano ac yn gwenu arni, a Nora'n sefyll wrth ei hochr.

– Be mae'r rhain yn wneud yma? gofynnodd, cyn i rywun gymryd ei braich a'i thynnu i'r cyntedd. Gwelodd mai'r fenyw oedd yn ei hwynebu oedd y drydedd un yn y siop elusen lle cafodd ei sarhau wythnos neu ddwy ynghynt.

– Gadewch imi esbonio ..., meddai Gwen, gan dywys Mrs Penry Jones yn bellach i ffwrdd, a cheisio meddwl am esboniad ar yr un pryd.

– Roedden ni'n teimlo mor flin am y ffordd gawsoch chi'ch trin gan Nora yn y siop. Penderfynodd y tair ohonon ni y byddai'n rhaid inni geisio gwneud rhywbeth i ymddiheuro am y digwyddiad anffodus hwnnw. A chan eich bod wedi sôn am barti gwisg ffansi ar ben-blwydd eich gŵr ...

– Do fe? Dwi ddim yn cofio sôn ...

– O do. Ddwedoch chi wrth Ina. Rwy'n cofio iddi ddweud bod y parti ar nos Sadwrn yr ail ar bymtheg o Fedi.

– Ydych chi'n siŵr? ... Falle 'mod i, meddai Carol yn ansicr. Closiodd Gwen ati gan sibrwd.

– Wrth gwrs, doeddech chi ddim i wybod nad yw Nora'n iach iawn, meddai.

– Nagyw hi?

– Na, meddai Gwen, cyn sibrwd y gair 'Dementia' yng nghlust Mrs Penry Jones, gan ychwanegu.

– Dyna pam roedd hi mor flin 'da chi'r diwrnod hwnnw. Mae'r hen glefyd yn gallu newid personoliaeth rhywun ...

– Deall yn iawn, Mrs ...

– Edwards. Gwen Edwards. Ac fe fyddai'n gysur mawr i Nora petaech chi'n maddau iddi, meddai Gwen, gan gymryd llaw Mrs Penry Jones.

– Wnewch chi faddau iddi?

– Wrth gwrs y gwna i, ac mae croeso i chi'ch tair aros am faint fynnoch chi.

– Diolch yn fawr, Mrs Penry Jones. Ro'n i'n gweld *vol-au-vents* blasus iawn yr olwg ar y bwrdd.

– Ie. *Vol-au-vents* sbigoglys ac eog. *Speciality* fy ffrind, Non, atebodd Mrs Penry Jones yn falch, gan dywys Gwen i ymuno â'r gweddill yn yr ystafell ffrynt.

– Rysáit Mary Berry? gofynnodd Gwen.

– Na. Paul Hollywood, atebodd Carol Penry Jones wrth i Gwen wincio'n slei ar Ina a Nora wrth fynd heibio.

11.

Bu'n rhaid i Del dreulio'r bore Sul yng ngarej tŷ rhieni Vince yn dysgu sut i chwarae'r gerddoriaeth gefndir ar gyfer perfformiad hudol Vince.

– Ond pam na ddwedi di wrtha i ble rwyt ti'n perfformio? gofynnodd Del i'w frawd-yng-nghyfraith wrth iddyn nhw roi'r sgwter Shopmobility yng nghefn y fan.

– Oherwydd y lleia rwyt ti'n ei wybod, y lleia tebygol yw hi y bydd Val yn dy amau di o fy helpu i berfformio eto. Bydd hi'n cadw llygad barcud ar y ddau ohonon ni, a falle na chawn ni gyfle i ymarfer eto. Fe roia i'r dyddiad iti ddiwrnod neu ddau cyn y perfformiad, atebodd Vince, gan gau drws cefn y fan.

– Dere 'mla'n. Dim ond tri o'r gloch yw hi. Falle bydd gan Gwen amser i drio'r sgwter cyn iddi dywyllu, ychwanegodd gan gamu i sedd y gyrrwr.

Ond cafodd Del siom pan gyrhaeddodd adref a chael gwybod gan Val fod Gwen wedi gadael y tŷ i ymweld ag Ina awr ynghynt.

– Gobeithio bod yr holl waith dros y penwythnos yn werth yr ymdrech, meddai Val, gan lygadu Vince a Del yn graff.

– Roedd e'n waith caled, cariad ... ond fe fydd hi'n saethu fyny drwy'r pentre o hyn ymlaen, meddai Vince.

– Pam nad ei di â'r sgwter i dŷ Ina fel bod Gwen yn gallu'i

yrru ar y ffordd 'nôl? awgrymodd i Del, gan wincio arno a rhoi ei fraich dros ysgwydd Val.

– Pam lai? Syniad da. Fe fydda i tua awr, meddai Del, gan gymryd allweddi'r sgwter o fwrdd y gegin a gadael y pâr i fwynhau ychydig o amser iddyn nhw'u hunain.

– Bydd deng munud yn ddigon, sibrydodd Val, cyn cael slap ar ei phen ôl a'i thynnu i fyny'r grisiau i gyfeiriad y stafell wely.

Roedd Del wrth ei fodd yn cael cyfle i yrru sgwter Gwen i fyny'r lôn gefn serth rhwng yr harbwr a thŷ Ina. Sylweddolodd fod Vince wedi gwneud jobyn aruthrol wrth i'r cerbyd deithio ar ddeuddeg milltir yr awr, cyn cyrraedd top y rhiw a arweiniai at lôn oedd yn mynd heibio cefn tŷ Ina.

Gadawodd Del y cerbyd yng ngardd Ina cyn dilyn llwybr at ddrws cefn y tŷ a cherdded i mewn i'r gegin. Roedd ar fin gweiddi i ofyn a oedd rhywun yno pan glywodd leisiau uchel ei fam-gu, Ina a Nora. Roedd y tair yn ffraeo'n danbaid, a methodd Del ag arbed ei hun rhag cerdded yn araf at ddrws y gegin i wrando.

– A pham yn y byd ddwedest ti Gwen wrthi hi Mrs Penry Jones fod gen i ddementia? clywodd Nora'n ysgyrnygu.

– Wel … fe weithiodd, on'do … fe wnaeth hi faddau iti am fod yn ddigywilydd gyda hi yn y siop … fe wnaeth hi hyd yn oed ddangos ei dillad i ti, atebodd Gwen.

– Oedd ganddi ddillad gwerthfawr, Nora? gofynnodd Ina.

– Oedd. Gwerth £12,000 os oedden nhw werth ceiniog.

Griddfanodd Gwen ac Ina wrth glywed hyn. Gwenodd Del wrth feddwl fod tair menyw mor oedrannus yn dal i ddal dig. Ond diflannodd y wên eiliad yn ddiweddarach.

– Bydd yn rhaid inni ddwyn o dŷ rhywun arall, meddai Nora.

– Paid â bod yn sofft, ferch, atebodd Ina.

– Does dim dewis 'da ni! Rwyt ti, Ina, ar fin cael dy daflu allan o dy gartref, does gen i ddim ceiniog i dwymo fy hun dros y gaeaf, a dim ond dwy fil o bunnoedd sydd gan Gwen yn y banc … sut mae hi'n mynd i helpu i dalu ffioedd coleg Fidel Siôn Cati? gofynnodd Nora.

Safodd Del fel delw wrth iddi wawrio arno bod ei fam-gu a'i dwy ffrind wedi ceisio dwyn dillad o'r tŷ drws nesaf. Wrth i'r sioc gilio dechreuodd ddeall rhywfaint am gymhellion y tair. Roedd eu sefyllfa ariannol yn amlwg yn un argyfyngus, fyddai'n golygu y byddai Gwen, Ina a Nora'n treulio blynyddoedd olaf eu hoes mewn tlodi.

Gwyddai fod ei ddyfodol yntau'n deilchion wedi iddo gael ei ddedfrydu ar gam am ddwyn. Yna cofiodd fod ei dad, Fidel Castro, hefyd wedi'i ddiarddel o'r coleg a'i garcharu am geisio dechrau chwyldro yng Nghiwba yn 1952. Roedd El Kommandante wedi penderfynu newid ei fywyd drwy herio'r drefn. Pam na allai Del ddilyn yr un trywydd? Wrth gwrs, roedd gan Fidel Castro arwyr fel ei frawd, Raul, Che Guevara a Camilo Cienfuegos yn sefyll ysgwydd yn ysgwydd ag ef. Doedd Gwen, Ina a Nora ddim yn ysgogi'r un hyder, ond roedd Del yn adnabod rhywun arall allai eu helpu.

– Ond Nora, roedd gen i allwedd ar gyfer tŷ Mrs Penry Jones ... dy'n ni'n gwybod dim am dorri mewn i dai pobl ... mae gan bawb larymau diogelwch y dyddiau 'ma, meddai Ina.

– Duw a'n helpo ni, meddai Gwen wrth i Del agor y drws a chamu mewn i'r ystafell.

– Falle na all Duw eich helpu chi ... ond rwy'n gwybod am rywun all wneud hynny.

– Pwy? Karl Marx? chwarddodd Ina'n wawdlyd.

– Na. Jake Dawkins, atebodd Del.

Rhan III

1.

Wythnos yn ddiweddarach ymlwybrodd dyn ifanc i lawr y ffordd tuag at harbwr y Cei. Tynnodd Jake Dawkins ei het wlân dros ei ben i geisio amddiffyn ei hun rhag y glaw trwm.

Diolch i gyfeillgarwch a chyngor Jake, roedd y deufis a dreuliodd Del yn Sefydliad Troseddwyr Ifanc Feltham flwyddyn ynghynt yn rhai gweddol ddiffwdan. Bu Jake yno o'r blaen, a hynny dair blynedd ynghynt pan oedd yn 17 oed.

– Torri mewn i geir a dwyn chwaraewyr CD ac yn y blaen, meddai Jake Dawkins yn Saesneg wrth Del y noson gyntaf iddo fod dan glo. – Ddwedais i wrtha i fy hun nad o'n i am dreulio gweddill fy oes mewn llefydd fel hyn. Wnes i gwrs Electroneg pan o'n i 'ma'r tro diwethaf ac mi ges i ddiploma chwe mis ar ôl imi adael. Ges i swydd oedd yn berffaith ar gyfer fy sgiliau newydd, sef gosod larymau diogelwch. Aeth popeth yn iawn am flwyddyn neu ddwy ... cyflog sefydlog ... fflat i mi fy hun ... ond mae pobl yn tueddu i osod larymau diogelwch newydd cyn iddyn nhw fynd ar eu gwyliau, ac maen nhw'n mynnu dweud wrthoch chi pryd maen nhw'n mynd. Felly roedd y demtasiwn yn ormod. Mater bach oedd hi i rywun sy'n gwybod pob dim am larymau diogelwch i dorri mewn i dai pobl tra'u bod nhw ar eu gwyliau.

– Ond beth aeth o'i le? gofynnodd Del.

– Fues i'n anlwcus yn torri mewn i dŷ plismon oedd wedi gorfod canslo'i wyliau. Gair o gyngor, fy ffrind. Paid â thanbrisio grym gwybodaeth.

Roedd Jake wedi'i chael hi'n anodd iawn yn ariannol ers iddo adael y sefydliad ar gyfer troseddwyr ifanc. Er bod ganddo gymwysterau, methodd â chael swydd oherwydd ei gefndir troseddol. Gallai ddechrau gweithio ar ei liwt ei hun pe bai ganddo tua £5,000 wrth gefn i brynu offer trydanwr, ond roedd codi gymaint â hynny o arian yn amhosib, gyda'i fam ac yntau'n straffaglu'n ddyddiol i fwydo'u hunain a thalu'r biliau.

Roedd y syniad o wneud swm sylweddol o arian trwy rannu'i arbenigedd yn fêl ar fysedd Jake. Pan ffoniodd Del ef, felly, bachodd ar y cyfle i fod yn rhan o'r cynllun. Serch hynny, mynnodd na ddylai'r ddau drafod manylion y lladrata dros y ffôn. Gwahoddodd Del ef i'r Cei.

Treuliodd Jake y dyddiau cyn yr ymweliad yn cysylltu â rhai o gyn-breswylwyr Sefydliad Troseddwyr Ifanc Feltham, a llwyddodd i gael gafael ar liniadur, siwt, offer trin gwydr a thocyn trên ffug o Lundain i Aberystwyth. Roedd hefyd wedi paratoi cyfres o gyflwyniadau ar gynllunio lladrad. Byddai'r dosbarth meistr hwn yn helpu'r lladron, neu'r 'technegwyr ailddosbarthu' fel y'u gelwid gan Jake yn ei gyflwyniadau, i ddewis y tŷ cywir, goresgyn unrhyw system ddiogelwch, canfod y ffordd orau o adael heb gael eu dal ac ailddosbarthu'r nwyddau'n effeithiol.

Camodd oddi ar y bws ym mhentref y Cei saith awr wedi iddo adael ei gartref ym Mharc Finsbury yng ngogledd Llundain, a hynny i fyd gwahanol iawn.

Er ei fod yng nghanol y pentref am saith o'r gloch ar nos Wener, doedd yr un enaid byw i'w weld yn unman. Safai'n cysgodi mewn arosfan bysiau gan wylio'r glaw yn diferu i lawr poster yn hysbysebu noson bingo yn y pentref. Yna gwelodd rywun yn camu allan o'r cysgodion gerllaw. Rhoddodd hwnnw gopi o bapur newydd y *Guardian* dan ei fraich a dechrau cerdded i lawr y ffordd tua'r harbwr.

Dilynodd Jake ef gan wybod mai Del ydoedd, a bod hwnnw wedi dilyn ei gyfarwyddiadau sef na ddylai'r ddau gael eu gweld gyda'i gilydd. Roedd Jake felly i ddilyn Del nes iddo aros o flaen y tŷ lle'r oedd y lladron wedi cytuno i gyfarfod y noson honno. Camodd Jake dros stepen ddrws tŷ Ina Lloyd-Williams, a gweld ei ffrind yn gwenu arno.

– Ydy pawb yma? gofynnodd yn Saesneg.

– Ydyn, Jake, atebodd Del, gan amneidio'i ben tuag at ddrws y stafell ffrynt.

– Nid Jake. Mistar Gwyn ydw i o hyn ymlaen, cofia, a Mr Blonde wyt ti, atebodd Jake cyn closio at Del, yn ysu i wybod mwy am y grŵp o bobl y byddai'n cydweithio â nhw.

– Ddwedest ti fod pump o bobl yn rhan o'r cynllun. Ydy'r gweddill tua'r un oed â ni?

– Yymm, tamed bach yn hŷn, atebodd Del, oedd wedi llwyddo i osgoi crybwyll oedran Nora, Ina a Gwen hyd yn hyn.

– Ai dynion yw'r gweddill?

– Yymmm. Nid yn union.

– Ro'n i'n meddwl y bydde sosialydd fel ti'n gyflogwr cyfle cyfartal. Gwych, chwarddodd Jake yn dawel, cyn ychwanegu, – Pishyns?

– Ddim cweit dy deip di 'sen i'n dweud, Jake ... sori, Mr Gwyn, meddai Del.

– Digon teg. Cyn belled â'u bod nhw'n heini, Mr Blonde. Mae byrgleriaeth yn dibynnu ar fod yn gyflym, yn chwim ac yn gorfforol hyblyg. Gobeithio bod y rhan fwya ohonyn nhw yn mynd i'r gampfa'n rheolaidd ac mewn cyflwr *tip top*, meddai Jake. – Wel. Well i mi gyflwyno fy hun.

Gwthiodd heibio i Del ac agor y drws.

– Noswaith dda. Fy enw i yw Mistar Gwyn ac mi fydda i'n eich dysgu sut i ..., dechreuodd, cyn dod i stop pan sylweddolodd ei fod yn cyfarch tair hen fenyw.

– Mae'n flin gen i. Ystafell anghywir, meddai, gan gau'r drws ar ei ôl a throi i wynebu Del unwaith eto. – Ystafell anghywir. Jôc fach beryglus. Ble maen nhw?

Crychodd Del ei wyneb gan amneidio unwaith eto i gyfeiriad yr ystafell.

Ar ôl ychydig eiliadau o dawelwch, siglodd Jake law Del.

– Dwi wedi mwynhau Cymru'n fawr iawn, ac roedd yn hyfryd dy weld unwaith eto, ond mae'n rhaid imi fynd, meddai, cyn cerdded tuag at y drws.

Llwyddodd Del i wthio heibio iddo i'w atal rhag gadael.

– Rho gyfle imi esbonio. Fe all hyn weithio.

– Ti'n wallgo. Maen nhw'n gant oed o leia.

– Ti'n bell ohoni. Dim ond pedwar ugain ydyn nhw ... ac maen nhw'n hynod o sionc am eu hoedran. Gwranda. Ddwedest ti yn y carchar mai'r tai gorau i ddwyn ohonyn nhw oedd rhai gwag, ac mae degau o dai haf yn llawn dillad drud yn y pentre 'ma. Does dim ots pa mor araf ydyn nhw, a does dim ots faint o amser fyddan nhw'n 'i gymryd i gyflawni'r lladrad ... dim ond eu bod nhw'n osgoi gwneud unrhyw gamgymeriad ... a ti yw'r dyn i wneud yn siŵr o hynny. Grym gwybodaeth, Jake.

– Ond Del ... maen nhw'n bensiynwyr!

– Yn hollol. Fydd neb yn eu hamau nhw, a dim ond inni wneud ein hymchwil, fydd neb yn darganfod bod unrhyw beth wedi'i ddwyn am achau. Erbyn hynny bydd y dillad wedi'u gwerthu, a fydd dim syniad gan yr heddlu pryd gawson nhw'u dwyn. Mae'n gynllun perffaith. Beth all fynd o'i le?

– Ti'n wallgo, meddai Jake eto, ond yn llai pendant y tro hwn.

– Falle mai hwn fydd dy unig gyfle i wneud digon o arian i ddechrau dy fusnes dy hun, Jake. Nawr yw'r amser. Wedi'r cyfan, fyddi di ddim yn rhan o'r lladrata ei hun ... dim ond cynnig cyngor fyddi di ... allet ti rannu dy wybodaeth efo nhw o leia.

Edrychodd Jake ar Del am ennyd.

– Mistar Gwyn yw'r enw, Mistar Blonde ..., a throi ar ei sodlau i gyflwyno'i hun i Nora, Ina, a Gwen. – Dwi ddim am wybod pwy y'ch chi na beth yw'ch enwau chi ... felly gan ddilyn trefn y ffilm *Reservoir Dogs* ... fy enw i yw Mistar Gwyn, eglurodd Jake, gan edrych ar wynebau dryslyd y tair a eisteddai o'i flaen. – Dy'ch chi ddim yn gyfarwydd â'r ffilm, y'ch chi? holodd.

– Na. Ond ry'n ni gyfarwydd â *Lassie Come Home*, os ydy hynny o help. Welais i'r ffilm honno saith neu wyth o weithiau yn y sinema, meddai Gwen.

– Roddy McDowell, yntife? gofynnodd Ina.

– Ie ... ac Elizabeth Taylor ... ydech chi'n cofio'r olygfa pan fu'n rhaid i Roddy McDowell werthu Lassie? Llefain ... peidiwch â sôn, meddai Nora.

– Difyr iawn ... ond yn ôl at *Reservoir Dogs* ... mi fyddwch chi'n cael eich adnabod fel lliw, meddai Jake, gan estyn ei law at Ina. – Hoffech chi fod yn Mrs Glas?

– Na. Well gen i borffor golau a dweud y gwir, atebodd honno'n ffroenuchel.

– Iawn. Porffor golau amdani, meddai Jake gan droi at Gwen.

– Fyddech chi'n hapus i fod yn Mrs Oren?

– Lyfli. Diolch yn fawr. Caredig iawn, atebodd Gwen yn gwrtais.

– A beth amdanoch chi, Nora? Beth sy'n well gennych chi? Pinc neu Frown?

Cododd Nora'i haeliau.

– Cariad. Mae menyw o'm hoedran i'n derbyn unrhyw gynnig sydd ar gael.

Gwingodd Jake cyn i Nora ychwanegu,

– Gyda llaw, pam y'ch chi'n galw'ch hun yn Mistar Gwyn? Mae Del wedi dweud wrthon ni mai Jake Dawkins yw eich enw ...

Gwingodd Jake eto, gan sylweddoli bod ganddo fynydd o waith o'i flaen dros y dyddiau nesaf.

2.

Roedd PCSO Sonya Lake wedi cwrdd â PCSO Dilwyn 'Columbo' Weobley am y tro cyntaf y bore hwnnw, a hynny yn swyddfa'r heddlu ym mhencadlys Cyngor Sir Ceredigion yn Aberaeron.

Roedd Sonya newydd gwblhau ei hyfforddiant ym mhencadlys Heddlu Dyfed Powys yng Nghaerfyrddin. Byddai'n treulio'r tri mis canlynol dan oruchwyliaeth uniongyrchol Dilwyn Weobley.

– Yn anffodus does gennon ni mo'r hawl i arestio pobl, ond

ry'n ni'n gallu'u cadw nhw dan oruchwyliaeth nes i'r heddlu gyrraedd, meddai Dilwyn Weobley wrth yrru un o geir yr heddlu o Aberaeron i ysgol gynradd y Cei, i roi gwersi sgiliau beicio hyderus i ddisgyblion blwyddyn 5 a 6 yr ysgol. – Ni yw llygaid a chlustiau'r heddlu. Ein swyddogaeth ni yw sylwi pwy yw'r tacle ym mhob cymuned a gwneud yn siŵr nad ydyn nhw'n troseddu, eglurodd Dilwyn cyn gofyn i Sonya beth wnaeth iddi benderfynu bod yn blismones gymunedol.

– Wnes i radd mewn Cymdeithaseg ym Manceinion cyn dechrau ar radd meistr yno y llynedd, ond cafodd fy nhad ei daro'n wael gydag ME yn gynharach eleni, a phenderfynais ddod adre i helpu Mam i edrych ar ei ôl. Welais i hysbyseb am y swydd, ac am fod gen i ddiddordeb yn y ffordd mae cymdeithas yn gweithio meddyliais mai hon fyddai'r swydd ddelfrydol i mi. A hyd yn hyn rwy wedi mwynhau'r profiad yn fawr iawn, atebodd Sonya'n nerfus, gan geisio dyfalu beth fyddai ymateb ei mentor.

– Da iawn ..., meddai Dilwyn, gan barcio'r car y tu allan i'r ysgol gynradd cyn troi at Sonya. – ... Ond dy'ch chi ddim wedi dweud popeth am eich cefndir ydych chi, Ms Lake?

Caeodd Sonya'i llygaid am eiliad cyn cynnig esboniad.

– Naddo. Ond roedd y gystadleuaeth am y swydd mor chwyrn, benderfynais i beidio â dweud. Sut oeddech chi'n gwybod?

– Dyna pam roedd y plismyn eraill yn fy ngalw'n 'Columbo' ... am fy mod i'n drylwyr. Mae'r cyfenw Lake yn weddol anghyfarwydd, a phan welais eich bod yn byw yn Llandysul, mi wnes i ychydig o ymholiadau. Chi yw wyres Sarjant Derek Lake, 279, yntife?

Trodd Sonya at Dilwyn gan anadlu'n rhydd unwaith eto.

– Ie ... ond bu farw pan o'n i'n fabi.

– Mi fues i'n gweithio gyda fe yn swyddfa'r heddlu yn Aberteifi pan ddechreuais i gyda'r ffôrs yn '83. Penderfynodd e ymddeol tua blwyddyn ar ôl hynny a bu farw'n ifanc, meddai Dilwyn.

– Do. Dim ond trigain oed oedd e ... fel ddwedes i, babi o'n i.

– Roedd e'n blismon da, yr hen 279 ... ac mae plismona yn aml yn rhedeg yn y gwaed. Mi fyddwch chi'n iawn, Ms Lake ... ry'ch chi'n un ohonon ni ... dyna pam ry'ch chi wedi ymaelodi â'r heddlu. Credwch chi fi, mae'r hen Columbo wastad yn darganfod y gwir, gorffennodd Dilwyn, gan roi'i fys ar ei drwyn a wincio ar Sonya.

Ddeng munud yn ddiweddarach, roedd dwsin o blant yn sefyll ger eu beiciau o flaen yr ysgol yn edrych yn ofidus ar Dilwyn Weobley, wrth i hwnnw gerdded yn ôl ac ymlaen o'u blaenau.

– Ry'ch chi'n meddwl ein bod ni yma i'ch dysgu chi i ddefnyddio'ch beiciau'n ddiogel ar ffyrdd ei Mawrhydi, meddai Dilwyn, gan weld ei fod wedi ennyn sylw pob un o'r plant. Oedodd, gan syllu ar bob plentyn yn ei dro.

Bu tawelwch am ychydig.

– Na! gwaeddodd Dilwyn, gan wneud i rai o'r plant neidio yn eu hunfan. – Ry'n ni yma i'ch dysgu chi sut i fod yn ddinasyddion cydwybodol fydd ddim yn torri'r gyfraith. Mae pob un ohonoch chi rhwng naw ac un ar ddeg mlwydd oed ac ry'ch chi wedi cyrraedd yr oedran lle mae cymdeithas yn disgwyl ichi gymryd mwy o gyfrifoldeb dros eich gweithredoedd. Ydych chi'n gwybod ei bod hi'n debygol y bydd dros eich hanner chi'n troseddu yn ystod eich bywydau? Dros hanner! cyfarthodd Dilwyn. – Ac mae'n bosib y bydd o leia un ohonoch chi'n mynd i'r carchar yn ystod eich bywydau ... ai ti fydd e? taranodd Dilwyn wrth fachgen eiddil yr olwg, a siglodd ei ben yn betrusgar. – Ai ti fydd e? gwaeddodd ar y plentyn nesaf yn y rhes, cyn gofyn yr un cwestiwn i bob un o'r plant yn eu tro. – Ry'n ni yma i'ch atal rhag seiclo oddi ar lwybr cyfiawnder ... ac rwy'n sylwi bod un yn ein mysg eisoes yn droseddwr, meddai, wrth i'r plant edrych ar ei gilydd i weld pa un ohonyn nhw oedd ar fai.

Edrychodd Dilwyn i fyw llygaid bachgen tew a safai yn union o'i flaen.

– Teiars moel. Dim cloch. Dim brêc ar yr olwyn gefn. Beth yw dy enw? gofynnodd.

– Owain Jones, syr, meddai'r bachgen, a dagrau'n dechrau cronni yn ei lygaid.

Yn sydyn, gwenodd Dilwyn arno.

– Paid â phoeni. Dyw hi ddim yn rhy hwyr ... gobeithio. Ar ôl y wers gyntaf hon mi fydd pob un ohonoch chi'n gwybod a yw eich beiciau'n addas ar gyfer y ffordd fawr ai peidio ... gan gynnwys ti, Owain Jones.

– D...d...diolch, syr, meddai Owain Jones yn dawel.

Trodd Dilwyn i wynebu Sonya, fu'n gwylio'r perfformiad yn gegagored.

– Bydd PCSO Lake yn esbonio beth sydd angen ei wneud fel bod eich beiciau'n cydymffurfio â chyfraith y ffordd fawr ... PCSO Lake, gorffennodd Dilwyn.

* * *

– Ry'ch chi'n meddwl imi fod yn rhy galed efo nhw mae'n siŵr, PCSO Lake, meddai Dilwyn wrth iddyn nhw yrru o amgylch pentref y Cei.

– Nid fy lle i yw lleisio barn ar fy niwrnod cyntaf, PCSO Weobley, atebodd y ferch.

Stopiodd Dilwyn y car o flaen yr harbwr gan estyn ffeil o'r sedd gefn a'i rhoi yn nwylo Sonya. Agorodd Sonya'r ffeil a gweld llun o Del Edwards ar ôl iddo gael ei arestio am ddwyn yn Llundain, yn ogystal â manylion y drosedd.

– Troseddwr lleol. Fidel Edwards *aka* Del Edwards. Un o'r rhai a achosodd gymaint o ddifrod yn ystod terfysgoedd Llundain flwyddyn yn ôl, eglurodd Dilwyn.

Darllenodd Sonya'r wybodaeth am Del cyn troi at Dilwyn.

– Mae'n dweud fan hyn iddo gael ei ddedfrydu am ddwyn brechdan, potel o ddŵr a phecyn o greision, meddai.

– Roedd yn rhaid i Pablo Escobar hyd yn oed ddechrau yn rhywle. Falle fod Fidel Edwards wedi cyflawni mwy o droseddau, ond dyna'r cyfan y gellid ei brofi. Mae ganddo enw anghyfarwydd ... Fidel ... sy'n awgrymu bod o leia un o'i rieni'n Gomiwnydd, meddai Dilwyn gan boeri'r gair olaf allan fel petai'n flas drwg yn ei geg.

Esboniodd Dilwyn fod y Ditectif Mike James wedi gofyn iddo gadw llygad ar Del Edwards, am ei fod yn amau iddo ddarganfod ffordd o dorri'i gyrffyw a goresgyn ei system dagio er mwyn cyflawni mwy o droseddau.

– Ond dyw e ddim wedi cyflawni'r un drosedd cyn yr un yn Llundain ... hyd y gwela i, meddai Sonya, cyn i Dilwyn dorri ar ei thraws.

– ... Ond dwi wedi gwneud ychydig o ymchwil, PCSO Lake. Trowch i'r dudalen olaf.

Darllenodd Sonya'r dudalen cyn codi'i phen mewn penbleth.

– Rhestr prawf sgiliau beicio Ysgol y Cei yn 2001 yw hon. Beth yw'r arwyddocâd?

– Edrychwch ar y rhestr a dwedwch wrtha i pwy yw'r unig berson i fethu'r prawf y flwyddyn honno, meddai Dilwyn.

– Del Edwards.

– Yn hollol. Mae hynny'n dangos bod Fidel Edwards wedi dechrau cicio yn erbyn y tresi pan oedd yn ddeng mlwydd oed. Fel ddwedais i, dyw Dilwyn 'Columbo' Weobley ddim yn methu rhyw lawer, meddai Dilwyn yn falch, gan roi'i fys ar ei drwyn a wincio ar Sonya unwaith eto. – Dwi am ichi gadw llygad barcud ar Sénor Fidel Edwards.

3.

Roedd Jake wedi cysgu fel top yn un o stafelloedd gwely sbâr Ina y noson cynt, ar ôl i bawb gytuno na ddylai adael y tŷ yn ystod ei ymweliad â'r Cei.

– Rwy'n ffyddiog y gall y cynllun hwn weithio, ond pan ddaw hi i'r amlwg bod rhywun wedi dwyn o nifer o dai yn y pentre, mi fydd yr heddlu'n edrych ar ffeiliau pobl sydd wedi troseddu yn y gorffennol. Dwi ddim am i unrhyw un o'r pentre i roi disgrifiad ohona i i'r heddlu, oherwydd mi fyddan nhw'n gallu gwneud y cysylltiad rhyngdda i a Del, ac mi fydd yntau'n cael ei amau, eglurodd Jake cyn penderfynu clwydo ar ôl diwrnod hir o deithio.

Ar ôl brecwast swmpus roedd e'n barod i ddechrau ar ei waith. Penderfynodd y pump y dylai Jake wneud ei gyflwyniadau yn y bore a'r nos, gan roi cyfle i Ina a Gwen weithio yn y siop elusen yn y prynhawniau, fel na fyddai unrhyw newid yn eu patrwm dyddiol.

Edrychai Gwen, Ina, Nora a Del yn eiddgar ar Jake wrth iddo baratoi ar gyfer y cyflwyniad cyntaf drwy osod sgrin y tu ôl iddo, a'i gysylltu â'i liniadur.

Gwasgodd fotwm a daeth y teitl 'Cyflwyniad 1. Ymchwil' i fyny ar y sgrin. Trodd a gweld y tair hen fenyw'n copïo'r geiriau i lyfrau bach fel plant ysgol ufudd.

– Na ... na ... na. Does dim rhaid ichi sgrifennu hyn i lawr. Dwi wedi paratoi nodiadau trylwyr i bawb.

Gwasgodd Jake y botwm eto i arddangos y teitl 'Pa dai?'.

– Y cam cyntaf yw darganfod pa dai sy'n wag a faint ohonyn nhw sy'n debygol o fod yn llawn dillad gwerthfawr, meddai, gan droi a gweld Ina â'i llaw yn yr awyr. – Does dim rhaid ichi roi eich llaw i fyny, Ina. Dy'n ni ddim yn yr ysgol, ychwanegodd, gan glywed Nora'n sibrwd

– Swot.

– Ry'n ni'n gwybod am un neu ddau o dai addas yn barod, meddai Ina'n hunanbwysig, gan anwybyddu sylw Nora.

– Dy'ch chi ddim yn byw yn yr un pentref cyhyd heb wybod pa dai sy'n dai haf a pha rai sy'n berchen i bobl leol, ychwanegodd Gwen.

– Da iawn. Gwych, meddai Jake, oedd yn dechrau mwynhau ei rôl newydd fel athro. – Ond mae'n rhaid ichi ddarganfod pa dai sy'n llawn nwyddau gwerthfawr, ac yn bwysicach fyth, am ba mor hir y byddan nhw'n wag, meddai. – Fel dwi'n deall, ry'ch chi wedi amcangyfrif bod angen £15,000 ar Del a Gwen i helpu eu sefyllfa ariannol gan gynnwys talu costau coleg Del.

– Hefyd, mae angen £20,000 ar Nora ac Ina i ailwampio bwthyn Nora gan gynnwys gosod gwres canolog, meddai Gwen.

– Ac mae angen £5,000 arna i i ddechrau busnes. Felly cyfanswm o £40,000. Cywir? gofynnodd Jake.

– Cywir, atseiniodd y pedwar disgybl.

– Mae Nora'n amcangyfrif y gall bod gwerth £5,000 o ddillad ym mhob tŷ ar gyfartaledd. Cywir, Nora?

– Yn hollol, Jake. Mae hynny'n deillio o fy mhrofiad ... helaeth, os ga' i ddweud ... o ymweld ag ail dai ffrindiau cyfoethog pan o'n i'n byw yn ne-ddwyrain Lloegr, atebodd Nora, gan ddechrau twymo at Jake nawr ei bod yn cael ychydig o sylw ganddo.

– Diolch, Nora. Felly mae'n bosib y bydd angen ichi gyflawni hyd at wyth lladrad. Yw hynny'n bosib? gofynnodd Jake.

– Fe allwn ni wneud hynny, gallwn ni ferched? meddai Gwen, a'i bryd ar blesio Jake.

– Gallwn wir, cytunodd Nora.

– O bosib, meddai Ina, oedd wedi cael siom am fod Jake wedi seboni Nora.

– Ond mi fydd y gath allan o'r cwd unwaith y daw perchnogion y tai haf yn ôl i'w tai. Beth fydd yn digwydd wedyn? gofynnodd Jake.

Arhosodd am eiliad gan wylio Gwen yn crafu'i beret, Ina'n edrych ar y nenfwd a Nora'n tynnu llun o Audrey Hepburn yn gwisgo un o ffrogiau Edith Head yn ei llyfr nodiadau.

– Unrhyw gynigion? gofynnodd.

– Bydd yr heddlu'n cadw llygad barcud ar y pentref o'r diwrnod hwnnw mlaen? cynigiodd Del yn dawel.

– Yn hollol. Cer i frig y dosbarth, Del, meddai Jake.

Gwasgodd y botwm unwaith eto a daeth y teitl 'Pwy yw'r perchnogion?' i fyny ar y sgrin. Aeth yn ei flaen.

– O ganlyniad, mae'n hollbwysig eich bod yn darganfod pwy sy'n berchen y tai a'u patrwm o ymweld â'r tai hynny.

– Pam fod hynny'n bwysig? gofynnodd Ina, wrth i'r ddwy arall dwt-twtian yn wybodus dan eu hanadl.

– Rhag ofn iddyn nhw ddychwelyd ar gyfer parti priodas ... neu barti gwraig neu ŵr sy'n 60, er enghraifft, atebodd Del yn sarcastig, gan syllu ar Nora, Gwen ac Ina.

– Cywir, Del. Oes gan unrhyw un enghreifftiau eraill? gofynnodd Jake.

– Mae pobl sydd â phlant oedran ysgol yn debygol o ddod i'r tai yn ystod gwyliau'r hanner tymor ar ddiwedd mis Hydref, meddai Del yn hyderus.

– Mae hwn wedi gweld yr atebion ymlaen llaw, sibrydodd Nora wrth Ina cyn i Jake ymateb.

– Gwych, Del. Felly nod ein hymchwil yw?

Meddyliodd Del yn galed am rai eiliadau cyn siglo'i ben.

– Na. Sori. Dyw e ddim yn dod, meddai.

Atebodd Nora heb oedi eiliad.

– Y nod, Mr Dawkins, yw ein bod ni'n cyflawni cymaint o ladradau â phosib cyn i'r lladrad cyntaf cael ei ddarganfod.

– Yn hollol, Nora. Mae'n dechrau twymo 'ma nawr. A'r rheswm am hyn?

– I wneud yr elw mwyaf posib, atebodd Ina.

– Gwych, Ina. A sut ydyn ni'n mynd i wneud hynny?

– Ymchwil, Mr Dawkins, gwaeddodd Gwen.

– Ymhaelaethwch ychydig, Gwen ... mwy o fanylion, os gwelwch yn dda.

Sylwodd Jake fod Gwen yn crychu'i thalcen yn yr un modd â Del wrth chwilio am yr ateb.

– Gofyn i bobl sy'n nabod perchnogion tai haf y pentref? awgrymodd yn ansicr gan dynnu ei beret i lawr dros ei thalcen.

– Seren Aur i Gwen, meddai Jake gan glicio'i fysedd. Unwaith eto, gwasgodd y botwm ar y gliniadur ac ymddangosodd y teitl 'Defnyddio'r gymuned. Grym gwybodaeth' ar y sgrin. Trodd a phwyntio at Ina.

– Dwi am i chi, Ina, fynd i'r noson bingo nesa yn y pentref. Nos Wener yn y Clwb Pêl-droed dwi'n credu, meddai, gan gofio'r poster a welodd y noson cynt.

– Bingo! sgyrnygodd honno gan edrych dros ei sbectol ar Jake. – Go brin. 'Wy ddim wedi chwarae bingo yn fy mywyd a 'wy ddim yn mynd i ddechrau nawr.

– Beth am yrfa chwist? A fyddai hynny'n fwy derbyniol?

– Wel, falle byddai hynny damed bach yn fwy addas, meddai Ina, gan glywed Gwen yn sibrwd wrth Nora.

– Bridge heb nicyrs yw chwist ... dyna o'dd hi'n arfer ddweud.

– Does dim ots gen *i* fynd i'r bingo, Mr Dawkins, meddai Gwen. Ro'n i'n arfer mynd yn rheolaidd, ac mae gen i syniad neu ddau yn barod o ran pwy alla i siarad â nhw.

– A beth amdanoch chi, Nora? Unrhyw syniadau?

– Bosib y gallen i roi cyflwyniad i'r gangen Merched y Wawr leol am fy mhrofiadau yn Llundain? awgrymodd honno.

– Syniad gwych, Nora, meddai Jake, gan edrych ar ei wats.

– Dwi'n credu ein bod ni'n haeddu egwyl. Gwaith da, bawb. Dwi ar ddeall bod coffi a bisgedi ar gael yn y gegin. Pawb yn ôl fan hyn mewn ugain munud ... pan fyddwn ni'n dechrau trafod larymau diogelwch, meddai, gan rhoi clic olaf buddugoliaethus i ddiffodd y gliniadur am y tro.

4.

Gorweddai Meleri Lloyd-Williams yn noeth yn ei gwely, yn anwesu'i bronnau wrth iddi aros i'w chariad ddychwelyd o'r ystafell ymolchi. Tynnodd y cwrlid yn dynnach amdani, gan ystyried bod ei chynllun hi a'i chariad i ddefnyddio arian ei mam-yng-nghyfraith i dalu am addysg breifat ei merch wedi gweithio i'r dim.

Nid yn unig y byddai Mared yn derbyn addysg well o lawer ymysg pobl o gefndir da, ond roedd y ffaith ei bod hi'n ddisgybl preswyl yn Aberhonddu'n golygu bod Meleri a'i chariad yn gallu treulio llawer mwy o amser gyda'i gilydd, a hynny yn y gwely'n bennaf.

Roedd Mared wedi dod adre ar ddechrau'r wythnos am ei bod yn dioddef o'r ffliw. Aeth Meleri â hi yn ôl i'r ysgol y diwrnod cynt ac roedd yn ysu i gael rhyw gyda'i chariad am y tro cyntaf ers bron i wythnos.

Clywodd gnoc ar ddrws yr ystafell wely. Gwasgodd fotwm y chwaraeydd CD oedd ger y gwely.

Llanwyd yr ystafell â cherddoriaeth yr opera ysgafn *Pirates of Penzance* ac eiliad yn ddiweddarach, camodd Simon Smith drwy'r drws yn gwisgo'r wisg oedd amdano pan gyflwynodd ei bortread llwyddiannus o Frenin y Môr-ladron ym mherfformiad cwmni amatur Aberteifi chwe mis ynghynt.

– *When I sally forth to seek my prey I help myself in a royal way ... For I am a Pirate King ... and it is a glorious thing to be a Pirate King!* canodd Simon, gan anwesu'i farf goch ag un llaw a chwifio cleddyf ffug yn y llall.

– *Hurrah for our Pirate King! Hurrah for our Pirate King!* canodd Meleri, gan daflu'r cwrlid i un ochr a thynnu Simon i'r gwely ati.

Cytunodd Simon i berfformio dau *encore* yn ystod yr awr nesaf, ac roedd wedi blino'n lân ond yn gwbl fodlon oherwydd roedd Meleri'n deall i'r dim sut i fodloni'i chwantau cnawdol.

Roedd Meleri wedi awchu am Simon o'r eiliad y gwelodd ef am y tro cyntaf yn ystod ymarferion y cynhyrchiad, yn rhannol am ei fod yn edrych yn drawiadol yn ei wisg, ond yn bennaf am y byddai'n etifeddu busnes llewyrchus. Byddai priodi dyn o'r fath yn golygu y gallai Meleri roi'r gorau i'w swydd ddysgu ddiflas am byth. Yn wir, roedd Simon yn gwisgo dillad brenin y môr-ladron pan gafodd ef a Meleri ryw am y tro cyntaf yn un o'r stafelloedd newid, yn dilyn un o'r ymarferion. Blagurodd y berthynas dros y misoedd canlynol, a mynnai Meleri fod Simon yn gwisgo fel Brenin y Môr-ladron o bryd i'w gilydd pan fydden nhw'n cael rhyw.

Cafodd Simon ddylanwad mawr ar fywyd Meleri, ac ef oedd wedi'i darbwyllo i gysylltu â'i chyfreithiwr a dechrau'r broses o gipio tŷ Ina Lloyd-Williams oddi wrthi.

Roedd Simon o'r farn fod nifer o broblemau cymdeithasol ac economaidd y dydd yn deillio o'r ffaith fod pobl fel ei dad ac Ina'n byw yn rhy hir, gan gadw'u crafangau ar eu harian. O ganlyniad roedd y genhedlaeth nesaf yn gorfod dygymod heb yr arian roedd ei angen arnynt i lwyddo mewn bywyd.

– Un *encore* bach arall? gofynnodd Meleri, ond ar hynny canodd cloch drws y tŷ.

Cododd Meleri o'r gwely gan roi gŵn llofft amdani'n frysiog a chamu at y ffenest. Gwelodd y Parchedig Noel Evans yn sefyll ger y drws.

– Damio. Anghofies i fod hwn yn dod pnawn 'ma, meddai, gan ddechrau gwisgo'i dillad.

– Pwy yw e? gofynnodd Simon yn gysglyd.

– Gweinidog Ina. Ffoniodd e fi tua pythefnos yn ôl yn gofyn am gyfarfod.

– Pam fydde fe am dy weld di?

– Soniodd e rywbeth ei fod yn poeni am fy mherthynas i ac Ina. Feddylies i y bydde'n well imi gael gwybod be mae honna wedi bod yn ddweud amdana i, atebodd Meleri, gan orffen gwisgo a chamu at y drws.

– Cer i nôl dy ddillad o'r stafell molchi'n glou ac wedyn aros ble rwyt ti, ychwanegodd, wrth i gloch y drws ganu eto.

Ddeng munud yn ddiweddarach, eisteddai Noel Evans yn anesmwyth gyferbyn â Meleri yn y stafell ffrynt, gan geisio dyfalu a oedd Mared yn y tŷ a sut yn y byd y gallai gael gafael ar sampl o'i DNA heb iddi hi na'i mam sylwi. Gobeithiai y byddai'n cael cynnig cwpaned o de yng nghwmni Meleri a Mared, er mwyn iddo allu dwyn cwpan, neu gael gafael ar ddarn o wallt y ferch, fel yr awgrymodd Milton. Ond doedd dim golwg o Mared er ei bod hi'n brynhawn Sadwrn.

Esboniodd Noel fod Ina Lloyd-Williams wedi sôn am yr anghydfod rhyngddi hi a'i merch-yng-nghyfraith a'i fod o'r farn fod y sefyllfa'n achosi loes iddi.

– Cytunodd Mrs Lloyd-Williams y dylwn i ymweld â chi, Mrs Lloyd-Williams, i geisio datrys yr anghydfod, eglurodd.

– Ddwedodd hi beth oedd y rheswm dros yr 'anghydfod'? gofynnodd Meleri, gan wylio Noel yn ofalus.

– Naddo. Nid fy swyddogaeth i fel gweinidog yw busnesu, Mrs Lloyd-Williams, dim ond gofalu am les ysbrydol fy mhraidd, atebodd Noel gyda gwên.

– Yn hollol. Rwy'n ofni bod y rhwyg rhyngddo i a'm mam-yng-nghyfraith yn rhy ddifrifol i'w drwsio, atebodd Meleri.

– Mae hynny'n biti. Ond dyna ni. Dim ond ceisio helpu o'n i, meddai Noel, gan sylweddoli nad oedd unrhyw reswm iddo aros bellach. – A sut mae eich merch, Mared? Ydy hi adref? gofynnodd.

– Na. Mae hi'n mynychu Ysgol Fonedd Aberhonddu eleni, eglurodd Meleri.

– Ydy hi'n dod adre ar benwythnosau o gwbl?

– Fe fu hi adre yr wythnos 'ma. Ffliw. Es i â hi 'nôl neithiwr ... ar ôl i'w mam roi tipyn o faldod iddi, meddai Meleri'n gelwyddog, gan godi o'i sedd i ddangos fod ymweliad Noel ar ben. – A dweud y gwir, mae hi wedi gadael twr o olch yn ei stafell, ac mae angen imi fynd i sortio hwnnw, ychwanegodd Meleri'n awgrymog, gan sylwi nad oedd Noel wedi codi o'i sedd.

– Wna i mo'ch cadw chi, meddai Noel, oedd newydd gael syniad. – Ga i ddefnyddio'ch toiled cyn mynd, os gwelwch yn dda? gofynnodd.

– I fyny'r staer. Cyntaf ar y chwith.

Dringodd Noel y grisiau'n araf, gan obeithio na fyddai Meleri yn ei ddilyn. Roedd ei geg yn sych wrth iddo gyrraedd top y grisiau a gweld y toiled ar ei law chwith. Edrychodd i'r dde a gweld arwydd ar y drws: 'Ystafell Mared. Cadwch allan'.

Gwyddai Noel mai dim ond ychydig o eiliadau oedd ganddo i ddod o hyd i ddarn o wallt Mared yn yr ystafell, ac agorodd y drws yn araf cyn camu i mewn. Ni sylwodd fod pâr o lygaid dan bâr o aeliau ffals coch ysblennydd yn ei wylio trwy gil y drws gyferbyn.

Gwelodd Noel bentwr o ddillad brwnt mewn bag du agored, a gwisgodd bâr o fenyg latecs cyn penlinio ger y bag a dechrau ymbalfalu trwy'r dillad. Tynnodd sawl top a sawl pâr o drowsus o'r bag, cyn dod o hyd i facyn brwnt yr olwg. Sylweddolodd y gallai'r hylif sych oedd ar y macyn gynnwys DNA Mared. Rhoddodd ef mewn bag polythen oedd ganddo yn ei boced, cyn penderfynu chwilio am ail sampl rhag ofn na fyddai'r cyntaf yn ddigon. Cododd ddilledyn arall heb feddwl cyn clywed sŵn y tu ôl iddo. Trodd a gweld dyn yn gwisgo het môr-leidr, gyda chleddyf yn ei law.

Gwelwodd Noel pan sylweddolodd mai Simon Smith, mab Milton, oedd yn ei wynebu. Dechreuodd ei stumog droi wrth iddo sylweddoli fod Simon yn syllu ar weinidog yr Efengyl yn dal pâr o nicyrs merch 16 oed.

– Noswaith dda, Mr Smith, meddai Noel yn wan.

– Y blydi perfert, atebodd Brenin y Môr-ladron gan chwifio'i gleddyf ffug.

5.

Roedd pennau Ina, Nora a Gwen yn troi erbyn i Jake orffen ei gyflwyniad. Soniodd am gyfarpar fel switshis cyffwrdd, systemau isgoch, synwyryddion, systemau larwm di-wifr a dyfeisiadau clywedol.

Roedd ysbryd pawb yn isel wrth iddyn nhw sylweddoli pa mor anodd fyddai osgoi cael eu dal yn torri mewn i'r tai haf.

– Pam y'ch chi'n edrych mor ddiflas? gofynnodd Jake

– 'Wy ddim yn credu fyddwn ni'n llwyddo, Mr Dawkins, cyfaddefodd Nora.

– Bydd yn rhaid inni ymarfer am fisoedd, cytunodd Gwen.

– A 'wy ddim yn siŵr a oes gennon ni gymaint â 'ny o amser, ychwanegodd Ina.

– Gadewch imi ofyn cwestiwn i chi, meddai Jake gan wenu'n siriol arnyn nhw. – Beth sy'n digwydd pan fyddwch chi'n torri'r cylched trydanol drwy agor drws neu dorri ffenest?

– Mae'r larwm diogelwch yn canu ac mae'r neges yn mynd i'r cwmni larymau ... sy'n anfon neges i'r heddlu, sy'n mynd i'r tŷ i ymchwilio, atebodd Del.

– Cywir ... a sut mae'r neges honno'n cael ei hanfon?

Syllodd y pedwar ar ei gilydd nes i Ina fentro cynnig esboniad.

– Pan osododd Gwynfryn y larwm diogelwch yn y tŷ 'ma rwy'n ei gofio fe'n dweud fod y neges yn cael ei hanfon lawr y llinell ffôn, meddai, cyn i Nora ddechrau deall.

– ... ac mae'r llinell ffôn yn gorfod dod i mewn i'r tŷ o'r tu allan.

– Cywir. A beth fyddai'n digwydd petai rhywun yn torri'r llinell ffôn? gofynnodd Jake.

– Dim byd? cynigiodd Gwen yn betrusgar.

– Yn hollol. Fyddai'r signal ddim yn mynd i'r larwm diogelwch yn y tŷ. Felly fyddai'r larwm ddim yn canu ..., cadarnhaodd Jake.

– ... a bydde'r neges ddim yn cael ei hanfon i'r cwmni diogelwch, ychwanegodd Del, gan ddechrau gwenu.

– Ac fel arfer mae'r llinell ffôn yn dod allan o'r tŷ yn agos i'r ddaear, meddai Gwen, oedd wedi ofni y byddai'n rhaid iddi ddefnyddio ysgol i dorri mewn i'r tai.

– Yn hollol. Ond mae'n rhaid inni ddod o hyd i rywun all dorri llinellau ffôn yn gelfydd ... rhywun sydd â phrofiad o ddefnyddio *secateurs*, meddai Jake.

– Does dim angen edrych yn bellach nag Ina, meddai Gwen. – Mae hi'n giamstar ar dorri pennau blodau yn yr ardd.

– Beth amdani, Ina? gofynnodd Jake.

– Pam lai? atebodd Ina.

6.

Dihunodd Noel ar wely Mared Lloyd-Williams ychydig eiliadau wedi iddo gael ei fwrw'n anymwybodol gan gleddyf Simon. Agorodd un llygad a gweld Simon a Meleri'n sefyll drosto. Methodd ag agor y llygad arall, a gwyddai o'i brofiad yn angladd Jane Davies fod ganddo lygad ddu arall.

– Rwy'n gobeithio bod gennych chi esboniad neu fe fyddwn ni'n galw'r heddlu, meddai Simon, gan ddal y cleddyf ffug yn dynn yn ei law o hyd.

Tynnodd Noel ffiol a ffon gotwm yn araf o boced ei gôt. Gwyddai y byddai'n rhaid iddo ddweud y gwir, a threuliodd y munudau nesaf yn esbonio bod Milton Smith wedi gofyn iddo gael sampl o DNA Mared, a pham ei fod wedi gorfod cytuno i wneud hynny.

– Ond pam yn y byd fyddai Dad am gael sampl o DNA Mared? gofynnodd Simon, gan anwesu'i farf.

Griddfanodd Noel yn isel, gan wybod y byddai'n rhaid iddo ddweud y gwir unwaith eto.

– Am fod Mared yn un o dri o bobl a allai fod yn perthyn iddo, eglurodd.

– Perthyn? Ond sut? gofynnodd Simon.

– A pwy yw'r lleill? ychwanegodd Meleri.

– Wn i ddim pwy yw'r ddau arall, atebodd Noel.

Lledodd gwên ar draws wyneb Meleri.

– Mae e'n meddwl mai fe yw tad Eddie, a thad-cu Mared ... on'dyw e, Mr Evans?

Amneidiodd Noel ei ben yn araf.

– Felly roedd Ina Nicyrs Haearn yn bustachu gyda Brenin y Gwalc ..., meddai Meleri'n fuddugoliaethus, cyn dechrau chwerthin yn uchel.

Ond nid oedd Simon yn chwerthin. Sylweddolodd ar unwaith y byddai'n rhaid iddo rannu'i etifeddiaeth gyda merch Meleri petai unrhyw brawf DNA yn un positif.

Gwawriodd hynny ar Meleri hefyd pan welodd hi nad oedd Simon yn chwerthin, a sylweddolodd y byddai perthynas y ddau'n newid o'r foment honno ymlaen.

– Beth y'ch chi'n bwriadu'i wneud? gofynnodd Noel yn betrusgar, gan edrych arnynt o un i'r llall.

– Sut mae cael gafael ar sampl DNA, Mr Evans? gofynnodd Meleri, oedd erbyn hyn yn eistedd wrth ochr y gweinidog ar y gwely.

– Mae angen cael gafael ar boer, gwaed, darn o wallt, neu ... rywbeth tebyg, atebodd Noel.

– Gaf i afael ar sampl o DNA Mared yn ddiarwybod iddi yfory. Fe a' i i'w gweld hi yn Aberhonddu, meddai Meleri, gan gymryd y ffiol a'r ffon gotwm o ddwylo Noel. – Dewch i gasglu'r sampl ddydd Llun, ychwanegodd.

– A beth ddyweda i wrth Milton? gofynnodd Noel, gan deimlo anadl poeth Meleri ar ei foch.

– Dywedwch wrtho eich bod wedi llwyddo i gael sampl o DNA Mared. Wrth gwrs, bydd yn rhaid ichi ddweud wrthon ni am y ddau arall sy'n debygol o fod yn etifeddion i Milton. Agorwch eich ceg, gorchmynnodd Meleri. Ufuddhaodd Noel heb feddwl, a theimlo ffon gotwm yn cael ei wthio i'w geg.

– Diolch, meddai Meleri, cyn codi a chymryd plyciwr blew o fwrdd ymbincio Mared a'u defnyddio i godi'r nicyrs roedd Noel wedi gafael ynddynt o'r llawr. Rhwbiodd y ffon gotwm ar draws y dilledyn gan wasgaru olion DNA y gweinidog drosto. – ... ac os na wnewch chi'n gwmws beth fyddwn ni'n ei ofyn, fe fydd y nicyrs yn mynd i ddwylo'r heddlu, a bydd yn rhaid ichi esbonio pam fod DNA gweinidog yr Efengyl ar nicyrs merch 16 oed. Deall?

– Deall, cadarnhaodd Noel yn benisel.

7.

Roedd hyder Ina, Gwen, Nora a Del wedi cynyddu'n aruthrol yn ystod y tridiau ers i Jake esbonio sut i oresgyn systemau diogelwch drwy dorri'r llinell ffôn.

Rhoddodd Jake a Del y cyfrifoldeb am dorri gwydr drysau cefn y tai haf i Nora, am fod ganddi brofiad o dorri defnydd ar gyfer dillad. Dangosodd Jake iddi sut i ddefnyddio torrwr gwydr, o'r un maint a siap â brwsh dannedd, i dorri cylch mewn gwydr yn gyflym.

Bu Nora wrthi bob prynhawn yn ymarfer y dechneg yng nghwmni Jake a Del, tra bod Gwen ac Ina'n gweithio yn y siop elusen.

Treuliodd Jake ddiwrnodau'n esbonio sut i oresgyn systemau diogelwch gwahanol, gan ddefnyddio system ddiogelwch tŷ Ina i ddangos sut i ddiffodd y switshys cyffwrdd oedd wedi'u gosod ar ddrysau a ffenestri'r tŷ.

– Gallwch anablu'r switshys hyn mewn llai na 10 eiliad, meddai, gan sefyll ger drws cefn tŷ Ina lle'r oedd switsh wedi'i osod. Tynnodd y ddwy wifren oedd wedi'u cysylltu â'r swits, agor cyllell boced, torri'r deunydd ynysu o'r wifren a chlymu'r gwifrau at ei gilydd. Yna rhoddodd gyfarwyddyd i Ina roi'r system larwm ymlaen, gan ofyn iddi adael y tŷ a cheisio dod i mewn drwy'r drws cefn.

Cododd Ina a mynd allan.

– Y'ch chi'n hollol siŵr na fydd y larwm yn canu? galwodd o'r ochr arall i'r drws.

– Dere 'mla'n, Ina. Dere mewn, gwaeddodd Nora arni'n ddiamynedd.

Agorodd Ina'r drws yn araf gan ddisgwyl i'r larwm ganu, ond roedd Jake wedi gwneud ei waith yn dda.

– Gwych iawn, meddai'n falch, gan dderbyn cymeradwyaeth y gweddill cyn mynd ati i ailosod y gwifrau yn eu llefydd priodol. – Ond cofiwch fod system larwm diogelwch yn eitha cyfrwys. Byddai'r larwm yn dal i ganu petaech chi'n agor ffenest arall, meddai, cyn edrych ar ei watsh. Roedd hi'n saith o'r gloch.

– Dwi'n credu ein bod ni wedi gwneud digon am heddiw. Fory mi fyddwn ni'n trafod sut allwn ni gludo'r dillad o'r tai haf heb i unrhyw un sylwi.

– Do'n i ddim wedi meddwl am hynny, cyfaddefodd Ina.

– Does gan 'run ohonon ni gar, ychwanegodd Gwen.

– Ond mae gennych chi gerbyd, Gwen, un sydd â digon o le i roi nwyddau dan y sedd. Y Shopmobility? awgrymodd Jake.

– Fy nghynllun i yw cael Gwen i ymweld â rhywun neu fynd i'r siop, fydd yn golygu fod ganddi alibi, yn ogystal â sicrhau ei bod yn pasio'r tŷ haf mae Ina, Del a Nora'n dwyn ohono ar ei ffordd yn ôl. Bydd Ina, Del a Nora wedi rhoi'r dillad mewn bagiau du a'u gadael y tu allan i'r tŷ, fel pob un arall ar y stryd y noson cyn diwrnod casglu sbwriel.

– Felly bydd yn rhaid inni gyfyngu'n lladrata i nosweithiau Iau yn unig? gofynnodd Del.

– Mae'n gwneud synnwyr, cadarnhaodd Jake. – A 'na'i gyd sy'n rhaid i Gwen ei wneud yw rhoi'r bagiau dan sedd ei sgwter a gyrru i dŷ Nora neu Ina, gan adael y dillad yno yn barod i Nora eu cludo ar y trên i Lundain y bore wedyn.

Roedd pawb o amgylch bwrdd y gegin yn amneidio'n gytûn pan gododd Ina o'i sedd a cherdded at y sinc.

– Mae'n eitha poeth 'ma on'dyw hi? gofynnodd, gan deimlo braidd yn chwyslyd ar ôl yr holl gynnwrf. Pwysodd ar y sinc i agor ffenest y gegin a gadael ychydig o awyr iach i mewn.

Wrth iddi wneud hynny, sylwodd Jake fod switsh cyffwrdd ar y ffenest, a doedd Ina ddim wedi diffodd y system larwm.

– Ina ... peidiwch! gwaeddodd, ond roedd yn rhy hwyr.

Eiliad yn ddiweddarach llanwyd yr ystafell â sŵn aflafar y larwm diogelwch.

– Damio. Wnes i ddim rhoi'r larwm bant. Dyw hyn erioed wedi digwydd o'r blaen, gwaeddodd Ina, gan gerdded tuag at y bocs larwm ger y drws ffrynt.

– Beth yw rhif y cwmni larymau diogelwch, Ina? gwaeddodd Jake, gan godi o'i sedd a'i dilyn.

– Mae e lan staer ... rwy'n cadw'r llyfr rhifau ffôn ar bwys y gwely, atebodd Ina, gan gyrraedd y bocs a diffodd y larwm.

– Well ichi eu ffonio nhw a dweud beth yw'ch cyfrinair cyn iddyn nhw gysylltu â'r heddlu, awgrymodd Jake.

– Af i i nôl y rhif, cynigiodd Del, gan neidio o'i sedd a rhedeg i fyny'r grisiau.

Cododd Jake ffôn y tŷ.

– Beth yw eich cyfrinair? gofynnodd i Ina.

– Pa gyfrinair? Dy fai di yw hyn. Dyw hyn ddim wedi digwydd o'r blaen! gwaeddodd Ina'n ddryslyd.

– Gawsoch chi gyfrinair pan osodon nhw'r larwm, meddai Jake yn bwyllog.

Gyda hynny daeth Del yn ôl gyda darn o bapur a rhif y cwmni larymau diogelwch arno. Cymerodd Jake y darn papur gan ddechrau deialu'r rhif. Caeodd Ina'i llygaid.

– Nawr te ... beth yw'r cyfrinair? Peidiwch â'm drysu i. Gwynfryn ddewisodd y gair. O, rwy'n cofio nawr ... mae e yn y drâr ger y piano yn y stafell ffrynt, meddai Ina.

– Reit, meddai Del, gan redeg i'r ystafell a chwilio'n ofer am y cyfrinair. Ymhen munud roedd Ina wrth ei ochr ac yn ei helpu i chwilio.

– Mas o'r ffordd ... rwyt ti'n anobeithiol, Del. Dyma fe, meddai ar ôl munud arall o chwilio, gan godi anfoneb am y gwaith o osod y larwm.

Rhoddodd Del ochenaid o ryddhad cyn gweld car heddlu'n pasio'r ffenest ac yn parcio y tu allan i'r tŷ. Safodd yn ei unfan gan fethu ag yngan gair wrth i'r ddau blismon gamu allan o'r cerbyd a cherdded tuag at ddrws y tŷ.

Trodd a gweld fod sgrin y gliniadur gyferbyn â'r ffenest yn dangos gwybodaeth fanwl am larymau diogelwch ynghyd â'r teitl 'Cyflwyniad 5: Lladrata Llwyddiannus'.

– Byrglars, meddai Ina'n fuddugoliaethus, gan ddechrau cerdded tua'r cefn.

– Byrglars! Byrglars! Byrglars! gwaeddodd, wrth i galon Del neidio unwaith eto. – Byrglars yw'r cyfrinair. *Typical* o Gwynfryn. Cyfrinair eironig, gwaeddodd.

– Beth yw e? gwaeddodd Nora o'r cefn.

– Byrglars, Nora. Byrglars! gwaeddodd Ina nerth ei phen, cyn clywed rhywun yn curo'n galed ar y drws ffrynt.

– Heddlu. Agorwch y drws ar unwaith! gwaeddodd Dilwyn Weobley.

Ymhen chwinciad roedd Del wedi tynnu'r sgrin i lawr, cau'r gliniadur a'i roi dan ei gesail, a rhedeg i'r gegin lle'r oedd Jake, Nora a Gwen yn sefyll fel delwau.

– 'Co ti. Cer lan staer, sibrydodd wrth Jake, gan roi'r offer yn ei ddwylo cyn troi at Ina.

– Peidiwch â phoeni. Atebwch y drws. Does gennych chi ddim byd i'w guddio. Dwedwch y gwir wrthyn nhw ... am y larwm diogelwch ... ond nid am y cynllun i ddwyn o'r tai haf, wrth reswm, meddai, gan wthio Ina tuag at y drws ffrynt wrth i Jake fynd ar flaenau'i draed i fyny'r grisiau.

– Atebwch, neu bydd yn rhaid inni dorri'r drws! gwaeddodd Dilwyn Weobley.

– Rwy'n dod! Rwy'n dod. Mae popeth yn iawn, galwodd Ina wrth i Del redeg i'r stafell ffrynt i wneud yn siŵr nad oedd unrhyw dystiolaeth arall o'u cynllwynio yno, cyn codi pac o gardiau oddi ar y seld a chyrraedd y gegin wrth i Ina agor drws y tŷ.

– Ydych chi'n iawn? Ble mae'r byrglars? gofynnodd Dilwyn Weobley, gan wthio heibio i Ina, yn barod i daclo'r dihirod.

– Does dim byrglars 'ma. Dim ond fi a'm ffrindiau, atebodd Ina, gan deimlo'i chalon yn rasio.

– Ond roeddech chi'n gweiddi 'byrglars', meddai Sonya Lake, gan gerdded heibio i Ina ac edrych i mewn i'r gegin lle'r oedd Nora, Gwen a Del yn eistedd o gwmpas y bwrdd.

– Byrglars yw fy nghyfrinair rhag ofn i'r larwm ganu'n ddamweiniol ... ond anghofiais i e ... rwy'n mynd damed bach yn anghofus, meddai Ina. Pwyntiodd at y gair oedd wedi'i ysgrifennu ar anfoneb y cwmni larymau diogelwch.

– Hmmm. Beth ddigwyddodd yn gwmws? Pam ganodd y larwm? gofynnodd Dilwyn, wrth i Sonya gamu i'r gegin a sylweddoli ei bod yn adnabod wyneb y dyn ifanc oedd yn ei hwynebu.

– Cyrhaeddoch chi 'ma'n glou, meddai Gwen, cyn edrych ar y cardiau roedd Del wedi'u rhoi yn ei dwylo.

– Roedden ni'n digwydd bod yn y pentref, atebodd Sonya, oedd erbyn hyn yn cerdded o gwmpas y gegin.

– Mae'n gysur gwybod bod y system ddiogelwch yn gweithio mor dda petai rhywun yn ceisio torri mewn i dai'r ardal, meddai Nora, gan wenu'n siriol ar Sonya.

– Mae'r cwmni'n derbyn y neges ymhen eiliadau wedi i'r larwm ganu, ac mae'r neges honno'n cael ei throsglwyddo i'n pencadlys ni yng Nghaerfyrddin. Maen nhw'n cysylltu â'r pencadlys lleol yn Aberystwyth a hwythau'n cysylltu â'r heddweision neu'r swyddogion cymunedol all ymateb gyntaf, esboniodd Sonya. Camodd at y drws cefn cyn troi i wynebu Del unwaith eto.

Cododd hwnnw'i ben gan fethu â thynnu'i lygaid oddi ar y blismones. Sylweddolodd Sonya mai ef oedd y dyn yr oedd ditectif Mike James yn Aberystwyth yn ei amau o gyflawni nifer o droseddau, er ei fod dan gyrffyw rhwng wyth yr hwyr ac wyth y bore.

– Ry'ch chi'n ferch hardd iawn, meddai Nora'n sebonllyd.

– Beth y'ch chi'n awgrymu? Fy mod i'n rhy hardd i wneud y swydd hon? gofynnodd Sonya.

– Na, nid hynny. Dim ond 'mod i'n sylwi nad oes modrwy ar eich bys. Mae hwn yn chwilio am gariad. Beth y'ch chi'n feddwl? Oes ganddo unrhyw obaith? gofynnodd Nora'n gellweirus, yn ceisio tynnu sylw Sonya rhag iddi fusnesa'n ormodol yn y gegin.

– Does dim gobaith gan hwn. Mae'n anobeithiol gyda merched ...'na'r cyfan mae hwn yn meddwl amdano yw Marx, Engels, a ... beth yw enw'r boi 'na ti wastad yn sôn amdano? gofynnodd Gwen i'w hŵyr.

– Immanuel Kant, atebodd Del yn dawel.

– Cafodd Marcsiaeth ei adeiladu ar syniadau Kant. Wnes i gwrs athroniaeth a moesau fel rhan o'm gradd ym Manceinion, esboniodd Sonya, gan gymryd cip arall drwy ddrws y gegin.

– ... gan ddilyn syniadau George Hegel, wrth gwrs, ychwanegodd Del, gan ddal llygaid Sonya am eiliad.

– ... drwy fateroliaeth ddilechdidol ..., mynnodd Sonya, – ond 'wy ddim yn cytuno â damcaniaeth Kant ynghylch dyletswydd moesol dyn a'i ddadl y dylen ni barchu amcanion pobl eraill.

– ... yn hytrach na'u defnyddio i gael ein ffordd ein hunain, ychwanegodd Del.

– Yn hollol, meddai Sonya.

– 'Wy ddim yn siŵr, meddai Del, gan feddwl tybed beth fyddai barn Sonya am ei fwriad i ddwyn o dai haf y pentref.

– Ddylech chi'ch ddau fynd am ddiod i drafod pethau ymhellach, awgrymodd Nora, oedd wedi sylwi fod llygaid Del fel soseri erbyn hyn.

– Falle ... ond nid heno ... rwy'n credu ei bod hi'n tynnu at wyth o'r gloch, meddai Sonya. – Os redwch chi'r holl ffordd, Del, rwy'n siwr y gallwch chi gyrraedd adref cyn i'r cyrffyw ddechrau, ychwanegodd, wrth i Dilwyn Weobley ac Ina ymuno â nhw yn y gegin.

– Diolch ... diolch yn fawr ... ro'n i wedi anghofio'n llwyr, meddai Del, gan godi o'i sedd a rhuthro drwy'r drws cefn.

– Doedd dim i'w weld o'i le yn y stafell ffrynt nac yn y bocs larwm diogelwch. Falle ddylen ni gael cip lan stâr, awgrymodd Dilwyn Weobley wrth droi tuag at y grisiau.

– Na. Does dim rhaid inni wneud hynny, meddai Sonya er mawr ryddhad i Ina, Nora a Gwen.

Camodd y blismones at y drws cefn a phwyntio at y gwifrau roedd Jake wedi tynnu'r deunydd ynysu oddi arnynt yn gynharach.

– Mae'r rhain yn amlwg wedi treulio dros y blynyddoedd, ac wedi dod yn rhydd. Mi ddylech chi gael trydanwr i gael golwg arnyn nhw yn y bore. Rwy'n siŵr mai dyna'r broblem, meddai.

Closiodd Dilwyn at y switsh.

– Rwy'n credu eich bod chi'n iawn, Sonya, cytunodd.

– Does dim llawer nad yw'r hen Sonya 'Vera' Lake yn sylwi arno, meddai Sonya wrtho'n dawel, gan roi'i bys ar ei thrwyn a wincio.

Gwenodd Dilwyn cyn i'r ddau blismon cymunedol ffarwelio â'r gwragedd.

– Cymerwch ofal. Rhaid imi ddweud, ro'n i'n ffyddiog bod 'na fyrglars yn y tŷ pan o'n i'n curo ar y drws, meddai Dilwyn.

– Byrglars? Glywsoch chi'r fath beth erioed? gofynnodd Nora, a chwarddodd Ina a Gwen yn uchel.

Cyrhaeddodd Del adre am ddwy funud i wyth, gan osgoi torri'i gyrffyw o drwch blewyn. Roedd allan o wynt ac yn chwys drosto wrth iddo gerdded drwy'r lolfa a gweld bod Val a Vince yn eistedd ar y soffa'n gwylio *My Baby Has a Beard*.

– Te. Lla'th. Dim siwgr, meddai Val wrth i Del gerdded heibio.

– Coffi du. Dau siwgr, meddai Vince.

– A dere â dau ddarn o'r bara brith 'na wnaeth Mam-gu ddoe, gwaeddodd Val wrth i Del roi'r tegell ymlaen. Wrth iddo aros i'r tegell ferwi, dechreuodd y chwys oeri ar ei dalcen.

Sut oedd y blismones yn gwybod mai Del oedd ei enw? Sut oedd hi'n gwybod ei fod dan gyrffyw? A sut oedd hi'n gwybod ble'r oedd e'n byw? A pham fod yn rhaid i'r ferch gyntaf iddo'i hedmygu ers i La Passionara farw orfod bod yn blismones, ac yntau wrthi'n paratoi i fod yn droseddwr?

8.

Eisteddai Meleri Lloyd-Williams gyferbyn â Simon Smith yng nghegin ei chartref y noson ar ôl iddyn nhw ddal y Parchedig Noel Evans yn chwilio am sampl o DNA ei merch. Roedd hi'n wyth o'r gloch y nos ac roedd Meleri wedi cael diwrnod prysur, yn teithio i Aberhonddu ac yn ôl gyda'r esgus o ddychwelyd dillad Mared iddi.

Roedd wedi prynu pecyn o ffiolau a ffyn cotwm yn fferyllfa un o archfarchnadoedd Aberteifi cyn cychwyn y bore hwnnw. Cymerodd sampl o boer ei merch a'i roi'n ofalus mewn ffiol, gan ddweud wrthi ei bod am roi'r sampl i'r meddyg teulu rhag ofn bod twymyn y chwarennau arni.

Wrth iddi yrru'n ôl i Aberteifi, dechreuodd feddwl am y posibilrwydd y gallai ei merch etifeddu hyd at hanner cwmni Milton Smith. Byddai hynny nid yn unig yn diogelu dyfodol ei merch, ond ei dyfodol hi hefyd. Roedd wedi mwynhau ei pherthynas â Simon yn ystod y chwe mis diwethaf, ond roedd y cynnwrf wedi dechrau pylu'n ddiweddar, a gwyddai Meleri nad oedd ganddi hi a Simon lawer yn gyffredin heblaw am eu perthynas rywiol.

Sylweddolodd ers tro nad oedd Simon yn un o'r dynion mwyaf deallus yn y byd, ac mai ei unig ddiddordebau oedd arian, rhyw a Gilbert a Sullivan.

Ond roedd Meleri'n meddu ar y corff, y dulliau rhywiol a'r ymennydd i gynnal diddordeb dyn mor arwynebol â Simon am oes; dyn tra gwahanol i'w chyn-ŵr, a ddaeth i ddeall natur farus Meleri'n fuan wedi iddyn nhw briodi.

Gwyddai Meleri hefyd y byddai Simon yn hapusach o lawer pe na bai Mared yn wyres i Milton Smith, yn bennaf am na fyddai am rannu ceiniog o'i etifeddiaeth. Byddai'n rhaid iddi droedio'n ofalus yn ystod y dyddiau nesaf.

– Allwn ni fod yn hollol siŵr y bydd y gweinidog yn dilyn ein cyfarwyddiadau? gofynnodd Simon wrth i Meleri dywallt gwydraid o win coch bob un iddynt, ddeng munud wedi iddi gyrraedd adre y noson honno. – ... A dy'n ni ddim yn gwybod a fydd Milton yn trafod canlyniad y prawf gyda'r gweinidog chwaith. Ac os bydd e, mae'n bosib y bydd yr hen gadno'n dweud celwydd, ychwanegodd, gan gymryd dracht hir o'i win a syllu ar y ffiol roedd Meleri wedi'i gosod ar y ddesg.

– Oes ots? gofynnodd Meleri gan wenu.

– Be ti'n feddwl?

– Mae Milton yn yr un cwch â ni, Simon. Mae un hanner yr hafaliad ganddo, sef sampl o'i DNA ei hun ... ac fe fydd Noel Evans yn derbyn sampl o DNA Mared i'w roi iddo nos yfory. Ond mae gennon ni sampl o DNA Mared, felly y cyfan sydd ei angen arnon ni yw bod rhywun ... sef ti ... yn cael sampl o DNA dy dad, atebodd Meleri, gan roi ail ffiol yn cynnwys DNA Mared ar y ddesg. – Gall Noel Evans gael un ffiol, ac fe gadwn ni'r llall nes i ti gael gafael ar sampl o DNA dy dad. Dylai hynny fod yn ddigon rhwydd, dim ond iti gael diod gydag e, a chymryd sampl o'r gwydr pan fydd e'n gadael y stafell. Fe fyddwn ni'n gwybod pan gawn ni'r canlyniadau a yw Mared yn wyres iddo ai peidio.

Atyniad pennaf Simon Smith i Meleri oedd y posibilrwydd y byddai'n filiwnydd yn dilyn marwolaeth ei dad. Ond roedd teimladau Simon tuag at ei gymar yn dra gwahanol. Roedd Meleri wedi ei swyno'n llwyr. Bu'r wybodaeth y gallai merch Meleri fod yn wyres i Milton Smith yn sioc i Simon, ond roedd erbyn hyn wedi cyfarwyddo â'r syniad. Sylweddolodd y gallai'r sefyllfa sicrhau y byddai Meleri'n rhannu'i wely am byth, yn ogystal â'i alluogi i gadw rheolaeth o gwmni Gwalco petai'n llystad i Mared.

Gorffennodd ei win a gafael yn llaw Meleri.

– Byddai'n beth da i ni petai Mared yn wyres i 'Nhad. Gallai'r tri ohonon ni redeg y cwmni gyda'n gilydd ... sefydlogi'n perthynas, fel petai, meddai'n awgrymog.

– Falle dy fod ti'n iawn, cytunodd Meleri, gan feddwl bod Simon yn gymaint o gadno â'i dad drwy awgrymu y gallent briodi, heb gymryd y cam eithaf nes iddo wybod canlyniad y profion. Efallai y byddai gwthio Simon i gymryd y cam hwnnw'n syniad, meddyliodd. Cododd a thynnu Simon o'i gadair, gan ei gusanu'n ffyrnig. – Cer lan y grisiau 'na. Fe fydda i lan mewn munud. Ac rwy'n gobeithio y bydd Brenin y Môr-ladron yn aros amdana i, meddai, gan wylio Simon yn troi a chamu'n gyflym i fyny'r grisiau.

Agorodd Meleri ei bag llaw a thynnu ffiol a ffon gotwm allan ohono. Cododd wydr gwin Simon a chwilio am y marc lle'r oedd ei geg wedi cyffwrdd â'r gwydr. Cymerodd sampl a'i roi yn y ffiol.

Roedd wedi penderfynu cael sampl o DNA Simon ar ôl iddi amau fod Milton Smith yn chwilio am etifedd arall am nad oedd Simon yn fab iddo. Byddai'n anfon sampl o DNA Simon i'r cwmni ynghyd â'r samplau o DNA Milton a Mared. Petai canlyniadau'r profion yn cadarnhau bod Simon yn fab i Milton, a bod Mared yn wyres iddo, byddai Meleri'n trefnu ei bod hi a Simon yn priodi cyn gynted â phosib.

Petai'r canlyniadau'n dangos bod Simon yn fab i Milton, ond nad oedd Mared yn wyres iddo, byddai Meleri'n dal i gadw'i chrafangau yn Simon.

Ond byddai'n rhaid i Meleri feddwl yn ddwys am ei pherthynas â Simon petai canlyniad y ddau brawf yn negyddol. Gwyddai Meleri fod dyfodol llewyrchus o'i blaen, dim ond i un o'r profion fod yn gadarnhaol.

9.

Gorweddai'r ffiol oedd yn cynnwys DNA Mared Lloyd-Williams ar ddesg yn swyddfa Milton Smith. Syllai Milton yn graff ar Noel Evans.

– Rwyt ti'n edrych yn welw, Noel … ac mae'r llygad ddu 'na

fel petai wedi dod yn ei hôl. Oes rhywbeth arall yn dy boeni? gofynnodd.

Roedd Noel wedi addo iddo'i hun y byddai'n cadw at ei egwyddor o beidio â dweud celwydd.

– Wel, oes ... ond ...

– Aeth dim byd o'i le wrth iti gael gafael ar y DNA, do fe? Sut gest ti lygad ddu arall?

Suddodd calon Noel wrth iddo edrych i fyw llygaid Milton.

– Noel. Cofia dy fod ti'n weinidog yr Efengyl, ychwanegodd Milton, gan godi'i olygon i'r nen i awgrymu fod yr Iôr yn gwrando.

– Do, meddai Noel gan riddfan yn isel.

Pwysodd Milton yn ôl yn ei sedd a gwrando ar y gweinidog yn adrodd hanes y gyflafan yn nhŷ Meleri. Chwibanodd yn isel pan ddywedodd Noel fod Simon wedi'i wisgo fel môr-leidr, a'i fod ef a Meleri'n gariadon.

– Bustachwr fel ei dad, meddai dan ei wynt.

Wedi i Noel adrodd yr hanes bu tawelwch rhwng y ddau nes i Milton godi a cherdded at y gweinidog, a rhoi llaw ar ei ysgwydd.

– Rwyt ti wedi gwneud y penderfyniad iawn, Noel. Rwyt ti wedi cadw at dy egwyddorion, ac fe ddylet ti fod yn falch ohonot dy hun am wneud hynny, meddai'n garedig.

– Ond beth ddigwyddith os byddan nhw'n gofyn imi a ydw i wedi dweud popeth wrthoch chi? Bydd yn rhaid imi ddweud y gwir ... ac yna fe fydd hi ar ben arna i.

– Rhaid inni ofalu na fyddan nhw'n ystyried hynny.

– Ond sut?

– Noel, wnes i ddim goroesi dros ddwy flynedd mewn carchar rhyfel yng Nghorea, a llwyddo i redeg busnes llwyddiannus, trwy fod yn ffŵl. A 'wy ddim yn mynd i adael i Simon, a rhyw damaid o athrawes ddiegwyddor fel Meleri, fy nghuro i. Fe fyddi di'n eu ffonio nhw gan ddweud yn gwmws beth fydda i'n ddweud wrthot ti am 'i ddweud, sef popeth maen nhw am ei glywed ... gan ofalu dy fod ti'n dweud y gwir fel rwyt ti'n ei deall hi. Dim ond un peth sy'n fy mhoeni i, Noel.

– Beth?

– Chefaist ti mo'r sampl o DNA wyres Ina dy hunan.

– Ond pam fod hynny'n bwysig?

– Oherwydd mae'n bosib nad ei DNA hi wnaeth Simon a Meleri Lloyd-Williams ei roi i ti.

– Pam fydden nhw'n gwneud hynny? Fe fyddai ei mam am iddi fod yn etifedd i chi, yn bydde hi? Ddwedodd hi ei bod wedi cymryd y sampl ei hun y noson cynt.

– Mae'n bosib, Noel, ei bod hi wedi rhoi DNA Simon yn ei le fel bod y prawf yn un positif, meddai Milton, gan gerdded yn ôl i'w sedd ac eistedd yno'n synfyfyrio am rai eiliadau.

Yn sydyn, gwenodd Noel.

– Fe ddigwyddodd un peth arall pan gefais fy nal gan Simon, meddai.

– Beth?

– Cyn iddo fy ngweld yn codi'r ... dilledyn anffodus hwnnw ... ro'n i wedi codi macyn oedd yn perthyn i Mared ... ac fe ddwedodd Meleri wrtha i fod Mared wedi bod adre yn dioddef o annwyd trwm yr wythnos cynt.

– Ac? meddai Milton yn eiddgar.

– ... ro'n i wedi rhoi'r macyn yn fy mhoced ac wedi anghofio amdano ... mae e gen i fan hyn, gorffennodd Noel, gan dynnu bag polythen yn cynnwys macyn Mared o'i boced, a'i roi ar y ddesg.

– Rwyt ti wedi achub y dydd, Noel, gwenodd Milton.

– Diolch ... diolch yn fawr, meddai Noel.

– Well inni drafod beth fydd gen ti i'w ddweud wrth y ddau gnaf 'na ... ac wedyn bydd angen inni ddechrau trefnu i gael gafael ar yr ail sampl DNA, meddai Milton gan wenu eto.

Suddodd calon Noel wrth iddo gofio ei fod wedi cytuno i gael sampl DNA dau arall o aelodau ei braidd.

– Foneddigion a Boneddigesau. Sbêds yw'r trymps, galwodd yr Em-Si.

Eiliad o dawelwch, cyn i'r cardiau gael eu delio ar bedwar bwrdd ar ddeg yn neuadd bentref y Cei. Eisteddai Ina gyda thri chwaraewr arall o amgylch bwrdd rhif saith. Cododd ei chardiau a'u trefnu'n daclus cyn eu dal o'i blaen.

Roedd Ina wedi dod i'r yrfa chwist ar nos Iau wleb ym mis Hydref i gael gwybodaeth am berchennog tŷ haf yn y pentref. Gwyddai fod menyw oedd yn byw drws nesa i'r tŷ hwnnw'n un o selogion yr yrfa chwist wythnosol.

Roedd yn falch o weld bod Rowena Phillips yno'r noson honno. Gwraig yn ei chwedegau cynnar oedd Rowena ac roedd ei gŵr, Des, yn gigydd lleol. Bu'r ddau'n byw ers blynyddoedd mewn tŷ cymharol foethus ar gyrion y pentref, drws nesa i dŷ haf oedd yn berchen i ddyn busnes a'i wraig o ardal Cheltenham. Byddai Ina fel arfer yn prynu'i chig o siop Des, felly roedd hi'n adnabod Rowena'n eitha da.

Dewisodd Ina, Gwen a Nora'r tŷ haf hwn fel un i ddwyn dillad ohono am ei fod yn ddigon pell o'r ffordd fawr, a dim ond cartref Rowena a'i gŵr oedd yn agos ato. Gwyddai Ina y byddai'n rhaid iddi fod yn ofalus wrth holi Rowena am symudiadau ei chymdogion dros y gaeaf. Er hynny, roedd yr elfen gystadleuol o'i phersonoliaeth yn golygu ei bod hefyd yn llygadu'r degpunt o wobr am y sgôr uchaf yn yr yrfa chwist.

Llwyddodd i eistedd ar yr un bwrdd â Rowena ar gyfer y gêm gyntaf yn yr ornest.

– Ble mae Des 'da chi heno, Rowena? gofynnodd.

Closiodd Rowena ati gan sibrwd yn ei chlust.

– Ddylen i ddim dweud wrthoch chi, ond mae e'n mynd i gyfarfod y Masons yn y *Lodge* leol yn Aberaeron bob nos Iau ... mae'n rhoi lifft imi i'r fan hyn ac yn dod i fy nghasglu ar ddiwedd y nos.

Sythodd Ina am eiliad, gan feddwl fod pob siort yn gallu ymuno â'r Seiri Rhyddion erbyn hyn. Yn amlwg, roedd pethau wedi newid yn enfawr ers i'w gŵr farw saith mlynedd ynghynt. Brathodd ei thafod am unwaith a chanolbwyntio ar brif nod y noson.

– Rwy'n clywed bod y tŷ drws nesa i chi ar werth, meddai'n gelwyddog.

– Ry'ch chi wedi clywed yn anghywir, Mrs Lloyd-Williams. Ro'n i'n siarad gyda Mike a Denise ar y ffôn yr wythnos diwethaf, ac fe alla i'ch sicrhau nad oes ganddyn nhw unrhyw fwriad o werthu'r tŷ. I'r gwrthwyneb, maen nhw'n sôn am symud i'r Cei yn barhaol, atebodd Rowena gan godi'i chardiau.

Suddodd calon Ina. Byddai dwyn o'r tŷ haf hwn yn amhosib os byddai'r perchnogion yn byw yno trwy'r flwyddyn.

– Pryd maen nhw'n meddwl symud i'r Cei? Yn fuan? gofynnodd, gan godi'i chardiau hithau.

– Y flwyddyn nesa. Mae Mike yn y broses o werthu'i fusnes yn Cheltenham, atebodd Rowena'n wybodus.

– Busnes llewyrchus?

– *Minted* yw'r gair. Mae e wedi gwneud ffortiwn yn gwerthu teclynnau electronig. Mae Denise ac yntau wedi dechrau symud pethau i'r tŷ'n barod.

– Pam fydden nhw'n gwneud hynny os nad ydyn nhw'n symud tan y flwyddyn nesa?

– Maen nhw'n mynd i aros yn eu *villa* yn Sbaen tan y Nadolig, ac yn meddwl y bydd eu dodrefn a'u dillad yn fwy diogel fan hyn nag yn Cheltenham. Mae 'na gymaint o ddwyn fan'na. Dyw'r lladron ddim hyd yn oed yn poeni am larymau diogelwch, yn ôl Mike ... fe ddweda i fwy wedyn, meddai Rowena, gan daflu Brenin y Clybiau ar y bwrdd i ddechrau gêm gynta'r noson.

– Faint gawson ni, bartner? gofynnodd Ina i'w chyd-chwaraewr ar ddiwedd y gêm.

– Deg tric, meddai hwnnw.

– Dechrau da, meddai Ina, gan syllu'n dosturiol ar y tri thric oedd gan Rowena. – Wrth gwrs, gallech chi, Rowena, fod wedi ennill y gêm tasech chi heb daflu'r brenin mas ar y dechrau. Annoeth iawn, meddai'n hunangyfiawn, gan anghofio pam roedd hi wedi dod i'r yrfa chwist.

– Nawr 'te, beth oeddech chi'n ddweud am Mike a Denise? Pa fath o declynnau trydanol mae e'n eu gwerthu? gofynnodd.

Trodd honno'i phen yn araf i wynebu Ina a gwenu'n oeraidd arni.

– Sai'n cofio, meddai, wedi'i chythruddo gan agwedd nawddoglyd Ina.

– Dyw e ddim yn bwysig beth bynnag, atebodd honno cyn codi a symud i fwrdd arall ar gyfer y gêm nesa.

Petai Ina wedi bod yn fwy diymhongar, byddai Rowena wedi dweud wrthi bod Mike yn berchen Cheltenham Alarms, cwmni oedd ar flaen y gad ym maes larymau diogelwch.

* * *

– Dechrau ynteu diwedd y daith? ... Datganoli ... nawdeg saith! gwaeddodd y galwr bingo, cyn i'r dwsin o bobl oedd wedi dod at ei gilydd i glwb pêl-droed y Cei ostwng eu pennau'n sydyn i chwilio am y rhif ar eu cardiau.

Rhoddodd Gwen Edwards groes ar y rhif hwnnw ar ei charden cyn aros am y rhif nesaf.

Rhoddodd y galwr bingo ei law i mewn i'r teclyn gan dynnu pêl arall allan a gweiddi,

– Is-etholiad Caerfyrddin ... pwy oedd yn drech? ... Gwynfor Evans ... yn chwedeg chwech!

Closiodd Gwen at fenyw oedd yn eistedd wrth ei hymyl.

– Mae 'bach yn wahanol i *clickety click* ... *sixty six*, Edwina, meddai, wrth i Edwina Saunders roi croes dros y rhif 66 ar ddau o'r wyth carden oedd o'i blaen.

– Menter Iaith Ceredigion. Maen nhw'n cynnal bingo Cymraeg 'ma unwaith y flwyddyn. 'Na pam mae llai o bobl 'ma na'r arfer ... heblaw am y grŵp lleol o ddysgwyr ... ambell genedlatholwr ... a ni'r selogion. Mae'r jacpots yn wael ofnadwy. £10 am *house*, meddai Edwina, oedd yn dal pedwar marciwr ffelt ym mhob llaw, un ar gyfer pob carden.

Eisteddai gyda'i dwylo'n hofran dros ei chardiau, fel pianydd ar fin dechrau *concerto*. Hon yn wir oedd Lang Lang y byd bingo, meddyliodd Gwen, er mai Edwina Bingo Hands oedd ei llysenw lleol.

Syllodd Gwen ar yr wyth o farcwyr amryliw a ddaliai Edwina'n grefftus rhwng ei bysedd, gan ryfeddu at ei gallu i ymdopi â'r cyfan.

– Protest y bont ger y lli ... gwinllan a roddwyd ... chwedeg tri! gwaeddodd y galwr, ac roedd Edwina wedi marcio pob un o'i chardiau cyn i Gwen sylweddoli nad oedd y rhif ar yr unig garden oedd o'i blaen hi.

– Ond o leia ry'n ni'n dysgu tipyn am hanes Cymru, ychwanegodd Edwina.

Nid ar hap yr oedd Gwen wedi eistedd yn ymyl Edwina Saunders ar gyfer y bingo, oherwydd roedd honno'n gweithio ar ei liwt ei hun fel glanhawr tai. Roedd ei chwsmeriaid yn cynnwys perchnogion tai haf, a gobaith Gwen y noson honno oedd cael ychydig o wybodaeth ganddi.

– Pawb yn anghofio Llys Aberffraw ... Arwisgo Carlo ... chwedeg naw! gwaeddodd y galwr.

– Wyt ti'n brysur ar hyn o bryd, Edwina? gofynnodd Gwen, gan roi croes ar y rhif hwnnw.

Roedd Edwina'n fwy na hapus i drafod ei gwaith wrth iddi chwarae'r gêm.

– Does dim taw ar y gwaith, meddai.

– 'Sen i'n meddwl y byddai'n dawelach o lawer yn y gaeaf tra bod y tai haf yn wag, awgrymodd Gwen.

– Mae'r gwaith yn golygu mwy na glanhau. Synnech chi faint o bobl sy'n gadael eu dillad a'u jilalings yno dros y gaeaf.

– Jiw jiw ... yden nhw wir?

– O, yden. Wrth gwrs, maen nhw'n talu ffi ychwanegol i mi am grasu'r stafelloedd a gofalu nad yw'r pibellau dŵr yn rhewi.

– Bois bach. Faint ohonyn nhw sy'n gofyn iti wneud hynny?

– Mae gen i ddeg cwsmer ar hyn o bryd. Mae'r rhan fwya ohonyn nhw'n dod i'r pentre unwaith neu ddwywaith yn ystod y gaeaf ... dros y flwyddyn newydd gan amlaf.

– Mae'n siŵr bod gan y rhan fwya ohonyn nhw larymau diogelwch, felly mae eu heiddo nhw'n ddigon saff ...

– O, oes. Maen nhw'n rhoi'r rhifau cod imi.

– Sut yn y byd wyt ti'n cofio'r holl rifau 'na? Ti'n gorfod eu sgwennu nhw lawr yn rhywle, siŵr o fod?

– O, na. Dyna ble mae bingo'n help mawr. Maen nhw i gyd yn godau pedwar rhif, felly rwy'n eu cadw nhw ar gof ... er enghraifft, 3053 yw *dirty Gertie ... thirty ... here comes Herbie ... fifty three* ... mae'n saffach peidio ag ysgrifennu'r rhifau ar bapur. Mae 'na gymaint o dacle o gwmpas y dyddiau 'ma, meddai Edwina.

– Yn hollol, Edwina, cytunodd Gwen gan wenu'n wan, cyn mentro ar drywydd arall.

– Mae'n drist meddwl bod yr holl dai 'na'n wag am y rhan fwya o'r flwyddyn. Fe fu 'na amser pan o'n i'n nabod bron pawb oedd yn byw ynddyn nhw, meddai, gan siglo'i phen.

– Rwy dipyn yn iau na chi, Mrs Edwards, ond rwy'n cofio Capten Evans yn byw yn Durham, meddai Edwina.

– Pwy sy'n berchen y lle nawr?

– Cwpwl o Gaer. Digon o arian ganddyn nhw, atebodd Edwina cyn ychwanegu, – ond sai'n cofio pwy oedd yn byw yn Devonia ... yn Stryd y Baddon. Teulu o Wolverhampton sy'n berchen y lle nawr. Fe fydd yn rhaid imi roi'r system wresogi ymlaen am ddiwrnod neu ddau cyn iddyn ddychwelyd am yr hanner tymor. Mae 'da nhw ddau o blant yn eu harddegau.

– Iwan a Rossina Taylor oedd yn byw 'na tan 30 mlynedd yn ôl. Fe oedd yr harbwrfeistr am flynyddoedd, atebodd Gwen, gan nodi na fyddai'n syniad da dwyn o'r tŷ hwnnw am y tro.

– Chi'n iawn, Mrs Edwards. Mae 'da fi frith gof ohonyn nhw ... a beth am Allendale?

– Allendale yn Stryd y Wig?

– 'Na chi. Cwpwl sydd wedi ymddeol yn gynnar o Lundain sy berchen e nawr. Sai'n gwybod pam eu bod nhw'n gadael cymaint o eiddo gwerthfawr yn y tŷ achos maen nhw'n mynd i Sbaen am y gaeaf. Ond 'na ni, sai'n poeni rhyw lawer, dim ond eu bod nhw'n talu i fi, meddai Edwina cyn troi i weld y galwr yn codi pêl arall o'r teclyn.

– Ysgol Gymraeg gyntaf yn dod i law ... diolch, Syr Ifan ... trideg naw!

– Roedd Ifor Price yn byw 'na am flynyddoedd ... y sgwlyn ... ond cyn dy amser di, meddai Gwen, cyn rhoi croes ar rif 39 a sylweddoli bod ei charden yn llawn. – Tŷ! gwaeddodd, gan godi'i charden.

– Mae'n edrych fel petaech chi'n mynd i fod yn lwcus heno, Mrs Edwards, meddai Edwina gan roi ei marcwyr ffelt ar y bwrdd ac ystwytho'i bysedd.

– Mae'n edrych fel'ny, atebodd Gwen.

* * *

– ... ac meddai Vivienne Westwood wrth Zandra Rhodes, y broblem oedd nad oedd Elton yn gwisgo pans! meddai Nora, gan orffen cyflwyniad lliwgar o'i hanes yn Llundain gerbron clwb Merched y Wawr y Cei.

Cafodd gymeradwyaeth wresog gan yr ugain o ferched canol oed oedd wedi ymgynnull yn festri Capel y Tabernacl i wrando arni'n rhaffu celwyddau am ei gyrfa ddisglair yn y byd ffasiwn rhwng y 50au a'r 80au.

Treuliodd Nora'r ugain munud nesa'n cymysgu gyda'r gwragedd, cyn closio at ysgrifenyddes y gangen, Llywela Hughes, menyw ddibriod oedd newydd ymddeol yn gynnar o'i swydd yn athrawes gwyddor cartref yn un o ysgolion uwchradd y sir.

Roedd Gwen ac Ina wedi dweud wrth Nora y dylai hi siarad â Llywela, am fod honno'n byw drws nesa i un o'r tai haf roedd y tair yn meddwl dwyn ohono.

– Fe wnes i fwynhau'ch atgofion chi'n fawr iawn, Miss Da Vies ... do wir, meddai Llywela. – Ydych chi'n bwriadu aros yn y Cei? holodd, gan estyn am ddarn arall o fara brith.

– Rwy'n rhyw feddwl symud yn ôl i Chelsea. Mae gen i gymaint o ffrindiau yno ... a chadw'r bwthyn fel tŷ haf ... ond 'wy ddim yn siŵr a ddylwn i gadw'r bwthyn yn segur dros y gaeaf, meddai Nora, gan aros i Llywela lyncu'r abwyd.

– Fel mae'n digwydd, mae gen i ffrind sydd yn yr un sefyllfa â chi.

– Oes wir? gofynnodd Nora.

– Oes. Ro'n i yn Ysgol Ramadeg Llandysul gyda Judith, ac er iddi symud bant i fyw a gweithio yng Nghaerdydd fe gadwon ni mewn cysylltiad.

– Dyna hyfryd.

– Ta beth, tua deng mlynedd yn ôl, roedd y ddwy ohonon ni'n siarad ar y ffôn pan ddwedodd hi fod ei gŵr a hithau'n ystyried prynu tŷ haf yn yr ardal ... digon o arian gyda nhw ... mae hi'n brifathrawes ysgol gynradd yn y Bontfaen ac mae David yn un o uwch-swyddogion y Gwasanaeth Sifil yn y Cynulliad. Ta beth, ro'dd ganddi hiraeth am yr ardal, ac fel mae'n digwydd roedd y tŷ drws nesa i mi ar werth.

– *Serendipity* ar waith, meddai Nora gan wenu'n siriol.

– Yn hollol! Ta beth, brynon nhw'r tŷ, ac maen nhw wedi treulio pob gwyliau haf a Nadolig yn y Cei ers hynny. Ond, rhyngoch chi a fi, Miss Da Vies ... rwy'n cadw llygad barcud ar y tŷ. Rwy'n byw mewn rhan ynysig o'r pentre ... mae 'na gymaint o bobl od o gwmpas y dyddiau 'ma. Y peth pwysig yw cael rhywun i gadw llygad ar y lle pan fydd e'n wag, cynghorodd Llywela.

– Wrth gwrs, byddai'n rhaid imi gael larwm diogelwch ... fel sy gan eich ffrind, siŵr o fod, meddai Nora'n slei.

– O, heb os nac oni bai ... mae hi'n cadw cymaint o eitemau drud yno, meddai Llywela, cyn closio at Nora a sibrwd, – fel ddwedes i ... digon o arian.

– Ydyn nhw'n dod i'r Cei yn aml?

– Fe fyddan nhw'n dod yma dros yr hanner tymor, ac wedyn mae'r holl deulu'n dod i dreulio'r Nadolig ... ond yn anffodus fydda i ddim yn eu gweld nhw cyn y 'Dolig eleni, meddai Llywela, gan weld cyfle i frolio'i hun.

– O, na?

– Rwy'n mynd i Batagonia. Rwy bob amser wedi dweud y bydden i'n tretio fy hun i'r daith ar ôl rhoi'r gorau i ddysgu.

– Am faint fyddwch chi bant?

– 'Wy'n gadael ar ddydd Sul cynta'r hanner tymor ac yn dychwelyd toc cyn y Nadolig. Teithio i Batagonia, Buenos Aires a Valpariso.

Gwenodd Nora, cyn gafael ym mraich Llywela ac edrych yn ofidus arni.

– Ond pwy fydd yn cadw golwg ar eich tŷ chi ... a thŷ eich ffrind?

– Mae gennon ni ffrind arall sy'n dal i fyw yn ardal Llandysul, ac mae hi wedi addo cadw golwg bob hyn a hyn ... yn enwedig os bydd hi'n debygol o rewi ... y peipiau, chi'n gwybod.

– Syniad da, meddai Nora, gan nodi fod ganddi hi, Ina a Gwen gyfle euraid i gyflawni'r lladrad hwn rhwng diwedd Hydref a diwedd Tachwedd. – Mae'n gysur gwybod y bydd rhywun yn cadw llygad ar y tŷ yn ystod y gaeaf, ychwanegodd, gan wybod y byddai hithau hefyd yn gwneud hynny.

* * *

Ymlwybrodd dyn ifanc i fyny'r ffordd o harbwr y Cei, gan dynnu'i het wlân dros ei ben i geisio gwarchod ei hun rhag y glaw.

Roedd hi'n hanner awr wedi saith y bore, ac roedd Jake Dawkins yn cerdded at yr orsaf fysiau i ddal y bws cyntaf i Aberystwyth, lle byddai'n dal y trên yn ôl i Lundain. Roedd nifer o blant ysgol yn aros am yr un bws. Wnaeth y gyrrwr ddim hyd yn oed codi'i ben i gyfarch Jake wrth iddo gymryd yr arian cywir oddi arno.

Teimlai Jake yn fodlon ei fyd am ei fod wedi gwneud ei orau glas i helpu Del, Gwen, Ina a Nora, a'u bod yn barod i fwrw mlaen gyda'r cynllun.

Treuliodd y pump y rhan helaethaf o'r diwrnod cynt yn trafod a didoli'r tai mwyaf addas i ddwyn ohonynt, a'r dyddiadau mwyaf diogel i wneud hynny. Erbyn diwedd y sesiwn roedd pawb wedi cytuno ar drefn y lladrata. Byddent yn dechrau gyda thŷ Mike a Denise o Cheltenham, sef y tŷ drws nesa i'r cigydd, Des Phillips, a'i wraig.

Wrth iddo ddechrau ar ei siwrnai, gwyddai Jake ym mêr ei esgyrn y byddai'n debygol o ddychwelyd i'r Cei rywbryd yn y dyfodol agos.

Rhan IV

1.

Treuliodd Sonya Lake wythnosau cyntaf ei swydd newydd yn ceisio ymgyfarwyddo â gofynion ei gwaith yn heddwas cymunedol, ac yn ceisio dod i ddeall meddylfryd ei mentor, Dilwyn Weobley.

Awgrymodd Dilwyn y byddai'n syniad da i Sonya ymweld â rheolwr cartref hen bobl Afallon yn y Cei, i drefnu cyflwyniad am waith heddweision cymunedol.

– Ry'n ni wastad yn croesawu pobl sy'n rhoi cyfle i'n preswylwyr ymestyn eu gorwelion a chadw'u hymennydd yn siarp, meddai Louise Fletcher, gan wenu'n siriol ar Sonya, a eisteddai gyferbyn â rheolwraig y cartref yn ei swyddfa wythnos yn ddiweddarach. – Nawr te ... gadewch imi weld beth sydd gennon ni ar y gweill. Ry'n ni wastad yn cadw pnawn Mercher yn rhydd ar gyfer cyflwyniadau a pherfformiadau. Mae merch leol a ddringodd fynydd Kilimanjaro yn ystod yr haf yn rhoi sgwrs am ei phrofiadau ddydd Mercher nesaf ... y dydd Mercher canlynol mae'r WI yn cynnal gweithdy coginio, ond rwy wedi deud wrthyn nhw am beidio â gwneud *rock cakes* eto ... roedd y gofalwyr yn codi darnau o ddannedd o'r llawr am ddyddiau. Nawr te ... ie ... mae tair wythnos i heddiw'n rhydd. Yr ail o Dachwedd ... iawn gyda chi? gofynnodd y rheolwraig.

– Faint o'r gloch?

– Ry'n ni'n annog pobl i gynnal gweithgaredd am oddeutu awr yn syth ar ôl i'r preswylwyr orffen eu te ... pedwar o'r gloch fyddai orau rwy'n credu. Fe fydd eu boliau nhw'n llawn ar ôl te felly ddylen nhw fod yn weddol ddidrafferth, eglurodd Louise, gan wybod bod rhai o'r preswylwyr yn gallu bod yn biwis ac yn feirniadol os nad oedd y cyflwyniadau neu'r perfformiadau'n ddigon diddorol.

– Oes gennych chi rywun yn cynnal cyflwyniad heddiw?

gofynnodd Sonya, gan sylwi ei bod hi'n tynnu at bedwar o'r gloch.

– Mae gennon ni berfformiad gwahanol iawn i ddiddanu'n preswylwyr heddiw. Consuriwr. Vincenzo Fawr, broliodd Louise. – Vince Oliver yw ei enw iawn. Adeiladwr lleol. Mae'n gwneud y perfformiad am ddim, chwarae teg, ychwanegodd, gan gerdded at y drws.

– Bydd e'n dechrau cyn bo hir ... dewch i gael pip os oes amser 'da chi ... falle alla i'ch cyflwyno chi i'r preswylwr ar y diwedd, cynigiodd, gan dywys Sonya allan o'i swyddfa ac i lawr coridor tuag at brif lolfa'r cartref.

Safodd Sonya wrth ymyl Louise yng nghefn y lolfa a gweld preswylwyr y cartref yn eistedd yn dawel yn eu seddi neu'u cadeiriau olwyn, yn aros i'r perfformiad ddechrau.

Roedd sgrin fawr gyda'r geiriau *The Great Vincenzo* wedi'u hysgrifennu arni mewn llythrennau bras wedi'i gosod o flaen y gynulleidfa. Y tu ôl i honno eisteddai Del Edwards gyda meicroffon o'i flaen. Safai Vince yn ei ymyl yn gwisgo siaced amryliw a het silc. Edrychodd ar ei wats a gweld ei bod hi'n bedwar o'r gloch.

Amneidiodd Vince ei ben i gyfeiriad ei frawd-yng-nghyfraith, a gwasgodd Del fotwm i ddechrau'r gerddoriaeth gefndir. Symudodd Del yn agosach at y meicroffon, gan wasgu switsh arall i ddyfnhau ei lais, cyn cyhoeddi, yn arddull cyflwyniadau ffilmiau Hollywood,

– Byddwch yn barod i gael eich swyno ... byddwch yn barod i gael eich rhyfeddu ... byddwch yn barod i gael eich cynhyrfu ... foneddigion a boneddigesau ... Vincenzo Fawr!

Camodd Vince allan i wynebu'r gynulleidfa a dechrau ei berfformiad trwy dynnu nifer o facynnau lliwgar allan o lewys ei gôt, cyn chwarae gyda nifer o gylchoedd metel gan eu cysylltu a'u datgysylltu, yna'u rhoi mewn cadwyn hir, cyn eu datgysylltu eto.

Roedd y gynulleidfa wedi hen arfer â pherfformiadau diflas o'r fath, ac roeddent wedi dechrau ton Fecsicanaidd o ddylyfu gên pan gamodd Vince tuag at ddarn o liain hir oedd yn gorwedd ar y llawr a'i godi o'i flaen, gan guddio'i hun oddi wrth y gynulleidfa. Eiliadau'n ddiweddarach gollyngodd y lliain a'i daflu i un ochr, gan ddatgelu ei fod yn awr yn gwisgo siaced ddu a dici-bow, a bod yr het silc wedi diflannu.

Llwyddodd i newid i dair gwisg wahanol yn ystod yr hanner munud nesaf, gan ddechrau siomi'i gynulleidfa o'r ochr orau, a dechreuodd y rhai oedd yn gallu gwneud hynny guro'u dwylo'n frwdfrydig.

Eiliadau'n ddiweddarach roedd yn gwisgo pâr o *Speedos* a dim byd arall, ond cyn i'r menywod yn y gynulleidfa ddechrau'i gymeradwyo, newidiodd i'w wisg wreiddiol, gan fowio i ddangos bod y rhan honno o'r perfformiad ar ben.

Newidiodd Del y gerddoriaeth gefndir a dechreuodd Vince ar ran nesaf ei berfformiad. Roedd ei lygaid yn pefrio a theimlai'r gwaed yn llifo trwy ei wythiennau. Gwyddai ei fod wedi'i eni i wneud hyn, a theimlai'n gwbl hyderus wrth iddo ofyn i aelod o'r gynulleidfa ymuno ag ef.

– Diolch yn fawr, diolch yn fawr. A fyddai un ohonoch chi'n fodlon fy helpu gyda rhan nesaf y perfformiad? gofynnodd.

– Beth ddwedodd e? clywodd un o'r preswylwyr yn gweiddi o'r rhes gefn.

– Sai'n gwybod, atebodd rhywun o'r ail res.

– Siaradwch yn uwch ... mae'r gerddoriaeth yn rhy uchel! gwaeddodd rhywun arall o'r rhes gefn.

– A fyddai un ohonoch chi'n fodlon fy helpu gyda rhan nesaf y perfformiad? gwaeddodd Vince i mewn i'r meicroffon, gan glywed ambell declyn clyw yn dechrau gwichian.

– Mi helpa i chi, gwaeddodd dyn yn ei wythdegau hwyr, gan godi'n araf o'i sedd yn y rhes flaen a cherdded yn bwyllog tuag at Vince.

– O leia fydda i'n gallu'ch clywed chi os fydda i'n sefyll ar eich pwys chi, ychwanegodd, cyn cyflwyno'i hun fel David Thomas. Dangosodd Vince becyn o gardiau mawr i Mr Thomas, gan ddechrau shyfflo'r cardiau'n gelfydd.

– Pam yn y byd y'ch chi angen cardiau mor fawr, ddyn? gofynnodd Mr Thomas.

– Fel bod pawb yn gallu gweld y garden y byddwch chi'n ei dewis, atebodd Vince yn uchel. - Dewiswch garden, dangoswch hi i'r gynulleidfa ond peidiwch â'i dangos hi i mi, meddai, cyn gosod mwgwd dros ei lygaid a'i glymu'n dynn.

Dilynodd Mr Thomas gyfarwyddiadau Vince, gan roi'r garden yn ôl yn y pecyn cyn i Vince dynnu'r mwgwd. Gwasgarodd Vince y cardiau ar y bwrdd o'i flaen, cyn codi un ohonynt a'i dangos i'r gynulleidfa.

– *Six o' spades*, meddai'n orfoleddus, gan gamu'n ôl i dderbyn cymeradwyaeth y gynulleidfa.

– Ife? meddai un o'r hen wragedd yn yr ail res.

– Na. Ddewisodd David yr *eight o' spades*, meddai menyw arall o'r rhes gefn.

– Na, *nine o' spades* oedd e, meddai un arall o'r rhes flaen.

– Na, y *six o' spades*, meddai Vince, gan droi at David Thomas.

– Peidiwch edrych arna i ... sai'n cofio beth ges i i frecwast, heb sôn am ba garden ddewisais i, meddai hwnnw.

– Ond mae'r cardiau'n anferth ... does bosib na welsoch chi mai'r *six o' spades* oedd e? erfyniodd Vince ar y gynulleidfa.

– Arhoswch chi nes y byddwch chi'r un oedran â ni, 'machgen i ... fyddwch chi angen cardiau ddwywaith gymaint â'r rheina, meddai hen fenyw o'r rhes gefn, gan wneud i bawb chwerthin.

Gwyddai Vince ei fod yn colli'i gynulleidfa ac y byddai'n rhaid iddo'u cyfareddu gyda'i dric nesa. Doedd dim dewis ganddo. Roedd yn rhaid iddo ddefnyddio tric y watsh. Trodd at David Thomas gan weld ei fod yn gwisgo un ar ei arddwrn.

– Mae gennych chi watsh hardd iawn, David. Alla i gael pip arni? gofynnodd.

– Gallwch. Hen watsh fy nhad yw hi. Roedd hi gyda fe trwy'r Rhyfel Byd Cyntaf ... y Somme a chwbl ... mae'n dipyn o *lucky charm* a dweud y gwir, meddai David gan roi'r watsh yn nwylo Vince.

Safodd yn gegagored wrth i Vince dynnu macyn o'i got a rhoi'r watsh ynddo, cyn tynnu morthwyl o boced arall a dechrau malu'r watsh o flaen ei lygaid.

– Ydych chi'n wallgo? Beth y'ch chi'n wneud, ddyn? gwaeddodd David wrth i Vince orffen malu'r watsh, yna agor y macyn i ddangos y darnau i'r gynulleidfa.

– Peidiwch â phoeni, meddai Vince, cyn plygu'r macyn, chwythu arno, ei ysgwyd, yna'i agor i ddangos y watsh yn gyflawn unwaith eto. Cerddodd ymysg y gynulleidfa i ddangos y watsh i bawb cyn dychwelyd at David a'i rhoi yn ôl iddo.

– Ali-wp! meddai.

Dechreuodd pawb gymeradwyo, wrth i David astudio'r watsh yn fanwl.

– Nid fy watsh i yw hon! gwaeddodd.

– Beth?

– Nid fy watsh i yw hon. Be sydd wedi digwydd i fy watsh i? Help ... mae hwn wedi dwyn fy watsh! gwaeddodd David.

– Y diawl bach ... ffor shêm! gwaeddodd un o'r hen fenywod, gan godi a gadael y lolfa.

– Ddylien i ymyrryd, tybed? gofynnodd Sonya i Louise, cyn dechrau cerdded tuag at Vince. Gwelodd wyneb Del yn edrych arni o'r tu ôl i'r sgrin. Syllodd y ddau ar ei gilydd am eiliad, cyn i Del ddiflannu tu ôl i'r sgrin eto.

– Na ... gadewch hyn i mi, meddai Louise yn benderfynol, wrth i weddill y gynulleidfa benderfynu fod y perfformiad ar ben, a dechrau gadael y lolfa.

– Peidiwch â gadael ... dy'ch chi ddim wedi gweld tric Tarian Knossos nac un Gwarglodd yr Incas eto, gwaeddodd Vince.

Camodd Louise Fletcher tuag at David a Vince.

– Rwy'n ofni y bydd yn rhaid ichi ddangos i David a minne sut gyflawnoch chi'r tric, i dawelu'i feddwl. Mae e'n meddwl bod rhywun yn dwyn ei watsh drwy'r amser, sibrydodd Louise yng nghlust Vince.

– Ond ... os wna i hynny, fe fydda i'n cael fy niarddel o'r Cylch Hud, meddai Vince.

– Rwy'n addo peidio â dweud dim wrth neb, a bydd David wedi anghofio amdanoch chi erbyn y bore, sibrydodd Louise, cyn troi at David.

– Well i'r tri ohonon ni fynd i fy swyddfa, meddai, gan gymryd braich y ddau a'u tywys nhw o'r lolfa.

Camodd Sonya'n araf at y sgrin oedd yn cuddio Del.

– Man-a-man iti ddod ma's. Does neb ar ôl, meddai.

– Fy mrawd-yng-nghyfraith ..., eglurodd Del, gan bwyntio at yr enw *The Great Vincenzo* ar y sgrin. – Mae'n gonsuriwr da ... cynulleidfa anodd heddiw. Chafodd e ddim llawer o lwc, ychwanegodd.

– Mae e *yn* gonsuriwr da. Fe yw'r un cyntaf imi ei weld erioed yn gwneud i'r gynulleidfa ddiflannu, atebodd Sonya, gan wenu.

– Well imi ddechrau pacio'r offer ... dim ond rhyw dair awr sydd 'da fi tan fy nghyrffyw, meddai Del yn sarcastig, gan droi ar ei sodlau, yna stopio a throi i wynebu Sonya unwaith eto.

– Dwyt ti ddim yn fy nilyn i, wyt ti? gofynnodd.

– Pam yn y byd fydden i'n gwneud hynny? atebodd hithau'n nerfus.

– Pan gyfarfyddon ni yn nhŷ Ina, pan ganodd y larwm yn ddamweiniol yr wythnos diwethaf, roeddet ti'n gwybod fy enw ... a bod gen i dag ... a beth oedd oriau fy nghyrffyw, a ble rwy'n byw, meddai Del.

– Mae'n rhan o'r swydd. Rwy'n gwybod am bawb sydd â thag yn yr ardal 'ma.

– Enwa nhw.

– Alla i ddim gwneud hynny. Deddf Diogelu Data.

– Dwyt ti ddim yn gwybod. Alla i weld o dy wyneb di ... rwyt ti'n fy nilyn i am fy mod i'n gyn-droseddwr ac rwyt ti'n meddwl y bydda i'n troseddu eto.

– Nonsens. Dyw hynny ddim yn wir.

– Os felly, mae Nora'n iawn.

– Yn iawn am be?

– Yn rhesymegol ... os nad wyt ti'n fy erlid i, mae hynny'n golygu dy fod ti'n fy ffansïo i.

– Nonsens!

– Yn rhesymegol ... mae'n rhaid iddo fod yn un o'r ddau. Does dim rheswm arall, meddai Del. – Ond fe alli di wneud rhywbeth i brofi nad wyt ti'n fy nilyn i ... neu fe fydda i'n cysylltu gyda'm cyfreithiwr i ddweud 'mod i'n cael f'erlid.

– Beth?

– Mynd am ddiod 'da fi rywbryd. Os wnei di hynny, byddi di'n profi nad wyt ti'n fy nilyn i fel rhan o dy waith.

– Ond yn ôl dy ddadl di, os af i am ddiod 'da ti, bydd hynny'n profi 'mod i'n dy ffansïo di. Fe fyddi di'n ennill y ddadl beth bynnag yw fy newis, atebodd Sonya, gan ddechrau colli'i thymer.

– Dim o reidrwydd. Fyddi di ond yn profi nad wyt ti'n fy amau i o fod yn droseddwr, meddai Del, gan dynnu darn o bapur o'i boced, ysgrifennu'i rif ffôn yn gyflym arno, a'i roi i Sonya.

– Mae dy ddamcaniaeth di'n un sigledig iawn ... oherwydd 'wy ddim yn dy ffansïo di, atebodd Sonya, gan gymryd y darn papur serch hynny. – Ond fe feddylia i am dy gynnig, ychwanegodd, gan droi a cherdded allan o'r lolfa.

– Ali-wp! meddai Del wrtho'i hun, gan ddechrau pacio offer hudol Vincenzo Fawr.

2.

Eisteddai Simon Smith yn swyddfa'r cwmni prosesu gwalc yn Aberteifi, yn meddwl am ei sgwrs ffôn gyda Noel Evans y noson cynt.

Dilynodd Noel bob gair o gyfarwyddiadau Milton Smith. Cadarnhaodd Noel fod Milton wedi gofyn iddo gael sampl o

DNA tri o bobl ond nad oedd yn gwybod pwy oedd y ddau arall. Cynigiodd Noel ddigon o wybodaeth, gan sicrhau na fyddai Simon yn gofyn unrhyw gwestiynau anodd fyddai'n ei orfodi i ddatgelu'r gwir, sef ei fod wedi dweud popeth wrth Milton am y digwyddiad anffodus yn ystafell Mared.

Treuliodd Simon y bore'n ceisio dyfalu pam fod ei dad wedi dechrau chwilio am etifedd arall. Roedd wedi sylweddoli ers tro byd nad oedd Milton yn ymddiried ynddo i redeg y cwmni ar ôl iddo farw. Gwyddai hefyd nad oedd ei dad am drosglwyddo'r awenau iddo tra byddai ar dir y byw.

Felly, yr unig opsiwn oedd gan Simon oedd gorfodi'i dad i roi'r cwmni yn ei enw ef cyn gynted â phosib, fel mai ef fyddai'n rhedeg y cwmni hyd yn oed petai etifeddion eraill yn dod i'r fei.

Rhannai Simon y swyddfa gyda dwy weinyddwraig, Enid a Michelle, a chyfrifydd y cwmni, Malcolm Watkin. Edrychodd ar ei watsh a gweld ei bod hi'n un o'r gloch. Cododd ei ben a gweld Enid a Michelle yn gadael y caban gyda'i gilydd.

Byddai Malcolm Watkin bob amser yn aros yn y swyddfa yn ystod ei awr ginio, i fwyta'i frechdanau a darllen y *Daily Telegraph*. Dyn tawel, diymhongar yn ei bumdegau oedd Malcolm. Roedd gan Milton Smith dipyn o feddwl ohono, gan iddo helpu i gadw'r cwmni mewn sefyllfa ariannol iach dros yr ugain mlynedd blaenorol.

Gwyddai Simon pa mor bwysig oedd Malcolm i'r cwmni, ac roedd yn ysu i gael gwybod beth oedd ei angen i oresgyn yr argyfwng presennol, yn sgil colli'r cytundeb yn Ne Corea.

Croesodd y swyddfa at ddesg Malcolm. Cododd hwnnw'i ben o'i bapur newydd a gweld bod Simon yn syllu ar y llun oedd ganddo o'i wraig a'i ddwy ferch ar ei ddesg.

– Faint yw oed y merched erbyn hyn? gofynnodd Simon, gan wenu'n ffals a chodi'r llun i'w astudio'n ofalus.

– Mae Eirlys yn 20, ac mae Sian yn 19.

– Ac mae'r ddwy yn y coleg erbyn hyn?

– Ydyn. Mae Eirlys yn astudio meddygaeth yn Abertawe a Sian yn gwneud y gyfraith yn Nottingham.

Chwibanodd Simon, gan roi'r llun yn ôl yn ei le.

– *High flyers* ... ond mae'n cymryd cyfnod mor hir i fod yn feddyg a chyfreithiwr ... pedair, pum mlynedd? gofynnodd, gan siglo'i ben.

– Ydy.

– ... ac yn costio ffortiwn i gadw'r ddwy yn y brifysgol ar yr un pryd mae'n siwr? ychwanegodd, a'i lais yn llawn cydymdeimlad.

– Ry'n ni'n dod i ben. Mae eich tad yn gyflogwr da.

– ... a gobeithio y bydd e'n parhau i fod yn gyflogwr da am flynyddoedd i ddod.

– Yn hollol.

– ... ond yn anffodus, does dim un ohonon ni'n byw am byth, meddai Simon, yn eistedd ar gadair gyfagos. – Beth yw eich oed chi, Malcolm ... 46? 47? gofynnodd, gan wybod bod Malcolm yn hŷn na hynny.

– 56.

– Naw mlynedd arall cyn ymddeol ... byddai'n anffodus iawn petai'r cwmni'n mynd â'i ben iddo yn ystod y ddegawd nesa ... yn anffodus iawn i mi, ac yn anffodus iawn i chi.

Trodd Malcolm i wynebu Simon.

– Yn anffodus, alla i ddim trafod sefyllfa ariannol y cwmni gyda neb ond Mr Smith ei hun ... rwy'n siŵr eich bod yn deall hynny, meddai, gan obeithio na fyddai Simon yn pwyso mwy arno.

– Ydw ... ond mae'r ddau ohonon ni'n gwybod bod y cwmni mewn twll, a bod angen inni gael cytundeb sylweddol i achub swyddi, os nad i achub y cwmni ei hun, meddai Simon, gan wylio ymateb Malcolm yn ofalus.

– Rwy wedi cynghori Mr Smith, felly ei benderfyniad e, a'i benderfyniad e yn unig, fydd gweithredu ar y cyngor hwnnw ai peidio.

– Os na fydd fy nhad yn gweithredu ar eich cyngor, mae'n bosib na fydd y cwmni'n goroesi ac fe fydda i ... a chi ... allan o waith mewn ychydig fisoedd. Dim cyflog a dim tâl diswyddo i'ch helpu i dalu am addysg y merched ... sefyllfa drychinebus, meddai. Cyn i Malcolm gael cyfle i ymateb, ychwanegodd, – Os bydd y cwmni'n goroesi, fe fydda i'n cymryd yr awenau yn y dyfodol ... a falle bydd yn rhaid imi ailstrwythuro'r cwmni ... *downsize* yw'r gair, on'dife ... gan gyflogi gweinyddwyr, a chyfrifydd, allanol, fel mae llawer o gwmnïau bach yn ei wneud erbyn hyn.

Bu ychydig eiliadau o dawelwch cyn i'r cyfrifydd ymateb o'r diwedd. Trodd at Simon.

– Beth y'ch chi am wybod?

– Gwerth y cytundeb sydd ei angen arnon ni i sicrhau dyfodol y cwmni, a chadw 'Nhad yn hapus am na fydd yn gorfod diswyddo unrhyw un.

Edrychodd Malcolm ar Simon am ennyd. Tynnodd ddarn o bapur o ddror ei ddesg, ysgrifennu rhif arno a'i wthio ar draws y ddesg.

– 'Wy'n mynd am dro i gael tamed o awyr iach, meddai gan godi ar ei draed.

– Syniad da, atebodd Simon, cyn codi'r darn papur ac edrych arno. Cerddodd yn ôl at ei ddesg, gan dynnu carden fusnes allan o un o'r droriau.

Roedd Simon wedi derbyn y garden yng Nghorea flwyddyn ynghynt, pan deithiodd i'r wlad ar ran Milton i geisio ennill busnes newydd i'r cwmni, fel rhan o daith fusnes Llywodraeth Cymru. Bu'r daith bum niwrnod yn un aflwyddiannus o safbwynt ffurfio cytundebau newydd, ond yn un lwyddiannus iawn o ran profiadau diddorol ym mariau a chlybiau nos dinas Seoul. Cafodd Simon y garden gan asiant i gwmni oedd yn prynu gwalc mewn ffyrdd gwahanol i'r arfer. Tynnodd ei ffôn symudol o'i boced a deialu'r rhif rhyngwladol.

– Seung-Zin Pak? Noswaith dda ... Simon Smith yma ... sai'n gwybod ydych chi'n fy nghofio i, ond fe gwrddon ni ar daith Llywodraeth Cymru ... ie ... yn y clwb yn Apguejong, meddai yn Saesneg. – Ie ... y gwerthwr gwalc ... a'r dyn aeth adre gyda thair merch ... mae cof da 'da chi, meddai, gan wenu wrth gofio anturiaethau'r noson honno. – Ydy'r cynnig i wneud busnes gyda chi'n dal i sefyll? Ydy? Bendigedig, meddai, gan wybod y gallai fod yn rheoli cwmni'i dad ymhen y mis petai ei gynllun yn gweithio.

<h2 style="text-align:center">3.</h2>

Ceryddodd Sonya'i hun am gytuno i ystyried mynd am ddiod gyda rhywun roedd yr heddlu'n ei amau o droseddu, a hynny tra oedd yn gwisgo tag. Gwyddai ei bod yn gwneud peth annoeth, ond roedd Del wedi'i herio hi'n ddeallusol, ac wedi deffro rhywbeth ynddi. Roedd hi'n ysu am y cyfle i ddod i'w nabod yn well.

Penderfynodd mai'r peth doethaf fyddai dweud wrth Dilwyn Weobley, a chafodd gyfle i wneud hynny pan ofynnodd Dilwyn iddi am ei hymweliad â chartref Afallon y bore canlynol. Soniodd Sonya ei bod wedi gweld Del Edwards yno.

– Beth yn y byd oedd hwnna'n wneud yno 'sgwn i? gofynnodd Dilwyn gan gosi'i ên.

Esboniodd Sonya ei fod yno'n cynorthwyo'i frawd-yng-nghyfraith, Vincenzo Fawr, gyda'i berfformiad.

– Mae ei frawd-yng-nghyfraith yn gonsuriwr?

– Ydy. A phan siaradais i â Del, fe ofynnodd imi fynd am ddiod gydag e … ac fe ddwedais i y byddwn i'n ystyried ei gynnig, meddai, gan gau'i llygaid ac aros i Dilwyn ei cheryddu.

Edrychodd hwnnw arni am ychydig, cyn gwenu.

– Da iawn, Sonya. Ry'ch chi wedi deall y sefyllfa i'r dim, meddai.

– Ydw i?

– Mae plismona'n golygu gwneud y cysylltiad rhwng pethau sy'n ymddangos yn amherthnasol ar yr olwg gynta. Ry'n ni'n amau'r brawd Edwards o gyflawni nifer o droseddau, ond mae ganddo alibi perffaith am ei fod yn gwisgo tag. Cywir?

– Cywir.

– Nawr ry'ch chi wedi canfod bod brawd-yng-nghyfraith Edwards yn gonsuriwr. Ac mae Edwards yn gwybod eich bod chi'n gwybod. Cywir?

– Cywir.

– Felly mae'n bosib bod y consuriwr wedi canfod ffordd o ddagysylltu tag Edwards heb i'r larwm ganu, fyddai'n ei ryddhau i gyflawni'r troseddau hyn. Cywir?

– Cywir ...

– Felly mae wedi bod yn gyfrwys iawn yn gofyn ichi fynd allan am ddiod gydag e, gan ddisgwyl y byddech chi'n gwrthod petaech chi'n ei amau. Ond ry'ch chi, Sonya, wedi bod yn fwy cyfrwys fyth. Cywir?

– Cywir, cytunodd Sonya'n betrusgar. – Ydych chi'n meddwl y dylwn i fynd am ddiod gyda Del Edwards felly?

– Pam lai? Gwaith da, Sonya. Wrth gwrs, bydd yn rhaid ichi fod yn garcus, gan ofalu nad y'ch chi'n mynd i unman yn ei gwmni lle nad yw'r cyhoedd yn bresennol. Mae'n ddyn cyfrwys iawn, mae'n amlwg. Ond mae hyn yn rhoi cyfle inni ddysgu mwy am ei gynlluniau, a chadw llygad craff arno. Yn anffodus, mae ei gyfnod tagio'n dod i ben yr wythnos nesa, felly mi fydd yn anodd ei ddal yn cyflawni trosedd wedi hynny. Pryd y'ch chi'n rhydd i fynd am ddiod gydag e?

– Nos Iau ... ar ôl gwaith. Tua chwech?

– I'r dim ... y'ch chi am imi fod o gwmpas i gadw llygad ar y sefyllfa?

– Does dim angen ichi fod yno. Af i â nwy CS 'da fi rhag ofn.

– Digon teg.

– Gwych, cytunodd Sonya, yn falch ei bod yn gwneud gwaith plismona da, ond yn siomedig yn dawel bach nad oedd Del wedi gofyn iddi fynd am ddiod gydag ef am ei fod yn ei hoffi wedi'r cyfan. Ceryddodd ei hun unwaith eto am fod mor wan. Penderfynodd y byddai'n holi Del Edwards yn ddidostur.

4.

Roedd Simon wedi gwahodd Milton am swper yn ei gartref yn Aberteifi gyda'r bwriad o amlinellu ei gynllun i achub y cwmni. Roedd hwnnw eisoes wedi cyrraedd pan ddychwelodd Simon adref o'i waith y noson honno.

– Sawl tro ydw i wedi gofyn i chi ffonio ymlaen llaw i ddweud faint o'r gloch fyddwch chi'n cyrraedd? meddai Simon gan wylio'i dad yn defnyddio'i *chopsticks* yn gelfydd i fwyta'i reis a physgod *sushi*.

Gwenodd Milton.

– Er dy fod ti'n byw 'ma, fi sy dal yn berchen y tŷ, Simon. Fi brynodd y dodrefn, fi dalodd am y pwll nofio a fi sy'n talu'r garddwr. Felly mae gen i bob hawl i fod ag allwedd a mynd a dod fel y mynna i, meddai.

– Ond oes raid ichi ddod â'ch bwyd eich hun? gofynnodd Simon, ei stumog yn troi wrth iddo arogli'r pysgod amrwd.

– Ti'n siŵr nad wyt ti eisiau peth? Mae 'na ddigon o reis ar ôl, meddai Milton, a'i geg yn llawn bwyd.

– Dim diolch. Ga i rywbeth nes 'mla'n, meddai Simon.

– Oes 'na reswm penodol am y gwahoddiad 'ma? gofynnodd Milton, gan godi'i bowlen a'i wydryn a'u rhoi yn y sinc.

– Mae angen inni gael sgwrs am ddyfodol y cwmni. Rwy am drafod syniad 'da chi.

Trodd Milton i wynebu Simon, gan amneidio â'i ben.

– Dere i'r swyddfa am sgwrs 'te, meddai, gan ddechrau cerdded o'r gegin.

– Ddilyna i chi nawr. Rwy am gael gwydraid o win gynta, meddai Simon.

– Iawn. Dere â gwydraid bach i mi 'fyd. Y Saint Émilion draw fanna, eglurodd Milton wrth fynd trwy'r drws.

Llwyddodd Simon i gymryd sampl o boer Milton o'r gwydryn yn y sinc a'i roi mewn ffiol, cyn ei osod ym mhoced ei drowsus. Tywalltodd ddiod yr un iddo ef a'i dad, cyn ymuno â

Milton yn y swyddfa. Rhoddodd y gwydrau ar y ddesg ac eistedd gyferbyn ag ef.

– Bant â thi, meddai Milton.

– Mae gen i newyddion da.

– Ti'n mynd i gael gwared â'r farf hyll 'na.

– Na ... rwy angen y farf ar gyfer cynhyrchiad newydd y cwmni amatur. Gwrandewch ... rwy wedi dod o hyd i gwmni yng Nghorea sy'n barod i ystyried ffurfio cytundeb â ni i brynu gwalc ... cytundeb sylweddol, meddai Simon, cyn cymryd llwnc hir o'i win. - Llwyddais i wneud sawl cysylltiad annibynnol yng Nghorea pan es i yno ar daith fusnes Llywodraeth Cymru. Rwy'n amcangyfrif bod angen tua £600,000 ar y cwmni i osgoi diswyddiadau cyn y Nadolig, ac mae hynny ar ôl i chi werthu'r tŷ yn Abergwaun. Ydw i'n iawn? gofynnodd Simon.

– Sut wyt ti mor sicr o dy ffeithiau? Beth mae Malcolm Watkin wedi'i ddweud wrthot ti?

– Mae Malcolm Watkin yn cytuno â mi bod yn rhaid inni weithredu nawr os ydyn ni am achub y cwmni ... a rwy wedi darganfod ffordd allan o'r twll ry'ch chi ... sori ... ry'n *ni* ynddo.

Pwysodd Milton yn ôl yn ei sedd, gan roi cyfle i Simon ymhelaethu.

– Fel soniais i gynne, fe wnes i gysylltiadau newydd ar y daith fusnes i Gorea, a rwy wedi llwyddo i ennyn diddordeb cwmni sy'n fodlon ffurfio cytundeb gwerth £600,000 y flwyddyn am y tair blynedd nesa ... gan dalu blaendal sylweddol. Mae rhai o brif swyddogion y cwmni wedi cytuno i ymweld â'r ffatrïoedd yn y Cei, Aberteifi ac Abergwaun ymhen pythefnos. Fe fyddan nhw'n treulio dau ddiwrnod yn trafod y cytundeb. Os byddan nhw'n hapus, rwy'n disgwyl iddyn nhw arwyddo cyn iddyn nhw ddychwelyd i Gorea.

– Beth alla i ddweud? Gwaith gwych, Simon, meddai Milton, gan godi'i wydr i'w gyfarch, cyn ychwanegu, – Beth yw enw'r cwmni?

– Rwy am gadw enw'r cwmni dan fy het am nawr ... yn bennaf am mai fi fydd yn gyfrifol am drefnu'r daith ac am eu tywys o amgylch y ffatrïoedd, ac am arwyddo'r cytundeb ... a 'wy ddim am i'r cynllun gael ei strywio.

– Pam fyddet ti'n gwneud hynny? Fi yw rheolwr y cwmni, meddai Milton.

– Rwy'n credu y dylwn i gael fy ngwobrwyo am achub y cwmni trwy ddod yn reolwr, meddai Simon yn dawel.

– Beth?

– Rwy am ichi drosglwyddo rheolaeth y cwmni imi. Sai'n disgwyl ichi drosglwyddo'r cyfan ... dim ond 51% ... rwy wedi aros yn ddigon hir am y cyfle, a nawr yw'r amser i newid y drefn. 'Wy ddim yn gweld problem, oherwydd fi yw eich etifedd a bydd y cwmni'n eiddo imi ar ôl eich dyddiau chi beth bynnag. Ond os na fydd y Coreaid yn arwyddo'r cytundeb, fydd dim cwmni 'da fi i'w reoli yn y dyfodol.

– Rwyt ti yn llygad dy le, Simon, meddai Milton gan hanner gwenu.

Tynnodd Simon ddarn o bapur o boced ei gôt.

– Rwy wedi gofyn i fy nghyfreithiwr lunio cytundeb fydd yn trosglwyddo awenau'r cwmni imi, meddai, gan roi'r ddogfen ar y bwrdd a'i gwthio'n araf i gyfeiriad Milton.

Cododd hwnnw'r cytundeb a'i ddarllen yn ofalus.

– Falle dy fod ti'n iawn. Falle ei bod hi'n bryd imi drosglwyddo'r awenau, meddai, gan roi'r ddogfen yn ôl ar y bwrdd.

– Felly wnewch chi arwyddo'r cytundeb nawr? gofynnodd Simon yn eiddgar.

– Rwy'n hapus i drosglwyddo'r awenau ... os lwyddi di i selio'r cytundeb gyda'r cwmni o Gorea. Cyn gynted ag y byddan nhw'n arwyddo'r cytundeb, rwy'n addo trosglwyddo rheolaeth y cwmni iti. Bydd hynny'n profi dy allu i redeg y cwmni ... ac fe gaf i Ricky Banks i lunio cytundeb i'r perwyl hwnnw, meddai Milton. Cododd ar ei draed a chamu at ddrws y swyddfa. – Mae'r holl fenter yn dy ddwylo di, a dy ddwylo di'n unig ... dy gyfrifoldeb di yn llwyr fydd llwyddiant, neu fethiant, y fenter, ychwanegodd Milton a ffarwelio â Simon.

Roedd cynllun Simon wedi gweithio'n llawer gwell na'r disgwyl. Ond wrth iddo eistedd yn y swyddfa yn yfed ei win ddeng munud ar ôl i Milton ei adael dechreuodd deimlo'n anesmwyth fod pethau, o bosib, wedi mynd yn rhy dda.

Ni wyddai Simon, wrth gwrs, fod Milton wedi gadael y drws yn gil-agored pan adawodd y gegin, a'i fod wedi gweld Simon yn cymryd sampl o'i DNA o'r gwydr, cyn iddo gerdded yn gyflym ar flaenau'i draed i'r swyddfa.

5.

Eisteddai Del yng nghwmni Ina, Nora a Gwen yng nghegin Ina yn trafod y cynllun i ddwyn o dŷ Mike a Denise Byers, cymdogion y cigydd a'i wraig.

Gwyddent y byddai'r ddau yn gadael eu cartref nos Iau i fynd i'r yrfa chwist a'r cyfarfod seiri rhyddion. Hanner awr cyn hynny, byddai Del yn cuddio yn y cysgodion ger y tŷ, ac yn anfon neges i ffonau symudol Ina a Nora i'w hysbysu pan fyddai'r pâr yn gadael eu cartref.

Byddai Ina a Nora eisoes wedi dechrau cerdded ar wahân tuag at y tŷ gan esgus eu bod yn mynd am dro. Ar yr un pryd, byddai Gwen wedi gadael ei chartref, gan ddweud wrth Val a Vince ei bod yn mynd i siop Spar y pentref ar ei sgwter. Yna byddai Nora ac Ina'n cwrdd â Del ger y tŷ am 7.20pm, cyn cerdded rownd y cefn a thorri'r llinell ffôn i anablu'r larwm diogelwch. Gwaith Nora fyddai torri twll yng ngwydr y drws cefn i gael mynediad. Del ac Ina fyddai'n mynd i mewn i'r tŷ i ddwyn y dillad, cyn eu rhoi mewn bagiau ac ailymuno â Nora, fyddai ar ddyletswydd gwyliadwraeth ger y drws cefn.

Roedd pawb yn gytûn na ddylen nhw dreulio mwy nag ugain

munud yn y tŷ. Y nod fyddai gadael y bagiau ger y gât erbyn 7.45pm. Bryd hynny, byddai Del yn anfon neges i ffôn symudol Gwen, cyn iddo fe ac Ina ddechrau cerdded adre ar wahân. Byddai hynny'n golygu y byddai Del yn ôl adre erbyn i'w gyrffyw ddechrau. Ar ôl derbyn y neges roedd Gwen i gychwyn o'r siop Spar ar ei sgwter, gan anelu at gyrraedd y tŷ erbyn 7.50pm. Byddai Nora'n ei helpu i roi'r bagiau dan sedd y cerbyd, cyn i'r ddwy deithio'n hamddenol gyda'i gilydd at fynedfa gefn tŷ Ina, lle byddai'r dillad yn cael eu cadw nes i Nora'u casglu a mynd â nhw i Lundain drannoeth.

– Da iawn, meddai Nora, ar ôl i bawb fynd trwy eu rhan yn y lladrad. Roedd hi ar fin awgrymu y dylent fynd trwy'r ddefod unwaith eto pan glywyd neges yn cyrraedd ffôn symudol Del. Tynnodd y ffôn o'i boced a gweld mai Sonya oedd wedi anfon neges ato.

– Nos Iau am 6. Fe gasgla i di o dy gartre. Paid â bod yn hwyr ... a phaid â chanslo ... dyma dy unig gyfle! Sonya.

Neidiodd calon Del i'w wddf, gan nad oedd wedi meddwl am eiliad y byddai Sonya'n cytuno i fynd am ddiod gydag e. Dechreuodd gynhyrfu trwyddo, ond suddodd ei galon eiliad yn ddiweddarach pan sylweddolodd fod Sonya wedi cytuno i gyfarfod ar yr un noson â'r lladrad. Roedd wrthi'n ceisio meddwl am ffordd o ddatrys y broblem pan sylwodd ei fam-gu arno'n syllu ar ei ffôn.

– Popeth yn iawn, Del?

– Hmmm. Ydy. Jake ... gofyn os oedd popeth yn mynd yn iawn, atebodd Del yn ansicr.

– Wyt ti'n mynd i'w ateb e? gofynnodd Ina.

Ni chafodd ateb gan Del am ychydig am ei fod wrthi'n pendroni ynghylch cynnig Sonya. Roedd y neges yn hollol glir. Ni allai ganslo os oedd am fanteisio ar y cyfle i'w gweld eto. Penderfynodd mai ei unig ddewis oedd ceisio newid y cynllun.

– Del! Wyt ti'n mynd i'w ateb e? gofynnodd Ina eto.

– Wrth gwrs ... nes 'mla'n ... well i ni drafod y cynllun

unwaith eto, atebodd, gan osod ei ffôn symudol ar y bwrdd a syllu arno am eiliad neu ddwy. – A dweud y gwir, mae gen i ambell bryder ynghylch nos Iau, ychwanegodd.

– *Nawr* mae e'n dweud, meddai Ina'n chwyrn.

– Pam na soniest ti ynghynt? gofynnodd Nora'n swrth. – Ry'n ni wedi bod yma'n trafod ers dwyawr!

– Rwy'n poeni y bydd y perchnogion yn penderfynu dod i'r tŷ cyn y penwythnos, meddai Del yn gelwyddog. – Bydde diwrnod yn gynharach yn yr wythnos yn well.

– Mae'r perchennog yn rhedeg ei gwmni'i hun. Fe allen nhw ddod i'r tŷ unrhyw bryd, meddai Ina.

– A dyna pam y bydd Nora wrth gefn y tŷ yn cadw golwg, meddai Gwen yn fyr ei hamynedd.

– A bydd Des a Rowena allan am y nos, ychwanegodd Nora.

– Os bydd Nora'n gweld car yn dod at y tŷ fe fydd hi'n anfon neges aton ni ar ein ffonau, a byddwn ni'n gadael pob dim ac yn dianc trwy'r ardd. Ry'n ni wedi trafod hyn droeon, meddai Ina'n siarp.

Cododd Del o'i sedd a cherdded at ffenest y gegin, gan geisio meddwl am reswm arall i ddarbwyllo'r tair i oedi.

– Beth am aros tan nos Iau nesa? Glywais i Derek Brockway'n dweud ar *Wales Today* neithiwr ei bod hi'n debygol o fwrw glaw nos Iau, a 'wy ddim am ichi gael eich dal yn y glaw … dyw hi ddim yn syniad da i bobl o'ch oedran chi i gael socad … niwmonia ac yn y blaen. Hefyd, mae fy nghyfnod tagio i'n dod i ben yr wythnos nesa. Allwn ni gyflawni'r lladrad pryd bynnag fynnwn ni ar ôl hynny, meddai, cyn troi a gweld Gwen yn dal ei ffôn yn ei llaw.

– Nos Iau am 6. Fe gasgla i di o dy gartre. Paid â bod yn hwyr … a phaid â chanslo … dyma dy unig gyfle! Sonya, darllenodd Gwen oddi ar y sgrin.

Trodd y ddwy arall i weld ymateb Del.

– Neges mewn cod gan Jake, meddai'n ffug hyderus.

– Fydd dim ots 'da Jake os alwa i e 'nôl, fydd e? heriodd Gwen, gan ddechrau gwasgu'r botwm.

– Na! Peidiwch â gwneud hynny, gwaeddodd Del.

– Man-a-man i ti gyfadde dy fod ti'n rhaffu celwyddau ... Derek Brockway ... socad ... niwmonia ... myn diain i! Cofia mai fi fagodd ti, Del. Dere 'mla'n. Y gwir.

Caeodd Del ei lygaid a griddfan yn isel wrth i Nora barhau i'w holi.

– Ai Sonya yw'r blismones oedd fan hyn yr wythnos ddiwetha?

– Ie, sibrydodd Del.

– Gwych. Mae'n bwriadu dwyn o dai pobl a dechrau canlyn plismones ar yr un pryd. Ti wedi magu un pert fan hyn, Gwen, meddai Ina.

– Sai'n ei chanlyn hi ... dim 'to, ta beth ... ry'n ni'n mynd am ddiod, dyna'i gyd.

– Ond ti'n ei ffansio hi? gofynnodd Nora.

– Wel ... ydw ... ac mae gennon ni dipyn yn gyffredin ... fel diddordeb mewn athroniaeth. Mae'r rhan fwya o'r merched 'wy'n nabod yn meddwl taw cyffuriau yw Popper a Skinner.

– Rwyt ti'n gwybod na alli di ddechrau gweld y Sonya 'ma a bwrw 'mla'n gyda'r cynllun. Mae'n rhy beryglus i ni gyd, eglurodd Gwen.

– Sosialydd, myn diain i. Mae e fel pob dyn arall. Ry'n ni i gyd yn gwybod mai'r unig ddillad fydd yn ei ddwylo e nos Iau fydd bra y Sonya 'ma, meddai Ina.

– Ina ... rwyt ti wedi mynd yn rhy bell, meddai Gwen cyn i Del dorri ar ei thraws.

– Na, mae Ina'n iawn ... rwy'n ei ffansïo hi, ac os yw hi'n fodlon mynd am ddiod 'da fi, mae hynny'n golygu nad yw hi'n fy meirniadu am fod yn gyn-droseddwr, a'i bod yn fodlon fy nerbyn am bwy ydw i ... gan gynnwys fy ffaeleddau. Does neb wedi gwneud hynny ers imi ddod allan o'r carchar.

Gwyddai Del y byddai'n rhaid iddo wneud penderfyniad anodd, a hynny'n sydyn.

– Falle na fydd perthynas o unrhyw fath yn datblygu rhyngdda i a Sonya, ond mae hi wedi gwneud imi feddwl bod gen i gyfle i ailafael yn fy mywyd ... sy'n well na pheryglu popeth drwy gael fy nal yn dwyn o dai haf.

Bu tawelwch llethol rhwng y pedwar nes i Nora ddatgan,

– Mae Del yn gywir. Mae'n rhaid inni gyfadde i ni'n hunain mai breuddwyd gwrach yw'r cynllun ... ac os yw Del wedi penderfynu rhoi'r gorau iddi, pa obaith sydd gan dair hen fenyw ar ben eu hunain?

– Ond Nora ... beth wnawn ni am arian os rown ni'r ffidil yn y to? Bydd yn rhaid i mi symud i gartre hen bobl, meddai Ina.

– Ditto, meddai Nora'n dawel.

– Llawenhewch a gorfoleddwch, oherwydd y mae eich gwobr yn fawr yn y nefoedd, meddai Gwen.

– ... ac yn fach iawn ar y ddaear, ategodd Ina.

– A sut allwn ni godi digon o arian i dalu ffioedd coleg Del? gofynnodd Gwen.

– Fe ddaw rhywbeth, Mam-gu ... mae'n rhaid inni frwydro fel pawb arall. Rwy'n Sosialydd, cofiwch ... ac mae Fidel Castro ei hun yn dweud na ddylai lladrata fod yn rhan o unrhyw chwyldro, meddai Del.

– Mae e'n llygad ei le. Sut all Del ddechrau perthynas gyda Sonya gan wybod ei fod yn cadw cyfrinach rhagddi? Na. Does bron dim byd yn bwysicach mewn bywyd yn y pen draw na chariad, meddai Nora.

– Diolch, Nora, meddai Del yn ddiolchgar.

Edrychodd Nora ar ei watsh.

– Mae'n ddeng munud i wyth. Well i ti fynd tua thre ... ond mae'n bwysig nad yw'r un ohonon ni'n sôn yr un gair wrth neb am y cynllun, neu fe fyddwn ni'n dal i fod mewn trafferth. Ffonia i Jake i ddweud wrtho ein bod wedi newid ein meddyliau, meddai.

– Wyt ti'n dod 'da fi, Mam-gu? gofynnodd Del, gan godi i adael.

– Mae gen i gwpwl o bethau i'w trafod 'da dy fam-gu. Fe ddaw hi adre yn y man, meddai Nora. – Gobeithio y bydd Sonya'n werth hyn i gyd, ychwanegodd, wrth i Del adael.

Cerddodd Del yn ysgafn droed drwy strydoedd y Cei, gan

feddwl am wyneb prydferth Sonya. Edrychai ymlaen at ei gweld unwaith eto mewn deuddydd, a hynny gyda chydwybod clir. Roedd Del Edwards yn teimlo fel dyn newydd.

Bu tawelwch hir yng nghegin Ina wedi i Del adael.

– Wel ... dyna ni ... rwy'n siŵr ein bod wedi gwneud y penderfyniad iawn, Nora ... fe ddaw rhywbeth eto, cysurodd Gwen.

– Penderfyniad iawn, myn diain i! meddai Nora. – Paid â meddwl ein bod ni'n mynd i roi'r gorau iddi am fod Del Juan yn fan'na am gael ei ffordd gyda rhyw damed o blismones.

– Ond Nora ... ddwedest ti'r holl bethau 'na am gariad ... nad oes dim byd yn bwysicach yn y pen draw na chariad, meddai Gwen yn ddryslyd.

– ... *bron* dim byd yn bwysicach ddwedes i. Beth yw cariad i mi? Dim ond loes mae cariad wedi'i roi i mi erioed. Ta beth, fe sylwes i pwy nosweth fod Sonya'n gwybod enw Del, a'i fod dan gyrffyw, yn ogystal ag oriau'r cyrffyw. Mae'n flin 'da fi, Gwen, ond rwy wedi bod yn amau fod yr heddlu'n ei wylio, a nawr rwy'n sicr eu bod nhw'n ei wylio.

– Ond pam? gofynnodd Gwen.

– Am ei fod yn gyn-droseddwr, wrth gwrs. Rwy'n sicr ei bod hi wedi cytuno i fynd am ddêt gyda Del am ei bod hi'n chwilio am wybodaeth. Felly mae'n well i ni'n tair ei fod wedi rhoi'r gorau iddi. Does mo'i angen arnon ni ... ac os cawn ni'n dal, gallwn fod yn weddol onest yn dweud nad oedd e'n rhan o'r cynllun, meddai Nora.

– Ond os wyt ti'n anghywir, a bod y berthynas gyda Sonya'n datblygu, fe fyddwn ni'n gwybod pa nosweithiau 'dyw hi ddim yn gweithio ..., meddai Ina.

– ... ac yn gwybod felly pryd fydd hi'n ddiogel inni ddwyn o'r tai haf, cytunodd Gwen. – Ond fe fydd hi'n anodd i mi gadw'r gyfrinach oddi wrth Del.

– Meddylia am yr arian fydd ar gael i dalu iddo fynd i'r coleg ar ôl i Sonya dorri'i galon, meddai Ina.

– Gysyllta i 'da Jake nes 'mla'n i sôn am y newidiadau ... fel nad yw e'n ateb y ffôn os bydd Del yn ei ffonio ... ac fe gwrddwn ni fan hyn nos yfory i drafod y mân newidiadau i'r cynllun nawr bod Del wedi'n gadael ni, meddai Nora.

– Adios Fidel! ychwanegodd Ina.

6.

Bu Milton Smith yn eistedd wrth ei ddesg am oriau yn meddwl am gynllun Simon i'w ddisodli. Sut yn y byd oedd Simon wedi dod o hyd i gwmni yng Nghorea pan oedd ei asiant ef ei hun wedi methu? Cododd y ffôn a deialu rhif rhyngwladol.

– Bang?

– Bòs.

Gofynnodd Milton i'w asiant, Bang Seung Hwan, a wyddai sut roedd Simon wedi dod o hyd i gwmni fyddai'n gallu anrhydeddu cytundeb o £600,000 y flwyddyn. Bu tawelwch ar ochr arall y ffôn am ennyd.

– Does gen i ddim syniad, bòs.

– A wnaeth e gyfarfod â chwmni dwyt ti ddim yn gyfarwydd ag e pan oedd e draw yng Nghorea y llynedd?

– Ro'n i gydag e yn ystod y dydd ond roedd e'n mynd mas gyda swyddogion Llywodraeth Cymru yn y nos. Roedd Mistar Gweinidog yn ddyn drwg iawn ... ro'n i'n mynd adre at fy nheulu. Rwy wedi cysylltu â phob cwmni sy'n mewnforio pysgod yn y wlad, ond 'wy ddim yn gwybod pa gwmni mae e wedi dod o hyd iddo ... ond pam nad yw e wedi dweud enw'r cwmni wrthoch chi?

– Am nad yw e am imi gysylltu â nhw a strywio'i gynllun?

Bu tawelwch rhwng y ddau am rai eiliadau.

– Wrth gwrs, mae 'na un esboniad arall, ond fydde mab i chi byth yn gwneud y fath beth.

Bu Milton bron â dweud nad oedd Simon yn fab iddo, ond daliodd ei dafod.

– Dere 'mla'n, Bang. Be sydd ar dy feddwl di?

Crychodd Milton ei wyneb mewn anghrediniaeth pan ddywedodd Bang wrtho sut y gallai Simon fod wedi ennill cytundeb o'r fath yng Nghorea.

– Diolch, Bang ... rwy'n credu dy fod ti'n iawn. Paid â dweud dim wrth neb.

– Bòs.

Bu Milton yn pendroni wrth ei ddesg am ddeng munud arall cyn codi'r ffôn eto a deialu rhif cyfarwydd.

– Noel ... sut wyt ti? Wyt ti'n rhydd fory? Wrth gwrs dy fod ti ... deg y bore ... na, ddo' i draw i'r capel am sgwrs.

7.

Roedd Sonya Lake a Dilwyn Weobley yn eistedd mewn car heddlu ger pier y Cei am hanner awr wedi tri y prynhawn Iau hwnnw ar ôl i Sonya orffen ei gwers hyfforddiant seiclo gyda phlant hŷn ysgol gynradd y pentref hanner awr ynghynt.

– Rwy'n hapus iawn gyda safon y seiclo, Sonya, hapus iawn, meddai Dilwyn, oedd wedi arolygu'r wers fel rhan o broses monitro gwaith Sonya. – Maen nhw'n ddisgybledig iawn ... yn cyd-seiclo fel y *pelaton* yn y Tour de France. Gwych. Rwyt ti wedi dangos pwysigrwydd disgyblaeth a dyfalbarhad i'w helpu nhw i wella'u seiclo mewn cwta dair wythnos. Bendigedig.

– Diolch. Maen nhw'n blant hyfryd ... dim ond mater o fagu ffydd ynddyn nhw yw hi, meddai Sonya, wrth i Dilwyn orffen llenwi'r ffurflen arolygu.

– Mi fydd yn rhaid i tithe ddangos disgyblaeth a dyfalbarhad gyda'r brawd Del Edwards heno ... ac mae'n bosib y bydd angen iti gyfarfod ag e fwy nag unwaith i gael gwybod beth yw ei gynlluniau, meddai Dilwyn, gan roi'r ffurflen i Sonya ei harwyddo.

– Rwy'n fodlon gwneud hynny dros yr achos, meddai Sonya, gan deimlo ychydig yn nerfus am y cyfarfod.

– Da iawn, Sonya. Mae dyfalbarhad mor bwysig yn ein gwaith ni ... rwy'n cofio achos o daro a ffoi yn Synod Inn ym mlynyddoedd cynnar fy ngyrfa. Pedair oed oedd hi ... Llio ... mi gafodd ei lladd yn y fan a'r lle tu allan i'w chartre. Roedd y teulu'n torri'u calonnau ond mi addewais iddyn nhw y byddwn i'n dal y gyrrwr oedd yn gyfrifol. Roedd cartref Llio mewn ardal wledig, amaethyddol, ac ro'n i'n amau mai ffermwr lleol oedd yn gyfrifol. Y dyddiau hynny, wrth gwrs, doedd dim profion DNA ac yn y blaen felly roedd angen disgyblaeth a dyfalbarhad. Treuliais y chwe mis canlynol yn rhoi pwysau seicolegol ar y ffermwr, gan wneud esgusodion i alw draw'n rheolaidd ... gwirio'i drwydded gwn hela ac ati. Roedd e'n gwybod 'mod i'n gwybod mai fe oedd ar fai, ac yn y diwedd, fe dorrodd, a chyfadde'r cwbl.

– Faint o gosb gafodd e? Dedfryd hir, siŵr o fod, meddai Sonya, yn llawn edmygedd o dalentau plismona Dilwyn.

– Wel ... dim llawer ... cath oedd Llio ... ond mae'r egwyddor yr un peth. Addewais i y byddai'r teulu'n cael cyfiawnder, ac mi lwyddais i wneud hynny. Roedd perchnogion Llio yn eu saithdegau. Prynodd y ffermwr gath newydd iddyn nhw ... Topsy ... ac anfon llythyr o ymddiheuriad a bocs o Roses. Cyfiawnder, meddai Dilwyn yn hunangyfiawn, cyn edrych ar ei watsh. – Cwarter wedi tri. Awn ni am dro o gwmpas y pentre yn y man, cyn mynd yn ôl i'r swyddfa er mwyn iti allu paratoi ar gyfer dy gyfarfod â Comrade Edwards, meddai.

* * *

Yn y cyfamser roedd Del yng nghwmni Gwen yn siop elusen y Dolffin Trwynbwl, yn teimlo'i stumog yn troi wrth feddwl am gyfarfod â Sonya y noson honno.

Roedd Nora ac Ina eisoes wedi dechrau paratoi ar gyfer y lladrad ac roedd Gwen am ymweld â'r ddwy i drafod unrhyw gynlluniau munud olaf unwaith y byddai drws y siop yn cau am bedwar o'r gloch.

– Cer adre, Del. Man-a-man iti ddechrau paratoi ar gyfer dy ddêt mawr, meddai Gwen, gan edrych ar wyneb gwelw ei hŵyr.

– A man-a-man iti fynd â'r Shopmobility adre 'da ti. Rwy am fynd i weld Nora, a chael tamed bach o awyr iach cyn dod adre, ychwanegodd, gan wthio Del drwy'r drws a rhoi allweddi'r cerbyd iddo.

Roedd Del yn ei fyd bach ei hun wrth iddo yrru'r cerbyd i fyny'r rhiw serth at ei gartref ym mhen ucha'r pentref. Roedd wedi treulio'r prynhawn yn meddwl pa ddillad y dylai eu gwisgo'r noson honno, ac nawr roedd e'n ysu i gyrraedd adre fel bod ganddo ddigon o amser i baratoi ar gyfer ei ddêt cyntaf gyda Sonya.

Gwasgodd sbardun y sgwter. Chwe milltir ... saith milltir ... wyth milltir yr awr ... roedd y sgwter yn cyflymu. Gwasgodd y sbardun ychydig eto. Deng milltir ... deuddeg milltir ... pedair milltir ar ddeg yr awr. Roedd Vince wedi gwneud jobyn aruthrol, meddyliodd Del, wrth i'r cerbyd rasio i fyny'r rhiw tuag at yr ysgol. Dechreuodd golli arno'i hun, gan ddychmygu ei fod yn yrrwr Fformiwla Un. Clywodd sylwebydd yn ei ben.

– Ac mae Fidel Edwards yn y Sgwter Ferrari ymhell o flaen Vettel, Hamilton a Button ... mae'r dyn ifanc yma sy'n cyd-gynrychioli Cymru a Chiwba ar dân, wrth i'r cerbyd gyrraedd ugain milltir yr awr.

Ond nid Sebastian Vettel oedd yn ail yn y ras arbennig hon, ond Dilwyn Weobley yn fan yr heddlu.

– Blydi hel, Sonya, mae hwn yn mynd yn gyflymach nag wyth milltir yr awr, meddai Dilwyn, oedd erbyn hyn 20 llath y tu ôl i Del. – Mae e'n gwneud o leia 20 milltir yr awr ... rhyw ddiawl ifanc yw e ... sgwter wedi'i ddwyn mwy na thebyg, ychwanegodd.

Ond roedd Sonya wedi adnabod Del yn syth.

– Na ... Del Edwards yw e, meddai'n ddigalon. Mae'n mynd â sgwter ei fam-gu adre, siŵr o fod. Maen nhw'n byw yr ochr draw i'r ysgol.

– Ydy e? Reit, meddai Dilwyn, gan adael i Del ddal ati i rasio i fyny'r rhiw, cyn troi'r cerbyd i'r dde a theithio ar hyd ffordd gul am ganllath. Trodd i'r chwith am ganllath, yna i'r chwith unwaith eto, a dod i stop ger mynedfa'r ysgol.

Neidiodd Dilwyn allan o'r fan a rhedeg at y cefn, agor y drysau, a thynnu dryll cyflymder allan. Ymhen eiliadau roedd yn sefyll yn pwyntio'r dryll tuag at y ffordd o'i flaen.

– Un banana ... dau banana ... tri banana, meddai, gan anadlu'n ddwfn. Gwenodd wrth weld Del yn dod rownd y gornel ar garlam. Gwasgodd hwnnw'r brêc yn sydyn pan welodd Dilwyn o'i flaen, ond roedd yn rhy hwyr.

Camodd Dilwyn tuag ato, gan bwyso ymlaen yn y gobaith o arogli alcohol.

– Prynhawn da, syr. Ydych chi'n sylweddoli eich bod chi'n teithio ar gyflymder o 22 milltir yr awr mewn parth 20 milltir yr awr? – gofynnodd yn ddifrifol.

– Ond 30 milltir yr awr yw'r cyfyngiad cyflymdra fan hyn, meddai Del.

– Ddim rhwng tri a phedwar o'r gloch y prynhawn ar ddiwrnod ysgol ... ac yn ôl fy watsh i mae hi'n 3.56 nawr, meddai Dilwyn. – Ac ar ben hynny, mae'n anghyfreithlon teithio ar gyflymder o dros wyth milltir yr awr mewn cerbyd o'r math hwn.

Gyda hynny, camodd Sonya allan o'r fan, a suddodd calon Del.

* * *

Cafodd Del docyn cosb am oryrru gan Dilwyn Weobley, oedd hefyd wedi'i hysbysu y byddai'r drosedd yn debygol o effeithio ar amodau ei gyfnod tagio. Daeth Gwen adre bum munud yn ddiweddarach, a bu Del yn pendroni a ddylai ddweud wrth ei fam-gu am y digwyddiad ai peidio, wrth iddyn nhw rannu paned o de a darn o fara brith.

Penderfynodd beidio â dweud dim tan y diwrnod canlynol, oherwydd roedd Sonya wedi dweud y byddai'n dal i fynd am ddiod gydag e y noson honno, os na fyddai'n derbyn tecst ganddi i'r gwrthwyneb.

Yn y cyfamser, roedd Dilwyn Weobley hefyd yn fodlon ei fyd, oherwydd gwyddai hwnnw y byddai cyfnod tagio Del yn debygol o gael ei ymestyn.

– Ydych chi'n meddwl y dylwn i gadw at fy addewid i gwrdd â Del Edwards heno? gofynnodd Sonya iddo, wrth iddyn nhw deithio'n ôl i'r swyddfa yn Aberaeron.

– Wrth gwrs. Mae'n bosib ei fod wedi cael ei ddal yn goryrru ar bwrpas, er mwyn i'r cyfnod tagio gael ei ymestyn, fel bod ganddo *alibi* perffaith o hyd i gyflawni mwy o droseddau. Bydda'n garcus ... mae hwn yn dipyn o gadno, atebodd Dilwyn.

Ond doedd Del ddim yn edrych fel cadno wrth i Sonya syllu arno yn nhafarn yr Hen Lew Du ym mhentref Cross Inn, rhyw ddwy filltir o'r Cei, awr yn ddiweddarach. Roedd wedi casglu Del o'i gartref toc wedi chwech, gan yrru i'r dafarn dawel hon fel na fyddai pobl yn lledu straeon fod plismones yn yfed yng nghwmni troseddwr. Wedi'r cwbl, dim ond Dilwyn Weobley oedd yn gwybod am y cynllun, a doedd Sonya ddim yn hollol sicr bod y cyn-dditectif yn ei lawn bwyll.

Dim ond y barmon, sef dyn tal, tenau yn ei bedwardegau cynnar, a'i wallt hir wedi'i glymu'n gynffon tu ôl i'w ben, oedd yn y bar heblaw am Del a Sonya.

– Mae'n rhaid iti chwerthin. Does dim llawer o bobl yn cael eu harestio gan rywun ac yna'n mynd am ddêt gyda nhw ar yr un diwrnod, meddai Del, gan sipian ei beint yn araf a chymryd cipolwg slei ar Sonya i weld ei hymateb.

Syllodd Sonya ar Del. Roedd hwn naill ai'n ddyn ifanc hollol naïf neu'n droseddwr hyderus iawn.

– Fe fyddwn ni'n chwerthin am y peth pan fydd gennon ni wyrion, chwarddodd Del, i geisio ysgafnhau'r sefyllfa.

– Dwyt ti ddim hyd yn oed yn ddeunydd sboner, meddai Sonya, gan wgu. – Rwyt ti'n lleidr a gymerodd ran yn nherfysgoedd Llundain. Rwyt ti'n *boy racer* sy'n camdrin sgwter Shopmobility ei fam-gu ... ac mae fy mentor i'n meddwl ..., dechreuodd, cyn cnoi'i thafod.

– Beth mae dy fentor di'n feddwl? gofynnodd Del, gan roi'i beint i lawr.

Penderfynodd Sonya fod yn onest ag ef, gan astudio'i ymateb.

– Waeth iti gael gwybod. Mae fy mentor ... Dilwyn Weobley ... yn meddwl dy fod ti'n rhyw fath o *mastermind* troseddol ar ôl i ti gael dy ddewis fel y troseddwr mewn cymaint o rengau adnabod, meddai, cyn esbonio damcaniaeth Dilwyn fod brawd-yng-nghyfraith Del, Vincenzo Fawr, wedi dod o hyd i ffordd o ddynnu'r tag oddi ar goes Del er mwyn iddo allu cyflawni troseddau gyda'r alibi perffaith.

Eisteddodd Del yn gegagored am eiliad, cyn esbonio fod Ricky Banks wedi'i dalu £40 y tro i ymddangos mewn rhengau adnabod.

– Rwyt ti'n creu argraff wych, Del. Os ydy hynny'n wir, rwyt ti'n cyfadde dy fod yn fodlon derbyn arian fel nad yw troseddwyr yn derbyn eu haeddiant ... sy'n golygu dy fod yn droseddwr moesol, ysgyrnygodd Sonya, gan orffen ei diod a chodi ar ei thraed.

– Ond ddwedodd Ricky Banks wrtha i fod ei gleientiaid i gyd yn ddieuog, erfyniodd Del.

– Rwyt ti naill ai'n naïf iawn neu'n rhaffu celwyddau, meddai Sonya, gan ddechrau cerdded i ffwrdd.

– Beth am dy foesau di, Sarah Lund? Rwyt ti newydd gyfadde dy fod wedi cytuno i ddod allan am beint 'da fi am dy fod ti'n amau 'mod i'n droseddwr ... sy'n profi 'mod i'n iawn amdanat ti, atebodd Del, gan godi ar ei draed hefyd.

– Ddwedes i mo hynny. Ddwedes i fod Dilwyn Weobley'n meddwl dy fod yn droseddwr ... ac ... ac ... ro'n i am ei brofi'n anghywir ... ond mae'n amlwg mai fi oedd yn anghywir, meddai Sonya, gan ddechrau gwisgo'i chôt.

– Pam? holodd Del yn flin, gan wisgo'i gôt yntau.

– Am fy mod i'n meddwl ... am ryw reswm ... dy fod ti'n ddyn â moesau cryf sydd wedi bod yn anffodus mewn bywyd ... ond rwy'n anghywir, mae'n amlwg, atebodd Sonya, gan anelu at ddrws y dafarn.

– Plismon cymunedol wyt ti, Sonya, nid gweithiwr cymdeithasol. 'Wy ddim yn chwilio am gydymdeimlad, meddai Del, gan lyncu gweddill ei beint, codi'r gwydrau a'u rhoi ar y bar, diolch i'r barmon, a dilyn Sonya allan o'r dafarn. – Rwy'n cyfadde fod pethau wedi bod yn anodd arna i ... ond 'wy ddim yn droseddwr. Rwy'n ddyn sy'n ceisio gwneud y gorau o fywyd sydd wedi chwalu'n deilchion, ychwanegodd, wrth ddilyn Sonya i'w char.

Trodd honno i'w wynebu a'i llygaid yn fflachio.

– Ac mae gen i un peth arall i'w ddweud wrthot ti cyn iti fynd, taranodd Del, gan glosio at Sonya, oedd eisoes wedi agor drws y car.

– Beth?

– Mae'n ugain munud wedi saith. Does dim digon o arian 'da fi i dalu am dacsi ar ôl prynu'r ddau goctêl di-alcohol drud 'na i ti yn y dafarn. Alla i gael lifft plis? Neu fe fydda i'n torri fy nghyrffyw, ychwanegodd Del yn dawel.

– Mae gen ti wyneb, meddai Sonya, cyn closio at Del a'i gusanu'n ysgafn ar ei foch.

– Pam wnest ti 'na? gofynnodd Del yn syfrdan, ar ôl iddo gael ei wynt ato.

– Sai'n gwybod. Am i ti godi'r gwydrau a'u rhoi ar y bar, yna diolch i'r barmon, er dy fod ti'n benwan? meddai Sonya. Cododd Del ei ysgwyddau mewn penbleth. – ... Sy'n profi dy fod yn ystyriol o bobl eraill ... peth prin iawn y dyddie 'ma ... ac rwy'n hoffi hynny. Rwyt ti'n wahanol.

– Ydy hynny'n golygu fod gen i lifft adre 'te? gofynnodd Del yn siriol.

* * *

Cymerodd Sonya bron i hanner awr i yrru'r ddwy filltir i'r Cei am ei bod wedi stopio'r car ddwywaith mewn encilfa er mwyn iddi hi a Del gusanu yn ystod y daith. Gwyddai'r ddau y byddai pethau wedi mynd ymhellach pe na bai Del yn gorfod bod adre erbyn wyth o'r gloch.

Pan oedd y car ar gyrion y pentre, edrychodd Del allan drwy'r ffenest ar y troad oedd yn arwain at y tŷ roedd Gwen, Nora, Ina ac yntau wedi bwriadu dwyn ohono y noson honno. Ochneidiodd mewn rhyddhad gan ddiolch ei fod wedi gwneud y penderfyniad iawn a rhoi'r gorau i'r cynllun penchwiban.

Ond neidiodd ei galon i'w wddf eiliadau'n ddiweddarach pan welodd ei fam-gu'n sefyll ger ei sgwter ar ochr y ffordd. Oedd y tair wedi penderfynu bwrw 'mlaen â'r cynllun, tybed? Oedd rhywbeth wedi mynd o'i le? A ddylai Del gadw'n dawel a gadael i Sonya yrru heibio i'w fam-gu? Ond beth petai Sonya'n adnabod Gwen? Roedd wedi cwrdd â hi unwaith o'r blaen. Byddai'n colli'i enw da yng ngolwg Sonya. Pa fath o ddyn fyddai'n gwrthod helpu'i fam-gu ar noson oer o hydref? Ar y llaw arall, gallai Del esgus nad oedd wedi sylwi ar ei fam-gu. Na. Roedd yn rhaid iddo wneud y peth iawn, beth bynnag fyddai'r goblygiadau. Damio.

– Alli di arafu? Mam-gu yw honna, meddai, ar yr un eiliad ag y dechreuodd Sonya arafu am ei bod hithau hefyd wedi adnabod Gwen. Parciodd ei char y tu ôl i'r sgwter, a chamodd y ddau allan.

– Be sydd wedi digwydd, Mam-gu? gofynnodd Del i'r hen wraig, oedd yn amlwg wedi cael sioc o weld ei hŵyr a'r blismones.

– Wel ... beth alla i ddweud, Del? ... 'wy ddim yn gwybod, meddai Gwen yn ddryslyd.

– Peidiwch â phoeni. Eisteddwch am eiliad, meddai Sonya, gan dywys Gwen at y sgwter a'i helpu i'r sedd, cyn plygu wrth ei hochr a dal ei dwylo.

– Ro'n i wedi anghofio ..., meddai Gwen, a dagrau yn ei llygaid.

– Anghofio beth, Mam-gu? gofynnodd Del, gan ymuno â Sonya.

– ... pen-blwydd dy ... dy ... dad-cu ... heddiw ... wnes i anghofio ... tan heno ... ro'dd yn rhaid imi fynd i'r bedd lan fan'co, meddai Gwen, gan bwyntio at fynwent y capel ar gyrion y pentre. Cymerodd anadl hir. – Rwy'n gwbod 'i bod hi wedi tywyllu ... ond es i â blodau ar y bedd ... meddwl fydde fe ddim yn cymryd chwinciad yn y Shopmobility ... ond pallodd y batri.

Ochneidiodd Del yn hir, gan sylweddoli bod ei fam-gu'n dweud y gwir. Roedd Vince wedi addasu'r sgwter er mwyn iddo fynd yn gyflymach, ond roedd hynny'n golygu na fyddai'r batri'n para mor hir.

– Fy mai i oedd e, Mam-gu, meddai, gan esbonio'r cyfan i Gwen gyda deigryn yn ei lygad wrth feddwl amdani'n mynd at fedd ei gŵr.

– Well i ni'ch cael chi'ch dau adre, meddai Sonya, gan bwyntio at ei watsh.

– Sai wedi methu diwrnod ei ben-blwydd ers iddo farw, meddai Gwen, gan godi a cherdded at y car.

– Rwy'n gwybod, Mam-gu, meddai Del, a'r deigryn erbyn hyn yn llithro'n araf i lawr ei foch, wrth iddo gofio am Val ac yntau'n mynd gyda'u mam-gu hefo tusw o flodau ar y daith hir i fyny'r lôn at y fynwent bob blwyddyn, hyd yn oed trwy'r eira trwm y mis Chwefror hwnnw ... Chwefror? Chwefror!

Trodd Del a gweld bod Sonya wedi cyrraedd ochr y gyrrwr. Edrychodd yn hir ar Gwen, oedd erbyn hyn yn eistedd yn y sedd gefn ac yn edrych arno'n heriol. Edrychodd yntau yr un mor heriol arni hithau. Trodd a gweld dwy fenyw yn cerdded tuag ato o gyfeiriad y capel, ac yn bwysicach, o gyfeiriad y tŷ haf oedd wedi'i glustnodi ar gyfer y lladrad y noson honno.

Wrth i Nora ac Ina agosáu, camodd Del yn gyflym tuag at y ddwy, gan ysgyrnygu'n isel.

– Ydych chi'ch dwy wedi bod yn y fynwent hefyd?

– Na ... aethon ni am dro i weld a fyddai'r cynllun wedi gweithio. Chwilfrydedd, sibrydodd Nora yng nghlust Del.

– Ond fydde'r cynllun ddim wedi gweithio 'ta beth ... am

ryw reswm aeth y cigydd a'i wraig ddim i'r yrfa chwist, ychwanegodd Ina.

– Naddo wir?

– Naddo.

– Os ydych chi'ch tair wedi gwneud rhywbeth y tu ôl i 'nghefn i ..., sibrydodd Del yn chwyrn, cyn sylweddoli bod Sonya'n sefyll wrth ei ochr.

– O, helo ... dyma gyd-ddigwyddiad. Chi yw ffrindiau Mrs Edwards, yntê? Dy'ch chi ddim yn fy nghofio i, mae'n siŵr, meddai Sonya.

– O ydyn, dechreuodd Ina, cyn i Nora binsio'i braich yn slei.

– Na ... ry'n ni'n hen ac yn anghofus mae gen i ofn ... rwy'n cofio'r wyneb ... ond na, meddai Nora.

– Sdim ots. Alla i gynnig lifft i chi'ch dwy hefyd? Mae wedi oeri. Ond bydd yn rhaid imi fynd â Gwen a Del adre gynta. Mae'n tynnu at wyth o'r gloch, meddai Sonya.

– Peidiwch â phoeni. Ry'n ni'n gwisgo digon o *layers*, meddai Nora.

– Dewch 'mla'n ... neidiwch i mewn, ychwanegodd Sonya gan agor drws y car.

– Diolch yn fawr, meddai Nora gan gamu i'r sedd gefn.

– Hyfryd, ychwanegodd Ina gan wthio i mewn i gefn y car gyda Nora a Gwen.

– Ddylen ni fynd, Sonya, meddai Del yn anesmwyth.

– Ti'n iawn, meddai honno, cyn cael syniad a rhedeg yn ôl at y sgwter.

– Be ti'n wneud nawr? gwaeddodd Del, gan droi'n welw wrth sylweddoli beth oedd amcan Sonya.

– Dim ond gwneud yn siŵr nad yw dy fam-gu wedi gadael unrhyw beth gwerthfawr yn y sgwter, meddai, gan ddechrau agor y bocs dan y sedd.

– Na ... Sonya, paid! gwaeddodd Del, gan ddechrau rhedeg tuag ati.

Ond roedd yn rhy hwyr. Roedd Sonya wedi agor y bocs.

* * *

– Diolch am yr ymddiheuriad, meddai Gwen wrth i Del eistedd yn benisel gyferbyn â'i fam-gu yn y gegin yn hwyrach y noson honno.

– Beth arall o'n i fod i feddwl ar ôl eich gweld chi, Nora ac Ina yng nghyffiniau'r tŷ roedden ni wedi bwriadu dwyn ohono heno?

– Dere 'mla'n ... roedd e'n naturiol y byddai diddordeb 'da Nora ac Ina i weld a fyddai'r cynllun wedi gweithio.

– Ond rwy'n siŵr ichi ddweud 'dy' dad-cu ... a rwy'n cofio'n iawn bod ei ben-blwydd e ym mis Chwefror.

– Cam-glywed wnest ti, Del bach, meddai Gwen, cyn sythu'i chorff. – Chwefror y chweched ... 'sen i byth yn anghofio'r dyddiad hwnnw ... fy nhad-cu *i* o'n i'n sôn amdano ... fe oedd yn cael ei ben-blwydd heddiw.

Gyda hynny, clywodd y ddau Vince a Val yn dychwelyd gyda'r sgwter yng nghefn y fan.

– Cer i'w helpu nhw, Del bach. Rwy'n mynd i 'ngwely, meddai Gwen, gan symud yn araf tua'r grisiau, yn llawn siom bod Del wedi'i hamau o ddwyn. Ond wrth iddi ddiosg ei dillad yn ei stafell wely bum munud yn ddiweddarach, roedd Gwen yn wên o glust i glust.

8.

Roedd Gwen, Nora ac Ina wedi bwrw 'mlaen â'r cynllun i ddwyn dillad o'r tŷ haf, ond nid oedd pethau wedi mynd yn ôl y disgwyl.

18:26

Ffarweliodd Gwen â Del wrth ddrws y tŷ gan ei wylio'n gadael gyda Sonya yn y car. Brysiodd i fyny'r grisiau i'w stafell wely, gan newid o'i dillad arferol a gwisgo slacs du, siwmper ddu drwchus a chôt ddu. Aeth yn ôl lawr y grisiau a cherdded drwy'r stafell fyw, gan ddweud wrth Val a Vince ei bod am fynd i Spar i brynu paced o fisgedi. Gadawodd y tŷ, gosododd ei beret du ar ei phen a theithio i Spar ar ei sgwter, i greu alibi iddi hi'i hun, cyn ymuno â Nora ac Ina i dderbyn y dillad tua chwarter i wyth.

18:30

Diffoddodd Ina'r teledu wedi iddi hi a Nora wylio'r rhaglen gwis *Eggheads*. Cytunodd y ddwy fod Kevin Ashman wedi achub y dydd i'r Eggheads unwaith eto. Diffoddodd Ina'r golau a rhoi cyfle i Nora adael y tŷ cyn iddi gloi'r drws.

– Smo' ti'n mynd i osod y larwm? gofynnodd Nora.

– Na ... sai'n credu fydde hynny'n addas heno, atebodd Ina, gan gloi'r drws a chymryd braich ei ffrind. Roedd *secateurs*, teclyn torri gwydr, pwmp sugno a dau bâr o oleuadau pen mewn bag siopa dros ei hysgwydd.

18:45

Cyrhaeddodd Gwen y siop a gadael ei sgwter y tu allan, cyn mynd i mewn, gafael mewn basged siopa a chrwydro'n hamddenol rhwng y silffoedd. Byddai'n prynu'r bisgedi cyn gadael y siop am ddeng munud wedi saith, yna'n ymlwybro'n araf ar hyd lonydd cefn y pentref yn ei sgwter, cyn teithio i fyny'r ffordd i ymuno â'r ddwy arall erbyn chwarter i wyth.

18:48

Cerddodd Nora ac Ina ar hyd lonydd cefn y pentre heb weld neb, a chymryd llwybr cyhoeddus oedd yn dod allan gyferbyn â'r tŷ haf. Arhosodd y ddwy yn eu hunfan, gan wylio'r tŷ drws nesa, lle'r oedd y cigydd Des Phillips, a'i wraig Rowena'n byw.

19:01

Gwelodd Nora ac Ina y ddau'n gadael y tŷ, camu mewn i'w car BMW a gyrru i ffwrdd. Edrychodd y ddwy ar ei gilydd am ennyd, cyn symud yn bwyllog tuag at y tŷ haf, gan agor y gât a'i chau ar eu holau, cyn camu'n araf at flaen y tŷ i chwilio am y llinell ffôn.

19:03

Talodd Gwen am y bisgedi a'u rhoi ym mhoced ei chôt.

Gadawodd y siop, a chamu ar ei sgwter a dechrau ar ei thaith i'r tŷ haf.

19:04

Daeth Nora ac Ina o hyd i'r llinell ffôn a llwyddodd Ina i dorri'r cêbl ar ei chynnig cyntaf. Camodd y ddwy at gefn y tŷ, lle rhoddodd Nora declyn ar y gwydr ger handlen y drws, a thorri cylch ynddo. Poerodd ar y gwydr a'i wthio'n ofalus. Syrthiodd y darn gwydr ar y mat heb dorri. Rhoddodd Nora'i llaw chwith drwy'r twll yn y drws yn ofalus, a datgloi'r clo a gwasgu'r handlen. Trodd at Ina.

– Mewn â ni, 'te, meddai, gan agor y drws a chamu mewn, a gwisgo'i thortsh pen.

19:10

Roedd Gwen wedi cyrraedd y briffordd ac wedi mynd rhyw ddeugain llath i fyny'r rhiw pan ddechreuodd y sgwter arafu. Ymhen deng llath roedd wedi dod i stop, ac ni allai ei aildanio. Edrychodd ar ei watsh. Chwarter wedi saith. Dim ond canllath oedd hi o'r tŷ. Pendronodd beth ddylai wneud nesaf.

19:20

Camodd Nora ac Ina'n llechwraidd ar draws y gegin, gan anelu at y drws. Syllodd Nora ar lun uwchben seld y gegin o ŵr, gwraig a labrador yn gwenu'n braf. Ger hwnnw roedd llun arall o'r gŵr yn gwisgo siwt a dici-bow, yn derbyn tarian mewn cinio.

– Dere 'mla'n, Nora, mae'n ugain munud wedi saith yn barod a dy'n ni ddim wedi gadael y gegin eto, sibrydodd Ina, gan wthio Nora at y drws. Agorodd honno'r drws a chamu'n araf i mewn i'r cyntedd. Edrychodd o'i chwmpas. Ar y chwith iddi roedd rhes o darianau ar y wal, gan gynnwys yr un roedd y gŵr yn ei dal yn y llun.

Camodd Nora tuag ati. Oeroedd drwyddi pan ddarllenodd y geiriau ar y darian: *Gloucestershire Business Awards 2004. Business of the Year. Mike Byers, Cheltenham Alarms.*

Trodd a gweld fod Ina wedi mynd heibio iddi a'i bod yn anelu at y grisiau. Gwelodd olau gwyrdd ar y wal i'r chwith iddi.

– Ina! Stopia! gwaeddodd. – Paid â symud. Rwy'n siwr mai

infra red yw'r golau 'na. Os ei di'n bellach, bydd y larwm yn canu!

– Ond rwy wedi torri'r llinellau ffôn. Fydd y neges ddim yn cyrraedd y ganolfan, meddai Ina, heb symud modfedd serch hynny.

– Sai'n siŵr. Ry'n ni ar ben ucha'r pentre. Mae'n bosib fod gan y tŷ 'ma system wi-fi. Wyt ti'n cofio beth ddwedodd Jake wrthon ni am synwyryddion symud? gofynnodd Nora.

– Nadw.

– Cama'n ôl yn araf ... bydd yn rhaid i ni roi'r gorau iddi, meddai Nora'n dawel, cyn clywed llais wrth ddrws y gegin.

– O chwi o ychydig ffydd, meddai Gwen, gan ymuno â'r ddwy yn y cyntedd.

– Beth yn y byd wyt ti'n wneud 'ma? holodd Ina'n chwyrn.

– Weda i wrthoch chi wedyn. Rwy'n credu bod 'na ffordd o fynd lan y grisiau. Mae rhai ohonon ni wedi gwneud ein gwaith cartre.

– Dere 'mla'n 'te, Gwen ... sut y'n ni'n mynd i gerdded trwy'r *infra red* heb i'r larwm ganu? gofynnodd Ina.

– Wnaethoch chi sylwi ar y lluniau yn y gegin?

– Do ... a'r darian ar y wal. Mae'r boi'n berchen cwmni larymau diogelwch. Does gennon ni ddim gobaith o fynd lan y grisiau, meddai Nora'n ddigalon.

– Y llun arall ... yr un gyda'r labrador. Ydych chi wedi sylwi nad oes unrhyw ddodrefn yn y cyntedd? gofynnodd Gwen, cyn i'r ddwy arall edrych a gweld bod Gwen yn llygad ei lle.

– Ie? meddai Ina'n fyr ei hamynedd.

– Mae ganddyn nhw gi. Maen nhw'n gorfod gadael y ci yn y tŷ pan maen nhw'n mynd allan ac yn gosod y larwm. Felly ... fe fyddai'r ci'n gwneud i'r larwm ganu petai lefel yr *infra red* yr un uchder â'r ci, esboniodd Gwen, cyn i Nora ychwanegu;

– ... ac mae'r ci'n dal i fod ganddyn nhw, oherwydd does dim dodrefn yn y cyntedd rhag ofn i'r ci ddringo ar y celfi a gwneud i'r larwm ganu.

– Yn hollol. Felly fe allwn ni ddringo'r grisiau at y dillad os awn ni ar ein dwylo a'n pen-gliniau, meddai Gwen, gan fynd i lawr yn araf ar ei phedwar a dechrau cropian tuag at y grisiau.

– 'Wy ddim yn mynd ar fy mhedwar i unrhyw un, meddai Ina'n sych.

– Alla i gredu hynny, meddai Nora. – Ond man-a-man i ti ddechrau nawr ... a gad dy fag fan hyn.

Dechreuodd Nora ac Ina gropian ar ôl Gwen, gan edrych yn bryderus i'r chwith wrth fynd heibio'r golau gwyrdd. Ond ni newidiodd y golau. Bum munud yn ddiweddarach, roedd y tair wedi cyrraedd top y grisiau.

– Peidiwch â chodi eto, rhag ofn bod 'na synhwyrydd arall ar y landin, meddai Gwen, gan gropian ar hyd y carped.

– Fydd gen i ben-gliniau dolurus bore fory, cwynodd Ina.

– Ina fach ... dreuliais i'n ugeiniau gyda phen-gliniau dolurus ... ond 'sen i ddim wedi newid hynny am y byd, meddai Nora, wrth i Gwen ddod i stop ger drws un o'r stafelloedd gwely.

– Sut allwn ni ddwyn y dillad os na allwn ni godi ar ein traed? gofynnodd Ina.

– Mae blew ci ym mhobman ar y carped 'ma, sy'n golygu fod ganddo rwydd hynt i fynd lle mynno ... a synnen i daten nad yw'r creadur yn cysgu yn eu stafell wely nhw, meddai Gwen.

– Sy'n golygu nad oes 'na synhwyrydd yn y stafell wely, cytunodd Nora.

Wedi i'r tair gropian i mewn i'r stafell wely buont wrthi'n chwilio'n ddyfal am declyn ar y wal, a chododd eu calonnau pan welson nhw wely ci gyda'r enw Banjo arno.

– Rwy'n credu y gallwn ni fentro codi ar ein traed nawr, meddai Gwen, gan bwyso ar y gwely i'w helpu i godi. Cymerodd y ddwy arall gryn amser i godi o'r llawr, cyn ymuno â Gwen ger cwpwrdd dillad anferth yng nghornel y stafell.

Caeodd Gwen y llenni'n araf rhag ofn i rywun ddigwydd cerdded heibio, a gweld golau'n dod o'r tŷ haf. Agorodd Nora'r cwpwrdd dillad a chwibanu'n hir wrth weld y cyfoeth o ddillad drud o'i blaen.

– Mam bach! mae un ... dwy ... tair ... Versace fan hyn ... un

Alexander McQueen ... ac un Vivienne Westwood. Mae'n amlwg bod gwerthu larymau diogelwch yn talu'n dda, meddai, gan fyseddu'r eitemau fesul un. – Rwy'n amcangyfrif bod 'na werth dros £10,000 fan hyn, ferched. Gwen ... ble mae'r sgwter gen ti?

– O ie ... ro'n i wedi meddwl sôn ... ges i broblem fach gynne.

Gwingodd Nora ac Ina ar ôl i Gwen esbonio'r sefyllfa.

– Ond be wnawn ni nawr? Sut yn y byd allwn ni fynd â deuddeg dilledyn i dŷ Ina heb inni gael ein gweld? gofynnodd Nora'n bryderus.

– Mae gen i syniad, meddai Gwen, gan wenu.

* * *

Cymerodd Gwen ddeng munud i ddadwisgo'r noson honno, a throdd sain rhaglen Geraint Lloyd i fyny i'r eithaf i foddi sŵn ei chwerthin.

Roedd ei chynllun, sef bod y tair ohonynt yn gwisgo pedwar dilledyn yr un o'r cwpwrdd, wedi gweithio i'r dim. Ceryddodd ei hun am beidio â meddwl am y syniad ynghynt, oherwydd roedd hynny'n golygu nad oedd angen y sgwter arnynt.

Roedd y gwisgoedd drud yn weddol denau a doedd yr un o'r tair yn ordew. Gwyddai na fyddai unrhyw un yn sylwi eu bod yn gwisgo cymaint o ddillad dan eu cotiau trymion ar noson oer yn y gaeaf.

Llwyddodd y tair i gropian lawr y grisiau cyn i Nora godi'r darn gwydr a orweddai ar y mat ger y drws cefn. Unwaith roedd pawb allan o'r tŷ rhoddodd Nora'i llaw i mewn drwy'r twll yng ngwydr y drws a'i gloi a gosod y darn gwydr yn ôl yn ei le yn ofalus.

Penderfynodd Gwen fynd o flaen y ddwy arall, gan gerdded draw at ei sgwter. Roeddent wedi trefnu ei bod hi'n ffonio Vince ar ôl cyrraedd y cerbyd, gan ofyn iddo ei chasglu. Byddai Nora ac Ina'n digwydd cerdded heibio wrth i Vince godi Gwen, er mwyn iddyn nhw gael lifft adre hefyd fel na fyddai neb yn gweld y ddwy'n cerdded i'r pentref.

Bu pethau bron â mynd ar gyfeiliorn pan ymddangosodd

Del a Sonya'n annisgwyl. Ond yn y diwedd, bu presenoldeb y blismones yn help yn hytrach na rhwystr iddynt.

Roedden nhw wedi goroesi her a hanner y noson honno, meddyliodd Gwen, cyn datrys pos Geraint Lloyd yn ddiffwdan am unwaith.

9.

Gwyddai Milton Smith y dylai fod wedi derbyn cyngor ei gyfrifydd, Malcolm Watkin, a chau'r ffatri yn y Cei ym mis Awst. Ond pan welodd y gweithwyr yn sefyll mewn rhes yn y ffatri y bore hwnnw, gwyddai na allai eu diswyddo. Roedd yntau wedi sefyll mewn rhes yn disgwyl ei ffawd yng Nghorea dros drigain mlynedd ynghynt.

Roedd Milton yn un o gant a hanner o filwyr a gafodd eu cipio gan fyddinoedd Gogledd Corea a Tsieina yn ystod brwydr Uijeongbu ym mis Ionawr 1951. Bu'n rhaid i'r fintai druenus orymdeithio am dros wythnos i'r gwersyll carcharorion yn Pyoktong. Cysgodd hanner y milwyr ar y llawr yn ystod eu noson gyntaf yn y gwersyll am nad oedd digon o welyau, a chawsant wybod y byddai hanner eu nifer yn cael eu symud i wersyll arall yn y bore.

Safodd Milton mewn rhes gyda gweddill y carcharorion y bore wedyn, wrth i'r uwch swyddog gerdded heibio, gan godi'i ffon ar hap i ddynodi pwy oedd i aros yng ngwersyll Pyoktong a phwy oedd i gael eu cludo i wersyll arall.

Roedd Milton ymhlith y rhai a ddewiswyd i aros yn y gwersyll. Ni wyddai beth ddigwyddodd i weddill y carcharorion nes iddo ddychwelyd i Gymru ar ddiwedd y rhyfel, a chlywed bod y lleill wedi'u saethu a'u claddu y tu allan i wersyll Pyoktong yn ddiweddarach y bore hwnnw.

Erbyn hyn, roedd gan Milton syniad go dda am gynllun Simon, ac wedi treulio oriau'n meddwl am ffordd o'i danseilio cyn sylweddoli y gallai Noel Evans ei helpu unwaith eto.

Roedd Noel wrthi'n rhoi trefn ar y llyfrau emynau yn y capel yn barod ar gyfer y gwasanaeth drannoeth pan ymunodd Milton ag ef wrth yr allor. Dywedodd Milton fod cynrychiolwyr cwmni o Gorea'n ymweld â'r ffatri yn y Cei ymhen wythnos, a'i fod am roi croeso arbennig iddyn nhw.

– Ro'n i'n meddwl y byddai'n braf iddyn nhw fod yn rhan o ddefod grefyddol ... wedi'r cwbwl, mae'n dymor y cynhaeaf. Falle y gallet ti gynnal seremoni fach yn y ffatri i ddiolch i'r Iôr am y gwalc? awgrymodd Milton.

– Wel ... mae seremonïau o'r fath wedi dod yn fwy poblogaidd yn ystod y blynyddoedd diwethaf. 'Wy ddim yn gweld y byddai 'na broblem cynnal seremoni yn y ffatri ... dim ond bod 'na urddas priodol yn perthyn iddi.

– Yn hollol ... yn hollol. Ond 'wy ddim am i Simon wybod am hyn ... rwy am i'r trefniadau fod yn syrpreis iddo, ychwanegodd Milton, gan godi'i aeliau'n awgrymog.

– Wrth gwrs ... dim siw na miw, meddai Noel, gan siglo llaw Milton i selio'r cytundeb.

– Rwy am ofyn i Val Oliver gydlynu'r digwyddiad. Fe ofynna i iddi drefnu bod baneri De Corea a lluniau o arlywydd y wlad yn cael eu gosod yn y ffatri. Rwy wedi bod yn meddwl rhoi mwy o gyfrifoldeb iddi ers peth amser. Gweithiwr da, meddai Milton, gan droi i adael.

– Mae Valerie'n fenyw ... gadarn iawn. Merch ei mam-gu. Dewis da. Dewis doeth, meddai Noel.

Erbyn hyn roedd Milton wedi derbyn canlyniadau profion DNA Mared Lloyd-Williams. Yn ôl canlyniadau'r sampl o'r macyn a gymerodd Noel Evans o'r bag dillad, a'r sampl a roddodd Meleri i'r gweinidog, nid oedd Mared yn wyres iddo. Gwyddai Milton y byddai Meleri a Simon yn gwybod hyn hefyd, am fod Simon wedi cymryd sampl o DNA Milton.

Trodd i wynebu Noel cyn estyn i'w boced, tynnu ffiol a ffon

gotwm allan, a'u rhoi i'r gweinidog. Edrychodd yntau'n syn arno.

– Wrth gwrs, bydd hynny hefyd yn rhoi cyfle iti gael sampl o DNA Val ar fy nghyfer i, fel y cytunwyd, meddai Milton.

Roedd Noel yn syfrdan. Felly fe fu Gwen Edwards, yn ogystal ag Ina Lloyd-Williams, yn rhan o *harem* Milton, meddyliodd.

Rhan V

1.

Eisteddai Nora yn swyddfa foethus cwmni gwerthu dillad IIS Fashions yn Petticoat Lane yn Llundain bedwar diwrnod ar ôl y lladrad o'r tŷ haf yn y Cei.

Edrychodd o'i hamgylch ar y lluniau ar y wal o berchennog y cwmni, Ike Solomon, yng nghwmni llu o bobl enwog gan gynnwys Jean Shrimpton, Twiggy, Elton John a Gary Barlow. Edrychodd ar y cês yn llawn dillad yr oedd wedi'i gludo o arfordir Ceredigion i ganol prifddinas Lloegr.

Roedd Gwen ac Ina wedi codi'n gynnar y bore ar ôl y lladrad ac wedi gwisgo'r dillad yr oeddynt wedi'u dwyn y noson cynt, a cherdded draw at fwthyn Nora. Roedd y tair wedi rhoi'r dillad yn ddestlus mewn cês, cyn i Vince gasglu Nora o'r tŷ am hanner awr wedi wyth a'i gyrru i Aberystwyth er mwyn iddi ddal y trên i Lundain i gau pen y mwdwl ar ei bywyd yno cyn symud i'r Cei am byth.

Roedd eisoes wedi hysbysu'r Cyngor y byddai'n rhoi'r gorau i'w fflat yn Battersea erbyn diwedd mis Hydref. Treuliodd Nora'r penwythnos yn pacio'i dillad a'i heiddio i gyd yn barod ar gyfer y dydd Gwener canlynol, pan fyddai Vince yn dod yn ei fan i'w casglu a'u cludo i'r Cei.

Ond prif reswm Nora dros ddychwelyd i Lundain oedd cwrdd ag Ike Solomon.

– Mae Mr Solomon yn barod i'ch gweld chi nawr, Miss Da Vies, meddai'r PA'n ffroenuchel, gan dywys Nora i swyddfa Ike Solomon.

– Miss Leonora Da Vies, meddai wrth Mr Solomon, oedd yn eistedd y tu ôl i'w ddesg.

– Bore da, Miss Da Vies, meddai hwnnw'n ffurfiol yn

Saesneg. Cododd y dyn penfoel, oedd yn ei chwedegau hwyr, o'i sedd a siglo llaw Leonora, gan estyn braich fel arwydd iddi eistedd mewn cadair o'i flaen.

– Sut alla i'ch helpu chi? Mae'r enw'n lled gyfarwydd ... ond dwi ddim yn credu ein bod wedi cwrdd o'r blaen, meddai, gan eistedd yn ei gadair foethus, cyn troi at ei PA. – Does dim angen iti gymryd nodiadau, Hannah. Fydda i ddim yn hir, meddai, cyn wincio arni. Gadawodd Hannah yr ystafell, ac edrychodd Ike a Nora ar ei gilydd am ychydig heb ddweud gair, cyn i Mr Solomon godi o'i gadair a chamu'n sionc at ddrws y swyddfa a'i agor.

– Hannah? Alli di wneud ffafr â mi? Dwi awydd cwpwl o *bagels* o siop Ronnie Bart, meddai. Arhosodd i Hannah godi'i bag a chychwyn am allan. Caeodd Ike y drws gan gerdded yn ôl at Nora. – Mae Hannah'n un fusneslyd, meddai, gan chwerthin cyn codi llaw Nora a'i chusanu. – Dwi ddim wedi dy weld ers amser maith, ychwanegodd, gan siglo'i ben.

– Ddim ers canol yr wythdegau 'sen i'n tybio, Ike, meddai Nora.

– Ro'n i'n meddwl bod pawb o'r hen ddyddiau wedi mynd.

– Ddim cweit ... rwy'n dal 'ma, atebodd Nora, cyn i'r ddau edrych ar ei gilydd a dechrau meddwl am y dyddiau a fu.

Dechreuodd Ike weithio fel dylunydd i'r un cwmni ag yr oedd Nora'n gweithio iddo ar ddechrau'r chwedegau, sef cwmni Sol Grade, oedd yn gwneud dillad yn benodol ar gyfer y theatr a byd y ffilmiau.

Roedd Ike yn ddylunydd talentog ac yn y cyfnod hwnnw roedd dod o dras Iddewig yn fantais fawr o fewn y byd ffasiwn yn Llundain. Cafodd fwy a mwy o waith gyda chwmnïau dillad yn ystod y chwedegau, nes iddo allu sefydlu ei gwmni ei hun tua chanol y ddegawd yn dylunio dillad dynion. Erbyn diwedd y saithdegau roedd y busnes wedi tyfu'n sylweddol, gyda siopau ym Mharis, Milan a Frankfurt, ac roedd llwyddiant y cwmni wedi parhau ers hynny, gyda meibion Ike, Nathan a David, yn gyfrifol erbyn hyn am ran helaeth o'r busnes.

– Rwyt ti wedi gwneud yn dda iawn i ti dy hun, meddai Nora, gan edrych o amgylch y stafell.

– Mi fydda i wastad yn cofio'r dyddiau hynny pan oedd y ddau ohonon ni'n gweithio i Sol Grade ... dyddiau da, meddai Ike.

– Rwy wedi bod yn meddwl am y dyddiau hynny hefyd yn ddiweddar, Ike, meddai Nora, gan agor y cês a dechrau tynnu'r dillad allan. Gosododd nhw'n ddestlus fesul un ar y ddesg hir.

Chwibanodd Ike wrth weld y dillad, gan ddechrau'u byseddu.

– *Schmutter* gwych, Nora ... *schmutter* heb ei ail, meddai, wrth i Nora godi'i haeliau. – Does dim un darn fan hyn yn *schmatte* ... mae'r rhain yn werth tipyn o *gelt*, Nora, ychwanegodd, gan gau ei lygaid wrth fyseddu'r defnydd.

– Maen nhw'n werth £12,000, Ike ... ond y cwestiwn yw faint fyddet ti'n fodlon dalu amdanyn nhw?

– Dy ddillad di yw'r rhain? gofynnodd Ike, cyn griddfan wrth weld Nora'n ysgwyd ei phen.

– Nora ... Nora ... dy'n ni ddim yn byw yn oes y brodyr Kray a'r brodyr Richardson bellach. Dwi wedi bod yn *kosher* ers dros ddeugain mlynedd.

– Ond dwyt ti ddim yn *kosher* wyt ti, Caradoc? meddai Nora yn Gymraeg, gan wenu arno.

Griddfanodd y dylunydd unwaith eto.

Cafodd Caradoc Evans ei eni ym mhentref Drefach-Felindre yn Sir Gâr, yn fab i deiliwr lleol. Ond er iddo ddechrau gweithio fel prentis i'w dad, nid oedd y bachgen pymtheg oed am greu dillad brethyn i ffermwyr Caerfyrddin a Cheredigion. Roedd wedi dechrau gwrando ar gerddoriaeth Elvis, Little Richard a Buddy Holly ar Radio Luxembourg, a gweld gwisgoedd anhygoel y Teddy Boys ar newyddion *Pathé* yn y sinema yng Nghaerfyrddin. Na. Llundain amdani.

Aeth Caradoc i fyw at ewythr oedd yn un o'r cannoedd a adawodd orllewin Cymru i werthu llaeth yn Llundain. Er bod y ddawn ganddo i ddylunio a chreu dillad, canfu fod y byd ffasiwn yn Llundain yn cael ei reoli'n bennaf gan y gymdeithas Iddewig.

Ond roedd gan Caradog y ddawn i ddynwared pobl, a llwyddodd i gael ei swydd gyntaf fel dylunydd gyda chwmni Sol Grade gan esgus ei fod yn Iddew, a galw'i hun yn Ike Solomon.

Ond gwnaeth Caradog gamgymeriad mawr y penwythos wedi iddo gael y swydd. Aeth i Gapel Jewin ger y Barbican yn Llundain gyda'i fodryb a'i ewythr, heb wybod bod un o'i gydweithwyr yn mynd i'r un capel. Cafodd honno syndod o weld yr Iddew uchel ei gloch fu'n sôn am *shikses*, *schleps*, *nebbish* a *klutz* yn ystod yr wythnos, yn canu Calon Lân nerth ei ben.

Suddodd calon Caradoc wrth iddo weld Nora'n edrych yn syn arno ar ddiwedd y gwasanaeth, a bu'n rhaid iddo ymbil arni i beidio ag yngan gair am y twyll.

– Wrth gwrs, cariad, dim problem ... ond mae'n bosib y bydda i angen ffafr yn ôl rywbryd, oedd ymateb honno cyn cerdded i ffwrdd.

– Rwy wedi dod i ofyn am y ffafr sydd arnat ti i mi ers hanner can mlynedd, meddai Nora, gan wenu ar Caradoc.

– Os wyt ti angen arian ... alla i roi arian i ti, atebodd Caradoc yn Gymraeg.

Chwarddodd Nora wrth glywed iaith y Nefoedd yn cael ei hynganu yn acen ffug-Iddewig Ike.

– Rwyt ti'n gwbod na fydda i'n dweud yr un gair ... ta beth, fydde fe ddim yn gwneud yr un iot o wahaniaeth erbyn hyn ... ond ro'n i'n meddwl falle allet ti werthu'r dillad hyn imi am bris teg, i gofio am yr hen amser.

– Petaet ti wedi agor dy geg yn 1962 mi fydde hi wedi bod ar ben arna i. Mae arna i ddyled fawr i ti. Alla i werthu'r rhain yn Ewrop ... maen nhw'n ddillad da ... ond mae'n rhaid iti ddweud pwy oedd yn berchen y dillad, fel na fyddan nhw'n dod ar eu traws eto.

– Wrth gwrs.

– Alla i ddim cynnig mwy na £12,000 i ti ... ffafr am yr hen ddyddiau.

– Diolch, Caradoc.

– Ike, plis ... paid byth â 'ngalw i'n Caradoc eto.

– Diolch, Ike ... ar yr amod nad wyt ti'n defnyddio'r ystrydebau Iddewig 'na yn fy nghlyw i byth eto.

– Wrth gwrs. Ond mae pobl yn disgwyl imi wneud hynny erbyn hyn. Mae'n rhan o'r ddelwedd.

– Un peth arall.

– Beth?

– Wyt ti'n fodlon cymryd saith neu wyth llwyth arall?

– *Oy vei*! meddai Ike, gan godi'i ddwylo i'r awyr.

2.

Bu Meleri Lloyd-Williams yn eistedd wrth fwrdd y gegin yn ei chartref am ysbaid hir, gan edrych yn ôl ac ymlaen rhwng y ddau lythyr a orweddai o'i blaen. Roedd y llythyron yn cynnwys canlyniadau'r profion DNA y gwnaeth Meleri gais amdanynt yn ddiweddar.

Cafodd siom o ddarllen nad oedd ei merch, Mared, yn perthyn i Milton Smith. Ond cafodd fwy o siom o lawer pan welodd nad oedd Simon ychwaith yn perthyn i Milton.

Bu'n pendroni am hir ynghylch beth ddylai hi ei wneud gyda'r wybodaeth. Golygai'r canlyniadau na fyddai Simon yn debygol o etifeddu ceiniog gan Milton. Sylweddolodd Meleri fod Milton eisoes yn gwybod nad oedd Simon yn fab iddo, ac mai dyna pam ei fod wedi dechrau chwilio am etifedd arall.

A ddylai hi ddweud wrth Simon? Os felly, pryd? A ddylai hi ddod â'i pherthynas gyda Simon i ben? Os felly, pryd?

Roedd Simon, wrth gwrs, yn llawn hyder wedi iddo roi'r sampl o DNA ei dad i Meleri wythnos ynghynt. Amlinellodd ei gynllun i reoli 51% o gwmni Gwalco petai'n llwyddo i sicrhau cytundeb gyda'r cwmni o Gorea, wedi i gynrychiolwyr y cwmni ymweld â'r tair ffatri yn Abergwaun, Aberteifi a'r Cei.

Meddyliodd Meleri'n ddwys am y sefyllfa, a phenderfynu y dylai wneud ei gorau glas i helpu Simon i ddarbwyllo cynrychiolwyr y cwmni o Gorea i arwyddo'r cytundeb, er mwyn sicrhau dyfodol y ddau. Petai'r cynllun hwn yn llwyddo, byddai Simon yn dal i fod yn ddyn cyfoethog. Penderfynodd gadw'r wybodaeth oedd ganddi am Simon dan ei het am y tro, gan ddweud wrtho nad oedd Mared yn wyres i Milton, a dim mwy.

3.

Roedd Nora mewn hwyliau da yn dilyn ei chyfarfod ag Ike Solomon. Roedd hi wedi gadael Petticoat Lane y bore hwnnw a dychwelyd i'w fflat yn Battersea i aros am Jake Dawkins, a gyrhaeddodd awr yn ddiweddarach. Parodd y cyfarfod lai na deng munud. Rhoddodd Nora ddau lun pasbort ohoni hi a Gwen i Jake, a threfnu i gyfarfod ag ef mewn caffi yn Petticoat Lane y dydd Gwener canlynol.

Treuliodd weddill y diwrnod yn cau pen y mwdwl ar ei bywyd yn Llundain, cyn teithio'n ôl ar y trên i Gaerfyrddin y diwrnod wedyn. Roedd gan Nora awr a hanner i'w llenwi cyn i'r bws i'r Cei adael Caerfyrddin, felly penderfynodd fynd i mewn i'r dre. Bu'n crwydro o amgylch y siopau am ychydig a phenderfynu cael coffi cyn iddi ddal y bws.

Roedd yn yfed ei *latte* gan feddwl am haelioni Ike Solomon pan welodd ddau berson yn cerdded i mewn. Gwelodd Nora'r fenyw'n archebu diodydd a chacen yr un. Aethant i eistedd y tu ôl i Nora, heb sylwi arni.

Un ohonynt oedd y blismones Sonya Lake. Gwenodd Nora wrth weld pwy oedd yn ei chwmni. Gallai'r wybodaeth fod o ddefnydd iddi yn y dyfodol, meddyliodd, gan orffen ei choffi'n gyflym a gadael heb i'r pâr y tu ôl iddi ei gweld.

4.

Safai Del gyferbyn â'r cyfreithiwr, Ricky Banks, a'r swyddog prawf, Bob Jones, y tu allan i'r llys yng Nghanolfan Cyfiawnder Aberystwyth.

– Gad i mi wneud y siarad i gyd ac fe fyddi di'n iawn. Rwy'n ffyddiog na fyddan nhw'n ymestyn dy gyfnod tagio, meddai Ricky.

– Pam? gofynnodd Del.

– Dau reswm. Yn gyntaf, am mai trosedd foduro yw hi. Yn ail ... Dafydd Francis yw cadeirydd y fainc bore 'ma ... un o gynuwch swyddogion y Llyfrgell Genedlaethol ... trwyn mewn llyfrau drwy'i oes ... tŵr ifori ... gweld y gorau ym mhawb ... rhyddfrydol iawn, meddai Ricky gan wincio ar Del.

– Fe ddweda i dy fod wedi gyrru'r sgwter yn rhy gyflym am fod dy fam-gu am ei gael yn ôl i wneud cymwynas i ffrind methedig cyn iddi dywyllu ... dy fod yn gapelwr ... weddol selog ... a dy fod am fynd yn ôl i'r brifysgol y flwyddyn nesa ... gyrfa wych o dy flaen ac yn y blaen. Bydd Dafydd Francis yn ei ddagrau erbyn imi orffen 'da fe, ychwanegodd.

– A rwy wedi ysgrifennu adroddiad sy'n canmol dy ymddygiad i'r cymylau, meddai Bob Jones. – Ond mi fyddai'n syniad iti roi crib trwy dy wallt ... mae'n bwysig dy fod yn edrych yn drwsiadus yn y llys.

– Crib? Sai'n defnyddio crib. 'Sneb yn defnyddio un dyddie 'ma, Bob, atebodd Del, wrth i Bob dynnu crib allan o'i boced a'i rhoi ym mhoced frest siwt Del.

– Dim ond am bore 'ma ... i greu argraff ar y fainc? awgrymodd Bob.

Ddwy funud yn ddiweddarach, roedd Del yn edrych ar adlewyrchiad ohono'i hun yng ngwydr y toiledau. Roedd ar fin defnyddio crib Bob Jones pan feddyliodd beth fyddai ei dad, Fidel Castro, yn ei wneud petai yn yr un sefyllfa. Edrychodd ar ei adlewyrchiad yn y drych.

– Paid â phlygu i neb. Cofia pan gafodd Castro ei gyhuddo o ymosod ar farics Moncada yn 1953. Bu'n amddiffyn ei hun drwy areithio am bedair awr, gan fynnu cyfiawnder i holl bobl Ciwba. Bydd yn driw i ti dy hun, Del. Rhyddid neu farwolaeth, meddai'n uchel, cyn rhoi'r grib yn ôl yn ei boced heb ei defnyddio a chamu allan o'r toiled i wynebu'i dynged.

Ar ôl mynd trwy'r defodau arferol, amlinellodd yr erlynydd achos Ei Mawrhydi yn erbyn Fidel Edwards. Ychwanegodd fod Del wedi torri'i amodau tagio, gan ofyn am ymestyn y cyfnod hwnnw felly am dri mis arall. Gofynnodd clerc y llys a oedd Del am bledio'n euog neu'n ddieuog i'r cyhuddiad.

Trodd Del at Ricky a gweld hwnnw'n wincio arno.

– Euog, meddai, wrth i Ricky ddechrau codi ar ei draed i eiriol drosto. – ... ond rwy'n ddieuog o'r gosb a arweiniodd at y tagio yn y lle cynta, oherwydd dydw i ddim yn lleidr, ychwanegodd yn hyderus.

– Rwy'n credu mai swyddogaeth eich cyfreithiwr chi yw eiriol ar eich rhan, meddai'r ustus, Dafydd Francis, yn bwyllog, gan wenu ar Del.

– Rwy wedi penderfynu amddiffyn fy hun, meddai Del, gan edrych draw ar Ricky Banks, oedd eisoes wedi eistedd ac yn dal ei ben yn ei ddwylo. – Mae dyn yn cael ei eni'n rhydd ond mae e mewn cadwyni, yn ôl Rousseau ...,*f* meddai, cyn dechrau traethu am yr anghyfiawnder roedd wedi'i ddioddef, a'r anghyfiawnder roedd Cymru wedi'i dioddef dan orthrwm Prydeindod ers dyddiau'r Llyw Olaf.

Wrth i'r eiliadau droi'n funudau hir o wrando ar Del yn traethu am y Siartwyr, Merched Beca a Chymdeithas yr Iaith, gwelodd Ricky Banks drwy'i ddwylo fod gwên Dafydd Francis wedi hen ddiflannu. Erbyn i Del ddechrau sôn am Dryweryn a streiciau'r glowyr roedd Dafydd Francis wedi dechrau troi'n biws.

– A fyddech chi mor garedig â dod â'ch araith i ben os gwelwch chi'n dda? bloeddiodd.

– Bennu? Dim ond newydd ddechrau ydw i, atebodd Del,

gan droi i annerch y troseddwyr eraill a'u teuluoedd oedd yn eistedd yng nghefn y llys. – Bu Fidel Castro wrthi'n areithio am dros bedair awr i amddiffyn ei hun a phobl Ciwba yn ei araith enwog yn 1953 ... meddai, cyn gweld dau wyneb cyfarwydd yn eistedd yng nghefn y llys.

Roedd gwên sur ar wyneb Dilwyn Weobley, oedd wrthi'n brysur yn gwneud nodiadau yn ei lyfr. Roedd wyneb Sonya Lake, ar y llaw arall, fel delw, a rhedodd ei bys ar draws ei gwddf wrth i lygaid Del a ddal ei rhai hi.

– ... Bydd hanes yn dangos 'mod i'n ddi-fai, gorffennodd Del, cyn troi yn ôl at yr ynadon. – Diolch am wrando. Ie. Euog, meddai'n dawel cyn eistedd i lawr a chael ei orchymyn i gadw'r tag ar ei goes am dri mis arall.

* * *

– Paid byth â gofyn imi dy gynrychioli di eto, gwaeddodd Ricky Banks ar Del ym maes parcio'r ganolfan gyfiawnder bum munud yn ddiweddarach. – Fe fyddet ti wedi cerdded allan o'r llys 'na heb dy gadwyni bondi-blydi-grybwyll petaet ti wedi gwrando arna i ... ond na. Fidel blydi Castro amdani ... a Barics blydi Moncada ... falle fod araith El blydi Kommandante wedi llwyddo i'w gael *e*'n rhydd, ond fe fyddi *di*'n gorfod gwisgo'r tag 'na am dri mis arall nawr. Da iawn, Del, meddai Ricky, gan ddechrau brasgamu at ei gar.

– O leia mae gen i foesau ... yn wahanol i ti, Ricky, atebodd Del, gan ei ddilyn.

– Be ti'n feddwl? gofynnodd Ricky, gan droi i wynebu Del.

– Oedd y cleientiaid roeddet ti'n eu cynrychioli pan ges i fy newis fel y troseddwr yn y rhengau adnabod i gyd yn ddieuog?

– Does dim rhaid i mi esbonio fy nghymhellion i ti, meddai Ricky gan droi ar ei sodlau.

– 'Na ni ... anwybydda'r gwir. Beth ddigwyddodd i dy ddaliadau di, Ricky? Os oedd gen ti ddaliadau yn y lle cynta! gwaeddodd Del, wrth i Ricky gamu mewn i'w gar.

Gwyddai Ricky Banks fod Del yn llygad ei le, a'i fod wedi colli'i ffordd yn ystod y blynyddoedd diwethaf. Beth ddigwyddodd i'r Ricky Banks ifanc oedd am helpu pobl i gael cyfiawnder, gofynnodd iddo'i hun wrth yrru yn ôl i'w swyddfa.

Sylweddolodd Del fod rhywun yn sefyll wrth ei ochr wrth iddo wylio car Ricky'n diflannu o'r golwg.

– Da iawn, Del ... perfformiad gwych.

– Do'n i ddim yn gwybod y byddet ti yn y llys, neu ... meddai Del, cyn i Sonya dorri ar ei draws.

– ... neu fyddet ti ddim wedi rhoi gwers hanes i'r fainc am yr anghyfiawnder ry'n ni wedi'i ddioddef dros y canrifoedd? Beth wyt ti, Del? Sosialydd neu gariad?

– Y ddau ... rwy'n sosialydd sy'n caru fy nghyd-ddyn ac rwy'n dy garu di ... 'wy ddim yn gwarafun gair.

– Hmmm. Yr ateb cywir ...

– Ond pam oeddet ti yn y llys, Sonya?

– Syniad Dilwyn Weobley oedd mynd i'r llys am ei fod yn credu y byddet ti'n llwyddo i gadw'r tag ymlaen, fel bod gen ti *alibi* o hyd i gyflawni dy droseddau. Roedd am dy wylio, a chymryd nodiadau i gadarnhau ei farn dy fod yn droseddwr craff. Ac rwyt tithe, wrth gwrs, wedi gwneud yr union beth roedd e'n ei ddisgwyl.

– Mae'r boi'n wallgo, meddai Del, gan glosio at Sonya a sibrwd yn ei chlust. – Falle mai Vincenzo Fawr sy'n gyfrifol. Falle ei fod e'n fy hypnoteiddio.

– Gwranda'r ffŵl ... yn syth ar ôl iti gael dy ddedfrydu, fe ddwedodd Dilwyn wrtha i y byddai'n syniad da petawn i'n parhau i dy weld ... yn gymdeithasol ... sy'n newyddion da i ni.

– Felly ... dwyt ti ddim yn flin 'da fi?

– O'n i'n meddwl dy fod ti'n eitha urddasol yn y doc ... ac yn eitha secsi ... a dweud y gwir ro'n i'n edmygu dy safbwynt.

– Ond pam oeddet ti am imi roi'r gorau i'r araith? gofynnodd Del, gan dynnu'i fys ar draws ei wddf i ddynwared Sonya yn y llys.

– Oherwydd ... y twpsyn ... tra wyt ti'n dal â'r tag, fyddwn ni ddim yn gallu mynd bant i rywle ... am benwythnos, meddai Sonya'n awgrymog.

– Wrth gwrs ... sori ... wnes i ddim meddwl, meddai Del, gan glosio at Sonya.

– Ddim fan hyn. Rwy mewn iwnifform. Bydd yn rhaid i'r ddau ohonon ni fod yn ofalus ... ond falle fod gen i syniad am rywle tawel allwn ni fynd iddo ... ffonia i ti, meddai Sonya.

5.

Eisteddai dwy hen fenyw y tu allan i swyddfa rheolwr cangen Spitalfields o fanc y TSB yn Llundain, nid nepell o fwrlwm Petticoat Lane. Yr enwau ar y pasbortau oedd ganddyn nhw yn eu dwylo oedd Margot Carson a Violet Bryant. Ond Nora Davies a Gwen Edwards oedd yno'n aros yn eiddgar i gwrdd â'r rheolwr.

Roedden nhw wedi trefnu i gwrdd â Jake Dawkins mewn caffi ger gorsaf drenau Paddington toc wedi iddynt gyrraedd Llundain am un ar ddeg o'r gloch y bore dydd Gwener hwnnw.

– Bu farw Margot Carson a Violet Bryant yn fabanod yn y tridegau cynnar, meddai Jake, gan wthio amlen gyda'r ddau basbort yn cynnwys lluniau o Nora a Gwen arnynt ar draws y bwrdd, cyn i Nora eu rhoi yn ei bag llaw. – ... ac mae cyfeiriad cartref ffug ar gyfer y cyfrif yn yr amlen ... cyfeiriad gwag yn East Ham.

Diolchodd y ddwy i Jake am ei waith dros yr wythnosau diwethaf, gan ddweud y byddai'n cael ei dalu'n llawn am ei waith yr wythnos ganlynol, cyn gynted ag y byddai'r arian am y dillad yn y cyfrif banc ffug.

– Bydd angen iti wneud ambell gymwynas arall inni ... ond fe gei dy dalu'n ychwanegol am hynny ... ac am y rhain, meddai Nora wrtho, cyn iddyn nhw ffarwelio am y tro.

Roedd y ddwy wedi cael lifft i Gaerfyrddin yn fan Vince y bore hwnnw cyn dal y trên saith i Lundain. Penderfynwyd y byddai'n llai o straen i ddwy fenyw yn eu hwythdegau fynd ar y trên yn hytrach na theithio gyda Vince yn y fan i gartref Nora yn Battersea.

Cytunodd y ddwy i gwrdd â Vince yn hwyrach yn y prynhawn, ar ôl iddo lwytho'r fan ag eiddo Nora i'w cludo i'w chartref yn y Cei.

Ond roedd gan Nora a Gwen nifer o resymau eraill dros deithio i brifddinas Lloegr ar eu pennau'u hunain. Teithiodd y ddwy ar y tiwb i ardal Petticoat Lane, gan afael yn dynn yn y ddau gês llawn dillad, sef ffrwyth eu lladrad llwyddiannus y noson cynt.

Roedd Nora, Gwen ac Ina wedi paratoi'n drwyadl ar gyfer y lladrad i geisio osgoi ailadrodd camgymeriadau'r tro cyntaf. Penderfynodd y tair mai'r tŷ haf mwyaf addas i ddwyn ohono fyddai'r un oedd wedi'i leoli'n union o flaen tŷ Ina.

Mater bach oedd hi i'r tair gael mynediad drwy'r gât gefn i'r ardd, oedd wedi'i hamgylchynu â choed pinwydd. Fyddai neb, felly, yn eu gweld yn torri i mewn drwy'r drws cefn. Gwyddai'r gwragedd fod y tai ar y naill ochr a'r llall hefyd yn wag, am mai cydnabod Gwen, Edwina Bingo Hands, oedd yn eu glanhau.

Llwyddon nhw i ddwyn dillad gwerth dros £5,000, ym marn Nora, fu'n astudio'r ysbail yn nhŷ Ina y noson honno. Roedd hi wedi trefnu gydag Ike Solomon y byddai un o'i gynrychiolwyr yn cwrdd â Gwen a hithau mewn caffi ger y banc yn Spitalfields y diwrnod canlynol.

Eisteddai'r ddwy felly yng nghefn y caffi nes i ddyn gyda chês *attaché* ddod i mewn ac eistedd wrth fwrdd gerllaw gyda'i gefn tuag atynt. Ar ôl iddo archebu coffi gan y weinyddes, trodd atynt.

– Does gen i ddim siwgr. Oes gennych chi siwgr? gofynnodd.

– Na. Does gen i ddim sôs coch. Oes gennych chi sôs coch? atebodd Nora.

Tynnodd y dyn becyn o sôs coch allan o boced ei gôt a'i roi i Nora, gan sibrwd;

– Cadwch e. Mae gen i 12,000 o becynnau, cyn troi i ffwrdd.

Gwthiodd Nora'r ddau gês i gyfeiriad y dyn, cyn i hwnnw wthio'r cês *attaché* yn ôl. Gorffennodd Nora a Gwen eu diodydd. Aeth Gwen i dalu a cherddodd Nora allan o'r caffi gyda chês y dyn dan ei chesail. Eiliad yn ddiweddarach roedd dyn ifanc yn sefyll wrth eu hochr.

– Faint o bobl fydd yn mynd i weld Fulham fory, tybed? gofynnodd y dyn ifanc.

– Tua 12,000, atebodd Nora, gan aros i Gwen ymuno â hi.

Amneidiodd y dyn â'i ben cyn camu i ffwrdd.

– Pwy oedd hwnna? gofynnodd Gwen, wrth i'r ddwy ddechrau cerdded i gyfeiriad y banc.

– Rhywun fydd yn gofalu na chaiff dwy hen fenyw sy'n cludo £12,000 i'r banc mewn cês *attaché* eu mygio, atebodd Nora wrth i'r ddwy ymlwybro'n araf drwy strydoedd Mile End. Dilynodd y dyn ifanc nhw, yna cerddodd heibio i'r ddwy wrth iddynt gyrraedd y banc rai munudau'n ddiweddarach.

– Gadewch imi ddechrau drwy ddiolch yn fawr ichi am gytuno i agor cyfrif busnes gyda ni, meddai'r rheolwr banc, cyn amlinellu gofynion y banc ar gyfer agor cyfrif o'r fath.

Trosglwyddodd Nora a Gwen eu pasbortau a'u cyfeiriad ffug i'r rheolwr, cyn iddo yntau gadarnhau y byddai'n rhaid i'r ddwy ohonyn nhw gyd-arwyddo unrhyw siec er mwyn tynnu arian allan o'r banc.

– Ga i ofyn pa fath o fusnes ry'ch chi wedi'i ddechrau? gofynnodd y rheolwr.

– Ry'n ni'n gwau dillad babanod a'u gwerthu mewn marchnadoedd yn Llundain, atebodd Nora.

– Gwych iawn. Ac ers pryd y'ch chi wrthi?

– Dwy flynedd ... ond ry'n ni wedi bod yn cadw'r enillion gartre, ac roedden ni'n meddwl y byddai'n fwy diogel inni roi'r arian yn y banc, yn hytrach na'i gadw dan y gwely, atebodd Nora, wrth agor y cês *attaché* a dangos yr arian.

– Wel, wel … dyw hi ddim yn edrych fel petai'r arian wedi bod dan y gwely am hir iawn, awgrymodd y rheolwr banc, gan lygadu'r papurau £20 newydd sbon.

– Ry'n ni'n broffesiynol … fe fuon ni'n smwddio'r arian i gyd bore 'ma, atebodd Gwen yn gyflym.

– Digon teg, meddai hwnnw, a dechrau cyfri'r arian.

6.

Edrychodd Simon Smith ar adlewyrchiad ohono'i hun yn y drych yn yr ystafell ymolchi. Anwesodd ei farf goch, a golchi'i ddannedd yn drylwyr. Roedd Simon yn ddyn hapus iawn, oherwydd y noson cynt cafodd ei ddewis i chwarae'r brif ran yng nghynhyrchiad newydd cwmni drama amatur Aberteifi, fyddai'n cael ei lwyfannu yn y flwyddyn newydd.

– Simon! Ble wyt ti? Dere 'mla'n! gwaeddod Meleri'n ddiamynedd. Ymhen eiliadau clywodd gnoc ar ddrws y stafell wely. Estynnodd ei braich dde tuag at y chwaraeydd CD oedd ar y cwpwrdd ger y gwely a gwasgu'r botwm.

Llanwyd yr ystafell â cherddoriaeth un o ganeuon y sioe gerdd *Oliver* ac eiliad yn ddiweddarach, camodd Simon Smith drwy'r drws yn gwbl noeth.

– *In this life one thing counts, in the bank, large amounts … I'm afraid these don't grow on trees, you gotta pick a pocket or two!* canodd, gan anwesu'i farf goch gyda'i law chwith, a chwifio dau bapur degpunt yn ei law dde, wrth gamu at y gwely.

– … *you gotta pick a pocket or two … you gotta pick a pocket or two* … canodd Meleri, gan daflu'r cwrlid i un ochr a thynnu Fagin i'r gwely ati.

Teimlai Simon yn hapus ac yn fodlon ei fyd am y tro cyntaf

ers wythnosau wrth iddo orwedd yn y gwely gyda Meleri hanner awr yn ddiweddarach. Roedd cael ei ddewis i chwarae Fagin wedi rhoi hwb i'w hunanhyder. O ganlyniad, roedd wedi llwyddo i ddiwallu chwantau rhywiol sylweddol Meleri y prynhawn hwnnw. Hefyd, roedd trefniadau ymweliad y cwmni o Gorea wedi mynd rhagddynt yn ddiffwdan hyd yn hyn.

– Be sydd ar dy feddwl di? gofynnodd Meleri, gan anwesu barf Simon.

– Bydd ein ffrindiau o Gorea wedi gorffen eu hymweliad erbyn yr amser hyn yr wythnos nesa, atebodd Simon.

– ... ac fe fyddi di'n rheoli cwmni Milton ... rwy'n amau a fydd amser 'da ti i chwarae rhan Fagin yn *Oliver* os wyt ti'n mynd i gael y cwmni yn ôl ar ei draed.

– Do'n ni ddim wedi meddwl am hynny. Ond rwy am chwarae Fagin ... rwy'n berffaith ar gyfer y rhan. Pwy arall fyddai'n gallu gwneud cystal? gofynnodd Simon, gan eistedd i fyny yn y gwely. – Falle y gallen ni ychwanegu cymal yn y cytundeb fyddai'n caniatáu imi gymryd yr awenau ar ôl i'r cynhyrchiad ddod i ben, awgrymodd.

– Byddai hynny'n beth twp i'w wneud. Gallai Milton ddod o hyd i etifedd yn y cyfamser, meddai Meleri heb feddwl.

– Etifedd? Etifedd *arall* ti'n feddwl? gofynnodd Simon, gan syllu ar Meleri a gweld, o'i hymateb, ei bod yn cuddio rhywbeth.

– Ie, dyna beth o'n i'n feddwl ... etifedd *arall*, meddai Meleri'n gelwyddog, gan ddechrau codi o'r gwely cyn i Simon afael yn ei braich.

– Na ... rwyt ti'n cuddio rhywbeth. Beth yw e?

Ochneidiodd Meleri, gan benderfynu y byddai'n rhaid iddi ddweud wrth Simon nad oedd yn fab i Milton, ac os na fyddai'n llwyddo gyda'i gynllun i reoli'r cwmni ymhen wythnos, efallai na fyddai byth yn rheoli'r cwmni. Dywedodd ei bod wedi anfon sampl o DNA Simon ar yr un pryd â'r un a gadarnhaodd nad oedd Mared yn wyres i Milton.

– Ond pam fyddet ti'n gwneud hynny?

Esboniodd Meleri ei bod wedi amau nad oedd Simon yn fab

i Milton ers iddyn nhw ddarganfod bod y gweinidog, Noel Evans, yn chwilio am etifedd arall iddo.

Chwarddodd Simon yn uchel.

– Na. Sai'n credu ti. Rwyt ti wedi gwneud camgymeriad. Anfonest ti'r sampl anghywir.

– Mae'r canlyniadau'n gwbl bendant ... alli di anfon sampl dy hun os wyt ti moyn ... ond dwyt ti ddim yn fab i Milton Smith.

– Pam na ddwedest ti wrtha i?

– O'n i ddim am dy frifo di. Gwranda. Os bydd dy gynllun di'n llwyddo yr wythnos nesa, fydd dim ots os wyt ti'n fab iddo ai peidio ... ti fydd yn rheoli'r cwmni.

– Dim ond 51% o'r cwmni, Meleri ... a beth am y tŷ ... a'i arian? Pwy fydd yn etifeddu'r holl arian sydd ganddo wrth gefn? Ladda i e. Fe ladda i e! taranodd Simon, gan godi o'r gwely a dechrau gwisgo.

– Be' ti'n mynd i wneud?

– Rwy'n mynd draw i'w weld e ... i gael gwybod y gwir ... i gael gwybod pwy yw 'nhad ... ac wedyn rwy'n mynd i'w ladd e, meddai Simon, oedd wedi colli arno'i hun yn llwyr erbyn hyn.

Camodd Meleri ato, a dal ei ysgwyddau'n dynn.

– Gwranda. Os ei di i'w weld nawr fe golli di bopeth. Pwylla. Paid â dangos dy fod ti'n gwybod nad yw e'n dad i ti. Mae'n rhaid iti gael rheolaeth o'r cwmni. Yna fe fyddi di mewn sefyllfa dda i feddwl am dy gam nesa.

Bu Simon yn dawel am ychydig wrth iddo ystyried y sefyllfa.

– Ti'n iawn ... mae'n rhaid imi feddwl am ffordd o guro'r hen ddiawl ... ond fe ladda i e os aiff e 'nôl ar ei air yr wythnos nesa ... wir i ti.

– Dere 'nôl i'r gwely ... rwyt ti angen ymlacio. Gwranda arna i. Fe gest ti ran Fagin am dy fod ti wedi gwrando arna i cyn y clyweliad. Meleri sy'n iawn bob tro, meddai Meleri, gan dywys Simon yn ôl i'r gwely.

7.

Eisteddai Nora mewn caffi gyferbyn â'r fynedfa i orsaf drenau Aberystwyth, wythnos wedi iddi hi a Gwen ddychwelyd o Lundain. Roedd Gwen, Ina a hithau wedi cael wythnos brysur a phroffidiol, gan lwyddo i ddwyn dillad o dŷ haf arall.

Roedd tywydd oer a gwlyb mis Tachwedd yn golygu bod strydoedd y Cei yn wag y noson cynt, pan lwyddodd y tair i ddwyn dillad o fwthyn bum drws i fyny o gartref Nora, oedd yn cael ei lanhau gan Edwina Bingo Hands Saunders.

Y bwthyn dan sylw oedd yr olaf mewn rhes o fythynnod ar Stryd y Graig, a gwyddai pawb fod y dyn drws nesa, Huw Jones, yn mynd i dafarn y Dolau yng nghanol y pentref am naw o'r gloch bob nos, yn yfed pum peint o chwerw, ac yna'n dychwelyd adre ddwyawr yn ddiweddarach.

Cyn gynted ag y gwelodd y tair silwét Huw yn mynd heibio i ffenest stafell ffrynt Nora, gadawon nhw'r tŷ drwy'r drws cefn a cherdded y canllath at gât y bwthyn dan sylw, a dechrau ar eu defod arferol o dorri'r llinell ffôn a gwydr y drws cefn i gael mynediad i'r tŷ.

– Fe allen ni fod wedi cyflawni'r lladrad 'na gyda'n llygaid ar gau, meddai Gwen, wedi iddi hi a Nora dynnu'r dillad drud oedd amdanynt a'u rhoi mewn cês, lai nag awr yn ddiweddarach.

– Does dim rhyfedd. Mae cynllun pob un o'r bythynnod yn y stryd yn union yr un peth, meddai Nora, gan arllwys gwydraid bach o wisgi iddyn nhw i dwymo'u gwaed ar ôl bod allan yn yr oerfel.

– Mae gwerth tua £6,000 arall fan hyn, ychwanegodd. Gyda hynny daeth Ina i mewn i'r ystafell yn cario'r dillad roedd hi wedi'u dwyn yn ei breichiau.

– Sai'n gwbod pam fod yn rhaid i ti fynd i'r toiled i fatryd bob tro, meddai Gwen.

– Am fod gan rai ohonon ni safonau. Mae fy ngofod personol i'n bwysig iawn i mi, atebodd Ina'n swta.

– Ferched. Bydd gennon ni tua £23,000 unwaith fydd yr arian am y dillad hyn yn y banc. Mae'n rhaid inni benderfynu sut i ddosbarthu'r arian, meddai Nora.

Ymhen hanner awr roedden nhw wedi penderfynu y byddai'r £5,000 oedd wedi'i glustnodi ar gyfer Del, Val a Vince yn aros yn y banc am y tro. Cytunodd y tair y dylai Nora dalu'r £5,000 oedd yn ddyledus i Jake Dawkins iddo, yn ogystal â'r tâl ychwanegol am y ddau basbort ffug.

– Felly, mae gennon ni tua £13,000 i ddechrau'r gwaith o wneud y lle 'ma'n fwy clyd, meddai Nora.

– Ond fe ddwedodd Vince bod angen £20,000 i gwblhau'r gwaith, cwynodd Ina.

– Ti'n iawn, Ina, ond gorau po gyntaf iddo osod lle tân newydd, a hynny cyn y Nadolig, rhag ofn inni gael gaeaf caled, awgrymodd Nora.

– Digon teg. Well imi ofyn i Ricky Banks roi gwybod i'r jaden Meleri 'na y caiff hi werthu'r tŷ, meddai Ina'n benisel.

– Na ... gad iddi chwysu tan y funud ola. Dweda wrthi pryd 'ny. Erbyn hynny bydd Vince wedi rhoi'r lle tân mewn ac wedi gwneud y gwaith insiwleiddio, meddai Nora.

– ... a gyda thamed bach o lwc, falle bydd digon o arian 'da chi i gwblhau'r gwaith yn dilyn ein lladrad nesaf, ychwanegodd Gwen.

– Ti'n llygad dy le, Gwen ... well inni drafod y posibiliadau, awgrymodd Nora.

8.

Roedd y Parchedig Noel Evans yn teimlo'n hyderus pan gyrhaeddodd gartref Val Oliver am dri o'r gloch y prynhawn dydd Mawrth hwnnw. Roedd wedi trefnu'r cyfarfod â Val dros y ffôn y noson cynt, gan geiso gwneud yn siŵr na fyddai neb arall yno, dan yr esgus bod y ddau angen ychydig o dawelwch i drefnu seremoni bendithio'r gwalc ar gyfer cynrychiolwyr y cwmni o Gorea.

– Fydd neb 'ma brynhawn fory, Mr Evans. Mae Vince yn gweithio ar dŷ yn Nanternis, ac fe fydd Del yn helpu Mam-gu yn y siop, meddai Val.

Cododd galon Noel cyn gynted ag y camodd dros y rhiniog pan gynigiodd Val baned o de iddo.

– Dim ond os ydych chi'n cael un, atebodd Noel. Gwrandawodd yn astud ar Val yn amlinellu trefniadau'r seremoni am dros hanner awr gan ei gwylio'n yfed paned ar ôl paned.

Bwriad Val oedd addurno'r ffatri â fflagiau De Corea a lluniau o'r arlywydd Lee Myung-bak. Roedd hi wedi llwyddo i lawrlwytho anthem genedlaethol y wlad i'w iPod, er mwyn ei chwarae pan fyddai cynrychiolwyr y cwmni'n cyrraedd y ffatri. Roedd hi hefyd wedi perswadio'i gŵr, Vince, i helpu gydag ochr dechnegol y gwaith.

– Ai chi gafodd y syniadau gwych hyn? gofynnodd Noel.

– Na. Mae'n rhaid imi gyfaddef mai syniadau Milton Smith oedd y rhan fwya ohonyn nhw, atebodd Val. – Ond fy syniad i oedd trefnu bod gweithwyr y ffatri'n dysgu geiriau anthem genedlaethol y wlad. Rwy wedi creu fersiwn ffonetig fel na fyddwn ni'n siomi'n hymwelwyr, ychwanegodd.

Bachodd Noel ar ei gyfle.

– Oes gennych chi gopi sbâr? Falle gallen i ddysgu'r anthem hefyd?

– Rwy'n credu bod gen i gopi lan staer. Fydda i 'nôl mewn chwinciad, meddai Val, gan adael yr ystafell.

Roedd Noel wedi tynnu ffiol gyda ffon gotwm ynddi allan o'i boced, a chymryd sampl o DNA Val o'i chwpan de cyn i honno gyrraedd pen y grisiau.

Roedd Del wedi derbyn neges destun gan Sonya yn ystod y bore yn dweud y byddai'n ei gasglu o'i gartref ar gyfer eu dêt y noson honno am chwech.

– Ble y'n ni'n mynd heno? gofynnodd, wrth iddo gamu mewn i'r car. Trodd Sonya ato a wincio, cyn rhoi'i throed ar y sbardun.

– Does dim amser i'w golli os wyt ti am fod adre erbyn wyth, meddai, gan lywio'r car ar hyd y strydoedd. – Paid â phoeni ... does dim plismyn o gwmpas, ychwanegodd, cyn troi i lawr ffordd gul am ganllath a chyrraedd *cul de sac* lle'r oedd dau dŷ'n wynebu'i gilydd.

– Pam wyt ti wedi dod â fi i'r fan hyn? gofynnodd Del.

– Ddwedes i wrthot ti y bydden i'n dod o hyd i rywle tawel, a dyma ni, atebodd Sonya gan bwyntio at y tŷ ar y chwith.

– Ond pwy sy'n byw 'na? Ble maen nhw?

Tŷ haf cwpwl o Gaerdydd. Mae Mam yn cadw golwg ar y lle ar hyn o bryd. Llywela Hughes ar draws y ffordd sy'n gwneud fel arfer ond mae hi ar ei gwyliau ym Mhatagonia, esboniodd Sonya, gan glosio at Del. – Felly ... gallwn ni wneud gymaint o sŵn ag y mynnwn ni ... dere 'mla'n, meddai, gan gamu allan o'r car ac anelu at y tŷ haf.

Dilynodd Del ei gariad gyda rhywbeth yn chwarae ar ei feddwl. Roedd wedi clywed yr enw Llywela Hughes yn ddiweddar ... ac roedd e'n cofio rhyw sôn amdani'n mynd i Batagonia. Ond pryd?

Agorodd Sonya'r drws, gan gamu at y bocs larwm diogelwch yn y cyntedd a gwasgu nifer o rifau. Gafaelodd yn llaw Del a'i dywys i fyny'r grisiau.

– Fues i 'ma ddoe i grasu'r gwely, meddai, gan arwain Del i mewn i'r stafell wely a rhoi'r golau mlaen.

– 'Na beth od ...

– Beth?

– 'Wy ddim yn cofio cau'r cyrtens ddoe ... o wel ... dere 'ma, meddai Sonya, gan dynnu Del at y gwely.

– Dere 'mla'n ... ti fod i rwygo 'nillad i bant, ychwanegodd, gan weld fod Del yn dal i betruso.

– Ti'n iawn ... dere 'ma. Rwyt ti'n bishyn a hanner ... meddai Del, gan neidio ar y gwely a chofleidio Sonya. Roedd y ddau wrthi'n cusanu'n frwd ac wedi ddechrau diosg dillad ei gilydd pan glywodd Del sŵn crecian.

– Be oedd y sŵn 'na? gofynnodd.

– Dim byd ... anghofia fe ... dim ond awr a chwarter arall sy 'da ni ... atebodd Sonya, gan gnoi ei glust yn dyner.

– Ti'n iawn, cytunodd Del, cyn clywed mwy o grecian. – Well i mi gael golwg.

– Pam na edrychi di yn y wardrob ... falle bod byrglars yn cwato mewn 'na, chwarddodd Sonya, a diosg gweddill ei dillad.

Cilagorodd Del ddrws y wardrob. Yno, yn y tywyllwch, roedd ei fam-gu a Nora'n syllu arno. Caeodd y drws yn araf, yn methu â chredu'i lygaid. Agorodd y drws unwaith eto a gweld y ddwy ohonyn nhw'n dal bys i'w gwefusau. Caeodd y drws drachefn a throi i weld wyneb Ina'n edrych yn bryderus arno o dan y gwely.

Roedd gan Del eiliadau prin i benderfynu beth i'w wneud. Gwenodd ar Sonya.

– Dim ond dau fyrglar yn y wardrob ac un dan y gwely ... ond bydd yn rhaid iddyn nhw aros nes i ni orffen, rwy'n ofni, meddai, gan neidio'n ôl ar y gwely.

10.

Teimlai Nora, Gwen ac Ina fel merched drwg yn wynebu llid y prifathro wrth iddyn nhw eistedd yn dawel o gwmpas y bwrdd yng nghegin Ina tra oedd Del yn pregethu am ddigwyddiadau'r noson cynt.

– ... a gobeithio na wnaethoch chi ddwyn unrhyw beth o'r tŷ ar ôl i fi a Sonya adael, gwaeddodd Del, gan edrych yn chwyrn ar y tair.

– Naddo, meddai Gwen yn dawel. Roedd hi eisoes wedi tynnu ei beret dros ei thalcen nes ei fod bron â chuddio'i llygaid yn gyfan gwbl.

– Diolch byth am hynny.

– Doedd 'na fawr ddim o werth yna ... y rhan fwya'n hen racs ... siomedig iawn, meddai Ina'n dawel, cyn iddi gael cic yn ei choes gan Gwen.

– Beth? gofynnodd Del.

– Ry'n ni'n llawn cywilydd am yr holl beth, atebodd Nora, gan osgoi edrych i lygaid Del.

– Diolch byth na wnaeth Sonya sylweddoli nad oedd y system larwm yn gweithio, meddai hwnnw.

– Ond fydde hi ddim yn sylweddoli ... nid y system larwm sy'n cael ei effeithio, ond y signal i'r cwmni larymau diogelwch.

– Ond beth ddigwyddith pan fydd y perchnogion yn dychwelyd a gweld bod y llinellau ffôn wedi'u torri? sgyrnygodd Del.

– ... heb sôn am y twll yn ffenest y drws cefn, ychwanegodd Ina, cyn iddi gael cic arall gan Gwen.

– Fe allet ti a Sonya ddweud eich bod mwy na thebyg wedi atal y lladron, ar ôl iddyn nhw ddod mewn a'ch clywed chi ... yn yr ystafell wely ... wedi'r cyfan, fe glywest ti sŵn, on'do fe? awgrymodd Nora.

– Nid fe oedd yr unig un, meddai Ina gan grychu'i hwyneb.

– Pa ddewis oedd 'da fi? Naill ai dweud wrth Sonya bod fy mam-gu a'i ffrindiau'n dwyn o dai haf, neu bechu Sonya trwy ei gwrthod.

– Ond doedd dim rhaid iti fwynhau dy hun gymaint ... na bod wrthi am gyhyd ... ro'n i dan y gwely 'na am bron i awr! Dyw e ddim yn naturiol, cwynodd Ina gan sythu yn ei sedd ac edrych yn swrth dros ei sbectol ar Del.

Closiodd Del at Ina gan sgyrnygu.

– Y'ch chi'n meddwl 'mod i am i fy mam-gu glywed fi a Sonya'n cael rhyw? Yr unig beth allen i wneud oedd trio anghofio amdanoch chi a chanolbwyntio ar fodloni Sonya ...

– ... gan lwyddo'n ysgubol, os ca i ddweud, meddai Nora.

– 'Co fe, march y plwyf ... gobeithio nad yw e'n *kinky* ac am ein cael ni yna bob tro fyddan nhw wrthi! meddai Ina.

– ... ond fydd dim tro nesa ... diolch i chi, meddai Del, gan eistedd wrth y bwrdd i wynebu'r tair.

– Be ti'n feddwl? gofynnodd ei fam-gu.

– Bydd yn rhaid imi orffen 'da hi. Os cewch chi'ch dal am ddwyn o'r tai, yn enwedig yr un roedd ei mam yn gyfrifol amdano, fe fydd 'na amheuon ei bod hi'n rhan o'r cynllun, fydd yn golygu ei bod hi'n amen ar ei gyrfa ... ac alla i ddim gwneud hynny i fenyw mor strêt â Sonya.

– Strêt, wir! oedd ymateb Nora.

Edrychodd Del arni'n syn.

– Man-a-man iti gael gwybod, Del ... fe weles i hi law yn llaw 'da rhywun yng Nghaerfyrddin yn ddiweddar.

– Dyn arall, ife? gofynnodd Del, a'i galon yn suddo.

– Na ... nid dyn ... plentyn. Tua deunaw mis oed ... o'r enw Caio. Ro'n nhw'n eistedd ar fy mhwys i mewn caffi, ond ro'n i â 'nghefn atyn nhw felly wnaeth hi 'mo'n nabod i.

– Gallai fod yn gwarchod y plentyn.

– Dyw plentyn ddim yn galw rhywun sy'n ei warchod yn 'mami', meddai Nora'n dawel.

Gwelodd Gwen y dryswch ar wyneb ei hŵyr.

– Dyw hi ddim yn rhwydd magu plentyn ar dy ben dy hun ... ac yn anoddach byth pan mae rhywun yn dechrau perthynas newydd ... rwy'n siŵr fod ganddi resymau dilys dros beidio â dweud dim am ... am ..., meddai Gwen, cyn i Ina ychwanegu'n gyflym,

– Caio ... Caio yw enw'r plentyn.

– ... Caio, meddai Del, gan eistedd yn dawel am rai eiliadau. Gwyddai yn awr fod ganddo esgus i orffen gyda Sonya, gan achub croen ei fam-gu a'i ffrindiau. Gwyddai hefyd y byddai hynny'n torri'i galon.

11.

Roedd Nora'n cerdded yn ôl i'w chartref ar hyd strydoedd cefn y Cei yn dilyn y cyfarfod tanllyd yng nghartref Ina pan sylweddolodd fod rhywun yn ei dilyn. Trodd a gweld Milton Smith yn gwenu'n dyner arni.

– O ble ddoist ti? Ro'n i'n meddwl bod rhywun ar fin fy mygio, meddai Nora.

– Rwy wedi byw yn y pentre 'ma am dros bedwar ugain o flynyddoedd, Nora. Rwy wedi hen arfer â defnyddio'r strydoedd cefn i wylio pobl heb yn wybod iddyn nhw, meddai Milton.

– Gobeithio nad wyt ti wedi bod yn fy nilyn i, yr hen gadno.

– Nora fach ... fues i'n dy ddilyn di am wythnosau cyn magu digon o blwc i ofyn iti fynd mas 'da fi yn 1949, atebodd Milton gan chwerthin.

– Stelcian yw'r gair amdano y dyddie 'ma ... ac mae'n anghyfreithlon.

– Rwy am gael sgwrs fach, Nora ... rwy angen dy help. Alla i ddim ymddiried yn unrhyw un arall.

12.

Eisteddai Del gyferbyn â Sonya yn yr un dafarn ag y buon nhw ynddi ar eu dêt cyntaf. Fel y tro cynt, dim ond y barmon oedd yno heblaw amdanyn nhw.

– Pam wyt ti wedi trefnu inni ddod yma ar wahân? Gest ti lifft 'da rhywun? gofynnodd Sonya. Gwelai fod Del eisoes wedi yfed hanner ei beint a bod fodca a thonic ar ei chyfer hi ar y bwrdd o'i blaen.

– Mae Vince yn aros amdana i yn ei fan yn y maes parcio, atebodd Del, gan geisio osgoi dangos unrhyw emosiwn wrth iddo ailadrodd yr araith roedd wedi'i hymarfer droeon yn ystod y dydd.

– Mae hyn yn swnio'n ddifrifol. Be sydd wedi digwydd, Del? gofynnodd Sonya, gan lyncu dros hanner ei diod mewn un llwnc.

– Sai'n credu ddylen ni weld ein gilydd eto, Sonya.

– Beth?

Esboniodd Del fod Nora wedi gweld Sonya gyda'i mab yng Nghaerfyrddin, gan ychwanegu'r celwydd nad oedd yn barod i gael perthynas gyda menyw oedd â phlentyn.

– Rwyt ti'n sosialydd digon gwael, on'd wyt ti? poerodd Sonya, cyn ychwanegu, – Do'n i ddim am ddweud wrthot ti, rhag ofn dy fod ti fel y rhan fwya o ddynion, yn barod i redeg can milltir yn hytrach na mynd mas 'da mam sengl ... neu fel tad Caio, a redodd wyth mil o filltiroedd i Fietnam 'i ddarganfod ei hun' pan ddwedais i wrtho 'mod i'n feichiog.

Gwyrodd Del ei ben heb yngan gair. Roedd e'n ysu i'w chofleidio, ond gwyddai y byddai'n rhaid iddo fod yn gryf er mwyn Sonya.

– Ond ddwedaist ti gelwydd wrtha i, meddai'n dawel.

– Do ... a dweud celwydd wrth yr heddlu. Ddwedais i wrthyn nhw yn fy nghais 'mod i'n ferch sengl a dim mwy, gan wybod bod dros 200 o bobl yn mynd am ddwsin o swyddi. Rwy wedi gwneud yr ymchwil ... dyw merched sengl sy'n cyfadde bod ganddyn nhw fabi ddim yn cael swyddi.

– Rwy'n deall dy resymau dros beidio â dweud wrtha i ... na'r heddlu chwaith ... ond sai am fod gyda rhywun sy'n cadw cyfrinachau. Mae'n flin gen i, meddai Del.

Cododd o'i sedd a rhoi ei law ar ysgwydd Sonya am eiliad, cyn gadael y dafarn.

Eisteddodd Sonya'n dawel am ychydig. Roedd ei greddf yn dweud wrthi nad hi oedd wedi achosi'r rhwyg. Synhwyrodd fod rheswm arall y tu ôl i benderfyniad Del ac roedd hi'n benderfynol o ddarganfod y gwir.

13.

Roedd Simon Smith yn wên o glust i glust wrth i'r *limousine* oedd yn ei gludo ef, Meleri a thri chynrychiolydd o'r cwmni mewnforio gwalc gyrraedd pentref y Cei.

Bu cynllun Simon i greu argraff ar y tri chynrychiolydd o Gorea'n llwyddiant ysgubol hyd yn hyn. Roedd wedi talu crocbris i logi'r cerbyd i gludo'r tri, a Meleri ac yntau, o faes awyr Heathrow i westy gorau Abergwaun ddwy noson ynghynt.

Rhoddodd moethusrwydd y *limousine* gyfle i Simon drafod manylion y cytundeb arfaethedig gyda'r tri chynrychiolydd. Roeddent i'w gweld yn hapus iawn gyda'r cyfleusterau yn ffatrïoedd Abergwaun ac Aberteifi. Roeddent hefyd wedi'u plesio am fod dulliau gweithredu'r ddwy ffatri'n debyg iawn i'w gilydd.

– Mae unffurfiaeth yn bwysig iawn i bennaeth ein cwmni, eglurodd Seung Zin Pak, yr unig un o'r tri oedd â Saesneg gweddol rugl.

Roedd Meleri hefyd wedi creu argraff fawr ar y tri wrth iddyn nhw swpera mewn gwesty moethus ger Trefdraeth y noson honno. Yn wir, roedd Meleri wedi cyfareddu'r cynrychiolwyr â'i gwybodaeth eang am ddiwylliant a hanes gwledydd De Asia. Serch hynny, roedd Simon yn teimlo'n anesmwyth ynghylch addewid Milton i beidio ag ymyrryd yn ei drefniadau i sicrhau'r cytundeb, wrth i'r car gyrraedd ffatri gwalc y Cei.

Rhegodd dan ei wynt pan welodd fod Milton yn sefyll y tu allan i'r ffatri, gyda gweddill y staff yn ddwy res y tu ôl iddo. Cerddodd Simon a Meleri ato'n gyflym.

– Ddwedest ti na fyddet ti'n cymryd rhan yn y trafodaethau ... gytunon ni y bydden ni'n dod i'r tŷ i arwyddo'r cytundeb, meddai Simon yn chwyrn dan ei anadl.

– Pa wahaniaeth? Ac wedi'r cyfan, rwy'n dal yn berchen ar y cwmni am awr neu ddwy arall, sibrydodd Milton, cyn gwenu'n gwrtais ar y cynrychiolwyr o Gorea.

– Croeso i fy ffatri yn y Cei. Rwy wedi paratoi croeso arbennig i chi, meddai yn iaith Corea.

Trodd Seung Zin Pak at Simon.

– Ddwedoch chi ddim fod eich tad yn gallu siarad ein hiaith, meddai yn Saesneg, cyn troi at Milton a diolch iddo yn iaith Corea.

– Doedd gen i ddim syniad ei fod e, atebodd Simon mewn penbleth.

– Wnest ti erioed ofyn, meddai Milton wrth Simon cyn troi at gynrychiolwyr y cwmni o Gorea.

– Treuliais sawl blwyddyn yn eich gwlad pan o'n i'n ifanc, meddai wrthynt. Yna trodd at Val Oliver ac amneidio â'i ben.

Cafodd Simon, Meleri a'r tri chynrychiolydd eu tywys i ganol y ffatri, lle roedd Noel Evans yn sefyll ar blinth gyda darllenfwrdd o'i flaen.

Roedd Noel eisoes wedi rhoi'r ffiol gyda DNA Val ynddi i Milton y bore hwnnw yn ystod y paratoadau ar gyfer y seremoni. Dechreuodd drwy ddarllen rhan o'r efengyl yn ôl Marc.

– Wrth gerdded ar lan Môr Galilea gwelodd Iesu Seimon a'i frawd Andreas yn bwrw rhwyd i'r môr. Pysgotwyr oeddent ...

Dechreuodd y tri chynrychiolydd o Gorea sibrwd ymysg ei gilydd. Wedi i Noel orffen ei fendith trodd Seung Zin Pak at Simon.

– Dy'n ni ddim yn hapus iawn gyda'r elfen hon o'r daith, Mr Smith ... dechreuodd, cyn i Milton ymyrryd.

– Ry'n ni'n Gristnogion pybyr yng Nghymru ac ro'n i'n meddwl y byddech chi'n gwerthfawrogi blasu ychydig o'n diwylliant, meddai yn iaith Corea.

– Ddwedoch chi ddim byd am hyn ... ry'ch chi wedi torri'ch gair, sibrydodd Simon yn hallt wrth Milton.

– Megis dechrau, Simon ... megis dechrau, atebodd hwnnw, gan amneidio ar Val eto.

Cododd honno'i braich i gyfeiriad ei gŵr, Vince, oedd yn eistedd ger cyfarpar cyfrifiadurol ar lofft uwchben llawr y ffatri. Gwasgodd hwnnw fotwm, ac eiliad yn ddiweddarach amgylchynwyd pawb yn yr ystafell â lluniau o brif Weinidog De Corea yn gwenu'n braf. Gwasgodd Vince fotwm arall a disgynnodd baner genedlaethol De Corea o'r nenfwd, cyn i'r gweithwyr ddechrau canu anthem genedlaethol y wlad o flaen y faner anferth honno.

– Donghae mulgwa ... Baekdusani mareugo daltorok ...

Trodd Milton at y tri chynrychiolydd.

– Ydych chi'n mwynhau'r sioe?

Gwgodd Seung Zin Pak.

– Ddwedodd Mr Smith wrthon ni fod y cwmni'n cael ei redeg yn ôl egwyddorion comiwnyddiaeth ... ond crefydd? Na ... dyw hyn ddim yn addas o gwbl ar gyfer allforio gwalc i Ogledd Corea.

Closiodd Milton at Seung Zin Pak a'i gymdeithion.

– Fues i'n garcharor yng Ngogledd Corea am dros ddwy flynedd. Ydych chi'n meddwl y bydden i'n caniatáu i gwmni Gwalco sefydlu cytundeb gyda chwmni sy'n gweithredu ar ran llywodraeth gomiwnyddol fel Gogledd Corea? Fe gefais i a miloedd o rai eraill ein trin fel anifeiliaid ... twll din Kim Jong-un ddweda i!

Roedd sylw olaf amharchus Milton am arweinydd Gogledd Corea'n ormod i'r tri chynrychiolydd, ac roeddent ar fin ymosod arno pan neidiodd Noel Evans i'r adwy, a chael ei wobrwyo â phenelin yn ei wyneb.

Llwyddodd gweddill y staff i dawelu'r sefyllfa, ac erbyn i

Noel Evans godi o'r llawr gan ddal ei lygad, roedd Milton wedi hen adael.

14.

Roedd Milton ar ei ffordd i'w stafell wely i orffwys am ychydig, ac yn sefyll ar ben y landin pan glywodd Simon a Meleri'n cyrraedd y tŷ.

– Paid â gwneud dim byd hurt, Simon, erfyniodd Meleri, wrth i hwnnw ryddhau'i hun o'i gafael a dechrau gweiddi.

– Ble wyt ti'r diawl?

– Fan hyn, atebodd Milton o ben y grisiau.

Brasgamodd Simon i fyny'r grisiau'n wyllt.

– Oeddet ti'n meddwl am eiliad y bydden i'n gadael i ti ffurfio cytundeb gyda'r bobl wnaeth fy arteithio i a bron a'm lladd i, Simon? gofynnodd Milton, cyn ychwanegu, – Rwyt ti'n fwy o ffŵl nag o'n i'n feddwl. Rwyt ti'n gwybod yn iawn beth yw fy marn i am Gomiwnyddion, ond fe benderfynest ti geisio sefydlu cytundeb gyda nhw ... gan wybod y loes y byddai hynny'n ei achosi i mi.

– Ond fe wnes i hynny i achub y cwmni ...

– ... achub y cwmni, myn diawl! Achub dy hun oeddet ti ...

– Na. Ry'ch chi wedi colli arni. Dim ond gwallgofddyn fyddai wedi penderfynu peidio â chau'r ffatri yn y Cei. Dy'ch chi ddim yn ffit i redeg Gwalco, gwaeddodd Simon.

– Ti'n anghywir ... siaradais i â Bang y bore 'ma. Fe gadarnhaodd nad yw'r cwmni yn Ne Corea'n hapus gyda gwasanaeth y cwmni o Iwerddon a gafodd y cytundeb yn ein lle ni ... felly maen nhw am ffurfio cytundeb newydd gyda ni. Ond does â wnelo hynny ddim â ti oherwydd dwyt ti ddim yn rhan o'r cwmni rhagor, sgyrnygodd Milton.

– Be ti'n feddwl? gofynnodd Simon, gan glosio ato'n fygythiol.

– Dwyt ti ddim yn fab i mi ... fy hanner brawd, Ted, oedd dy dad di. Dyna pam rwy wedi bod yn chwilio am etifedd arall, meddai Milton. – Ac rwy wedi penderfynu na fyddi di'n cael ceiniog ar fy ôl ... felly cer o 'ngolwg i.

– Na ... alli di ddim gwneud hyn.

– Rwy *wedi* gwneud hyn ... rwy wedi ... dechreuodd Milton, ond ni chafodd gyfle i orffen y frawddeg.

Yn ei dymer, gwthiodd Simon ei dad. Cwympodd hwnnw am yn ôl a disgyn yn bendramwnwgl i lawr i waelod y grisiau.

Bu tawelwch yn y tŷ am ennyd, cyn i Simon ddod ato'i hun a gweld Meleri'n sefyll uwchben Milton ar waelod y grisiau. Rhedodd i lawr y grisiau.

Gorweddai Milton yn gelain ar y llawr.

– Mae e wedi marw! meddai Meleri.

– Fi laddodd e ... fi laddodd e, wylodd Simon.

– Na ... fe welais i'r cwbl. Baglu wnaeth e, cyn cwympo am yn ôl. Simon ... gwranda arna i ... roedden ni yn y gegin yn aros iddo ymuno â ni ... *gwranda* ... mae hyn yn bwysig ... mae'n rhaid i ti wneud yn union fel rwy'n dweud. Deall?

Amneidiodd Simon â'i ben yn araf.

Rhan VI

1.

Eisteddai Simon Smith a Meleri Lloyd-Williams law yn llaw o flaen Ricky Banks yn swyddfa'r cyfreithiwr, ddwyawr ar ôl angladd Milton Smith.

– Fyddech chi mor garedig â darllen yr ewyllys, Mr Banks ... mae gen i ... gennon ni ... gwmni i'w redeg, meddai Simon cyn i bawb glywed cnoc ar ddrws y swyddfa.

– Dewch i mewn, galwodd Ricky, a chamodd Nora Davies drwy'r drws.

– Eisteddwch, Miss Davies, meddai, gan dywys Nora i sedd yr ochr arall i'r ddesg, gyferbyn â Simon a Meleri.

– Beth mae hon yn wneud 'ma? gofynnodd Simon yn ddiamynedd. Esboniodd Ricky fod Milton wedi gwneud ambell newid i'w ewyllys yn ddiweddar a bod pob hawl gan Nora i fod yno.

– Daw hynny'n amlwg wrth imi ddarllen yr ewyllys, meddai, gan weld Simon yn gwelwi. Aeth Simon yn fwy gwelw byth pan esboniodd Ricky fod Milton am i'w ludw gael ei wasgaru gan unig wir gariad ei fywyd, sef Nora.

– 'Wy ddim yn deall pam ddylai *hi* gael gwasgaru'i ludw e. Dyw hi ddim yn perthyn iddo. Fi yw ei unig etifedd ... ond os mai dyna oedd ei ddymuniad ..., meddai Simon.

– Rwy'n siŵr ei fod yn fraint i Miss Davies, ychwanegodd Meleri'n sur.

– Rwy'n cytuno, Meleri. Ond dy'n ni ddim am ei chadw hi 'ma os mai dyna'r unig ran o'r ewyllys sy'n berthnasol iddi hi, mynnodd Simon.

Pesychodd Ricky cyn dweud bod y sefyllfa'n fwy cymhleth nag yr oedd Simon yn sylweddoli. Esboniodd yn bwyllog fod Milton wedi darganfod nad oedd Simon yn fab iddo, a'i fod, mwy na thebyg, yn fab i frawd Milton, sef Ted.

Griddfanodd Meleri'n isel, yna bu tawelwch am rai eiliadau.

– Pa ots? Rwy'n dal yn nai i Milton ... a fi yw ei berthynas agosaf. Fi ddylai etifeddu'r cwmni, meddai Simon.

Pesychodd Ricky, gan sylweddoli fod Simon eisoes yn gwybod nad oedd yn fab i Milton.

– Yn ôl yr ewyllys, mae 'na bosibilrwydd fod gan Milton fab a merch ... ond dyw hynny ddim wedi'i brofi eto. Cyn gynted ag y bydd canlyniadau'r profion hynny ar gael, gallaf ddatgelu gweddill y cymalau sydd yn yr ewyllys, meddai, gan weld Simon yn aflonyddu yn ei gadair.

– Does dim ots am hynny nawr ... rwy am wybod beth mae Milton wedi'i adael i mi yn ei ewyllys, meddai'n ddiamynedd.

– O'r gorau ... mae eich ewythr wedi gadael y tŷ yn Aberteifi i chi, atebodd Ricky'n araf.

Unwaith eto, bu tawelwch yn yr ystafell am rai eiliadau.

– A ...?

– A ... dyna ni.

– Beth?

– Bydd gweddill yr etifeddiaeth, gan gynnwys eiddo ac arian Milton Smith, yn dibynnu ar ganlyniadau'r profion DNA ... ond nid yw'r rheiny'n eich cynnwys chi, mae gen i ofn, Mr Smith, esboniodd Ricky, cyn i Simon godi ar ei draed.

– 'Wy ddim yn mynd i wrando ar weddill y nonsens hwn. Pryd wnaeth e newid ei ewyllys, Banks?

– Y diwrnod cyn iddo farw, Mr Smith, atebodd Ricky.

– Dyna ni ... mae'n amlwg nad oedd e yn ei iawn bwyll erbyn hynny. Mae *hon* wedi cymryd mantais o hen ddyn, meddai Simon, gan droi at Nora oedd yn eistedd yn dawel yn ei chadair.

– Fe alla i addo i chi fod Milton Smith yn ei iawn bwyll pan ysgrifennodd yr ewyllys hon, meddai Ricky.

– Eich barn chi yn unig yw hynny, Banks. Ond mae gen i dystiolaeth fod Milton wedi bod yn ymddwyn yn od iawn dros y misoedd diwethaf ... y penderfyniad i beidio â chau'r ffatri fan hyn yn y Cei, heb sôn am y cynllun penchwiban i ddifetha fy ymdrechion i i ffurfio cytundeb gyda'r cwmni o Gorea. Na. Fe brofa i nad yw'r ewyllys hon yn ddilys. Dere 'mla'n, Meleri, meddai Simon, a chamu at ddrws y swyddfa gyda Meleri'n ei ddilyn.

Trodd wrth y drws i edrych ar Nora.

– Gyda llaw. Does dim pwynt i'r ddwy hen wrach arall 'na fynd i'r siop fory. Maen nhw'n *sacked*, meddai, gan wenu'n filain.

– 'Wy ddim yn credu allwch chi wneud hynny, Mr Smith, meddai Ricky, oedd wedi codi o'i sedd i ymuno â Simon a Meleri ger y drws.

– Beth y'ch chi'n feddwl?

– Yn ôl telerau'r ewyllys, does dim hawl gennych chi i fynd i'r siop na dim un o'r ffatrïoedd nes bydd holl gymalau'r ewyllys wedi'u sortio. Fe fydd pwy bynnag fydd yn etifeddu'r cwmni'n gorfod penderfynu a fyddwch chi'n parhau i weithio i gwmni Gwalco ai peidio. Ac mae rheswm arall dros bresenoldeb Miss Davies. Mae Milton wedi'i gwneud hi a finne'n sgutorion i sicrhau fod ei ddymuniadau'n cael eu gweithredu.

– Gawn ni weld am hynny. 'Wy ddim am ddweud gair arall nes imi siarad â'm cyfreithiwr, meddai Simon, cyn i Meleri ac yntau ddiflannu trwy'r drws.

Roedd Nora'n dal i eistedd yn dawel yn ei sedd. Gwyddai ym mêr ei hesgyrn bod Simon yn gyfrifol am farwolaeth Milton ac roedd ei ymddygiad yn ystod y deng munud diwethaf wedi atgyfnerthu'r teimlad hwnnw.

– Ydych chi'n meddwl ei fod yn euog o ladd Milton? gofynnodd, gan droi at Ricky.

– Mae'n bosib ... yn debygol hyd yn oed ... ond mae'n amhosib profi'r peth. Llyncodd yr heddlu'r stori fod Milton wedi cwympo tra oedd Simon a Meleri yn y gegin. Does dim tystiolaeth i'r gwrthwyneb.

– Ond dyw e ddim yn gwybod beth yw cynnwys llawn yr ewyllys eto, meddai Nora, gan wylio Ricky'n ofalus.

– Ry'ch chi'n iawn ... wrth gwrs y dylen ni, fel sgutorion yr ewyllys, gysylltu ag e i'w hysbysu o holl ddymuniadau Milton. Byddai'n amhroffesiynol iawn imi beidio â gwneud hynny, atebodd Ricky gan godi'i aeliau a syllu ar Nora.

– Amhroffesiynol iawn, cytunodd honno'n awgrymog.

– Ond nid yn anghyfreithlon. Gallai oedi o'r fath olygu fod Simon a Meleri Lloyd-Williams yn gwneud rhywbeth byrbwyll ... rhywbeth anghyfreithlon hyd yn oed ... fyddai'n strywio'u cynlluniau i herio'r ewyllys, ychwanegodd Ricky.

– Yn hollol ... ac fe fyddai'n hollol ddealladwy petai rhywun sydd mor brysur â chi'n anghofio cysylltu â nhw am ddiwrnod neu ddau ... yn enwedig petai hynny'n helpu Ina i gadw'i chartre, atebodd Nora.

– Yn hollol ddealladwy, cytunodd Ricky, gan godi a siglo llaw Nora a'i thywys allan o'i swyddfa.

Dychwelodd i'w gadair, a gwenu iddo'i hun. Fe fyddai Del Edwards yn eitha balch ohono wedi'r cyfan, meddyliodd.

2.

Roedd Simon ar ei ffôn yn siarad â'i gyfreithiwr i ddechrau'r broses o herio ewyllys Milton erbyn i'w gerbyd adael y Cei. Gadawodd Meleri i'w chymar bregethu am gyfrwystra Milton am dros ddeng munud wrth i'r car wibio i gyfeiriad Aberteifi.

– Mae'n rhaid inni obeithio nad yw'r rhai allai fod yn blant i Milton yn pasio'r prawf DNA, meddai Simon. Bu tawelwch am eiliadau cyn i Meleri awgrymu'n dawel,

– Neu ofalu nad ydyn nhw'n etifeddu dim.

– Dwyt ti ddim yn awgrymu ein bod ni'n cael gwared â nhw hefyd, Meleri?

Trodd Meleri i wynebu Simon.

– Dy'n ni ddim wedi cael gwared â neb, Simon. Damwain oedd marwolaeth Milton.

– Wrth gwrs. Damwain ... ie ... ond beth wyt ti'n ei awgrymu?

– Mae'n amlwg nad yw Ricky Banks wedi cadarnhau

bodolaeth y ddau etifedd posib hyd yma. Y cam cyntaf yw cysylltu â Noel Evans. Fe oedd yn gyfrifol am ddod o hyd i DNA Mared. Mae 'na bosibilrwydd cryf bod Milton wedi dweud wrtho pwy yw'r darpar etifeddion. Ac mae ganddo reswm i'n helpu ... mae dillad isa Mared gyda'i DNA arno gennon ni o hyd.

– Syniad da .'. beth fydden i'n wneud hebddot ti, Meleri? meddai Simon, gan estyn ei law i afael yn ei braich.

– Cadw dy law ar y gêr, Simon, atebodd Meleri'n oeraidd.

3.

Eisteddai Gwen, Ina a Del yng nghwmni Nora o gwmpas y bwrdd yn ei chegin hanner awr yn ddiweddarach.

Esboniodd Nora fod Milton wedi dod ati'r diwrnod cyn iddo farw gan ddweud ei fod yn ofni y byddai Simon yn gwneud rhywbeth hurt er mwyn cael rheolaeth ar y cwmni.

– Pam fyddai Simon yn gwneud hynny? Beth bynnag y'n ni'n feddwl ohono, roedd e'n fab i Milton, meddai Ina gan symud yn anesmwyth yn ei chadair am fod y ffrog a wisgodd ar gyfer yr angladd braidd yn dynn iddi.

Penderfynodd Nora esbonio popeth i'w ffrindiau.

– Felly ... Ted oedd tad y diawl bach dan din? meddai Ina, wedi i Nora esbonio pam nad oedd Milton am i Simon etifeddu'i eiddo.

– Mwy na thebyg. Mae'r profion DNA wedi cadarnhau nad yw Simon yn fab i Milton, felly penderfynodd chwilio am etifeddion eraill posib.

– Ond pwy allai fod yn etifedd iddo? gofynnodd Ina.

– Fe ddwedodd Milton wrtha i am ei fywyd carwriaethol, a'r bobl allai fod yn blant iddo, atebodd Nora, gan syllu ar Ina.

– Popeth? gofynnodd honno'n wan. Dechreuodd wawrio

arni'n raddol y gallai ei mab, Edward, fod yn fab i Milton.

– Popeth, Ina, meddai Nora cyn troi at Gwen.

– Mae'n flin gen i, Gwen ... dechreuodd, cyn i Ina dorri ar ei thraws.

– Wel, wel, wel ... ro'n i'n gwybod ei fod ar dy ôl di cyn iti gwrdd â Morris, meddai'n hunangyfiawn.

– Cau dy geg, Ina, gorchmynnodd Nora.

– Dim ond dweud mai ci tawel sy'n cnoi, atebodd Ina.

– Reit. Rwy wedi gwneud fy ngorau glas i fod yn deg ynglŷn â hyn, Ina, ond dwyt ti ddim wedi rhoi unrhyw ddewis imi. Roedd Milton yn meddwl bod ganddo dri etifedd posib. Fe gafodd ryw gydag Ina ar ddiwedd haf 1964 ... meddai Nora.

– Celwydd noeth! Chlywais i'r fath beth erioed ... doedd Edward ddim yn fab i Milton, taranodd Ina, cyn oedi am eiliad. – ... Doedd e ddim yn fab i Milton ... oedd e? gorffennodd yn dawel cyn i Nora ymhelaethu.

– ... ond dangosodd y profion DNA nad oedd Edward yn fab iddo, ac o ganlyniad nid yw Mared yn wyres iddo. Peidiwch â gofyn imi sut gafodd Milton y sampl ... ond mae'n rhaid ichi dderbyn fy ngair.

– Digon teg ... ond beth sydd gan hyn i'w wneud â mi? Fues i erioed yn agos at Milton Smith, gofynnodd Gwen mewn penbleth.

– Dere 'mla'n, Gwen ... man-a-man i ti gyfaddef bod Rita'n ferch i Milton, meddai Ina.

Siglodd Nora'i phen.

– Na, Ina. Doedd Milton ddim yn dad i Rita ... ond mae'n bosib ei fod yn dad i Val neu Del.

Edrychodd y merched ar Del, oedd yn eistedd yn dawel yn eu plith.

Esboniodd Nora fod Rita wedi gweithio yn y ffatri gwalc yn y Cei yr haf cyn iddi fynd i'r coleg yn 1981, a bod Milton wedi dod o hyd iddi'n crio yng nghefn yr adeilad ganol mis Gorffennaf y flwyddyn honno.

– Roedd Rita'n gafael mewn llythyr oedd yn dweud ei

bod wedi'i derbyn i goleg dawns, ond ni allai ei rhieni fforddio'r ffioedd ar gyfer y cwrs. Penderfynodd Milton ei helpu'n ariannol, a'i hannog i ddweud wrth Gwen a Morris ei bod wedi ennill ysgoloriaeth i fynd i'r coleg dawns yn Llundain.

– A beth gafodd e fel rhan o'r fargen, tybed? gofynnodd Ina'n sur.

– Fe fynnodd Milton nad oedd wedi cyffwrdd â Rita ar y pryd, ac rwy'n ei gredu. Ta beth, ymhen tair blynedd roedd Rita wedi graddio a chafodd ran yn *Starlight Express* yn fuan wedi hynny. Daeth adre y Nadolig wedyn a phenderfynu mynd i weld Milton i ddiolch iddo. Yn ôl Milton, dyna pryd ddechreuodd y ddau weld ei gilydd bob tro y byddai hi'n dod yn ôl i'r Cei i weld ei rhieni, meddai Nora.

– Mae hyn i gyd yn gwneud synnwyr. Sai'n cofio gweld unrhyw ffurflen yn profi ei bod hi wedi cael ysgoloriaeth, cytunodd Gwen.

– Oedd Milton ddim yn amau y gallai Val a Del fod yn blant iddo ar y pryd? gofynnodd Ina.

– Yn ôl Milton, roedd wedi gofyn i Rita droeon ai fe oedd tad y plant, ond fe wadodd hi hynny bob tro. Mae'n bosib nad oedd hi am iddo feddwl ei bod am ei flingo'n ariannol, ar ôl iddo fod mor garedig wrthi, meddai Nora.

– Gwen fach, sut wyt ti'n mynd i ddweud wrth Val ei bod hi o bosib wedi mynychu angladd ei thad heddiw? gofynnodd Ina.

– Ond dy'n ni ddim yn siŵr mai Milton oedd tad yr un ohonon ni'n dau, ydyn ni? holodd Del o'r diwedd, wrth geisio dod i delerau â'r holl beth.

– Na ... Dyna pam ry'n ni am gael sampl o dy DNA, meddai Nora.

– Ni? gofynnodd Ina.

– Fi a Ricky Banks. Ni yw sgutorion yr ewyllys.

Meddyliodd Del am oblygiadau bod yn fab i Milton Smith. Bu Milton yn ddyn digon teilwng yn ystod ei oes, ond bu hefyd yn gyfalafwr rhonc, yn llenwi'i bocedi ar draul gwaith caled y bobl oedd yn gweithio yn ei ffatrïoedd drewllyd.

Roedd Del am gadw at ei egwyddorion. Credai y dylai pawb gyfrannu at gymdeithas ar yr un lefel, gan ddibynnu ar eu doniau a'u sgiliau unigol i gynnal eu hunain. Doedd Del ddim am redeg cwmni prosesu gwalc am weddill ei oes. Roedd am helpu pobl a newid cymdeithas, yn hytrach na chadw'r hen drefn gyfalafol i fynd. Meddyliodd y byddai'n hapus iawn petai Val yn etifeddu'r ffatri, ond nid dyna'r trywydd yr oedd Fidel Edwards am ei ddilyn.

Tynnodd Del y tei du y bu'n ei wisgo drwy'r dydd, a'i roi ym mhoced dde ei siwt orau. Teimlodd rywbeth yno. Crib. Cofiodd mai'r tro diwethaf iddo wisgo'r siwt oedd yn y llys, pan roddodd y swyddog prawf, Bob Jones, ei grib iddo i dacluso ei wallt. Cafodd syniad.

– Felly ry'ch chi am gael sampl o'm DNA i ... rhywbeth fel darn o wallt, er enghraifft? gofynnodd, gan edrych ar Nora.

Amneidiodd honno ei fod yn llygad ei le. Tynnodd Del y grib o'i boced a thynnu darnau o wallt oddi arni. Tynnodd Nora ffiol o'i phoced a'i rhoi i Del. Rhoddodd hwnnw'r gwallt ynddi a'i chau, cyn ei rhoi yn ôl i Nora.

– Fe esbonia i'r cyfan i Val a chael sampl o'i DNA i ti erbyn fory, Nora, meddai Gwen, gan gymryd ffiol arall gan ei ffrind.

Trodd Nora at Ina a holi pryd roedd hi'n meddwl dechrau symud ei heiddo i'r bwthyn.

– Rwy i fod i adael y tŷ erbyn y cyntaf o Ionawr, felly ro'n i'n gobeithio y byddai Vince yn fodlon fy helpu i symud fy eiddo rhwng y Nadolig a'r flwyddyn newydd, atebodd Ina.

– Iawn ... a rwy'n mynd i ofyn i Vince osod y tân nwy, cadarnhaodd Nora, cyn cymryd cam yn agosach at Ina. – Un peth arall, Ina ... mae gen ti wisg hyfryd amdanat heddiw ... sai wedi dy weld ti'n ei gwisgo o'r blaen ... heblaw am y noson y gwnaethon ni ei dwyn o dŷ'r gwerthwr larymau.

Gwridodd Ina.

– O, Ina. Dyna pam roeddet ti wastad yn mynnu mynd i stafell arall i fatryd ar ôl dwyn y dillad, meddai Gwen.

– Myn diain i ... ti â dy 'mae fy ngofod personol i'n bwysig i mi'! taranodd Nora.

– Y dorth, ychwanegodd Del.

– Pam na ddylen i ei gwisgo ... pwy sy'n mynd i wybod?

– Ina ... mae'r ffrog yn un *haute couture*. Beth fyddai wedi digwydd petai'r gwerthwr larymau a'i wraig yn ffrindiau i Milton? Byddai hi wedi sylwi'n syth ... ac fe fyddai ar ben arnon ni.

– O'dd hi ddim yn yr angladd, oedd hi? gofynnodd Ina, gan edrych ar y tri a sylweddoli ei bod wedi gwneud camgymeriad.

– Na ... diolch byth. Faint o wisgoedd wyt ti wedi eu cadw? gofynnodd Gwen.

– Tair ... un o bob lladrad. Ro'n i'n meddwl eu gwisgo nhw fin nos nawr ac yn y man ... dim ond yn y tŷ ... tra bydda i'n cael sieri bach.

– Dere draw â nhw mewn bag cyn gynted â phosib ac fe driwn ni feddwl am ffordd o gael gwared arnyn nhw, meddai Nora, ac amneidiodd Del â'i ben i gytuno.

– Bydd perchnogion y tai haf yn dychwelyd i'r pentref i ddathlu'r Nadolig a'r flwyddyn newydd yr wythnos hon. Mae'n rhaid inni fod yn wyliadwrus iawn dros y pythefnos nesaf, meddai Del.

4.

Roedd y gwerthwr larymau, Mike Byers, mewn hwyliau gwael erbyn iddo ef, ei wraig Denise a'u ci, Banjo, gyrraedd eu hail gartref yn y Cei y nos Wener honno. Roedd y daith o Cheltenham i'r Cei fel arfer yn cymryd rhyw dair awr a hanner, ond bu oedi o dros awr y tu allan i Gasnewydd y tro hwn yn dilyn damwain ar y draffordd.

Agorodd ddrws y tŷ a diffodd y larwm diogelwch, cyn dychwelyd i'r car i helpu Denise i ddadbacio. Ddeng munud yn ddiweddarach roedd yn tywallt gwydraid o win iddo'i hun yn y gegin pan glywodd Denise yn gweiddi o'r stafell wely.

* * *

Eisteddai Mike a Denise Byers yn wynebu Dilwyn Weobley a Sonya Lake yng nghegin y tŷ awr yn ddiweddarach. Roedd Denise wedi ffonio'r heddlu ar unwaith.

Erbyn i Dilwyn a Sonya gyrraedd, roedd Mike wedi dechrau poeni am effaith unrhyw gyhoeddusrwydd ar ei fusnes.

– Felly ry'ch chi'n amcangyfrif bod gwerth dros £10,000 o ddillad wedi'u dwyn? gofynnodd Dilwyn, cyn nodi'r ffigwr yn ei lyfr nodiadau.

– Mae Denise yn fenyw chwaethus iawn, meddai Mike trwy ei ddannedd.

– ... ac mae Mike yn rhedeg busnes llwyddiannus iawn ... yn gwerthu a gosod larymau diogelwch, broliodd ei wraig, cyn gweld wyneb ei gŵr yn suddo.

– Mae'n amlwg mai lladron proffesiynol sydd wedi bod wrthi. Dwi wedi gosod larwm *wi-fi* ac *infra red* yn y tŷ. Roedden nhw'n hen lawiau, mae'n amlwg, meddai Mike.

– Oes rhywun arall yn defnyddio'r tŷ? Ffrindiau? Aelodau eraill o'r teulu? gofynnodd Dilwyn.

– Oes ... yn achlysurol. Ond does neb wedi aros 'ma ers i ni fod yma ar ddiwedd yr haf, atebodd Mike.

– Neb ond y fenyw sy'n glanhau. Ry'n ni'n ei thalu hi i gadw'r tŷ'n gras, ychwanegodd Denise.

– Fyddai hi ddim wedi sylwi nad oedd y larwm yn gweithio? gofynnodd Sonya.

– Na. Maen nhw wedi torri'r llinell ffôn y tu allan. Fyddai'r system larwm ei hun ddim yn cael ei heffeithio. Yr unig ffordd o wybod nad oedd y system yn gweithio fyddai checio'r larwm, meddai Mike.

– Beth yw enw'r fenyw sy'n glanhau? gofynnodd Sonya.

– Edwina ... Edwina Saunders. Mae'n glanhau nifer o dai yn y pentre, yn ôl pob sôn, atebodd Denise, cyn i Mike Byers ychwanegu,

– Gwrandwch ... mi allai'r digwyddiad hwn achosi tamed bach o embaras i mi ... dwi yn y broses o werthu'r busnes. Fydd dim llawer o gyhoeddusrwydd, fydd e? Does dim angen sôn 'mod i'n gwerthu larymau diogelwch?

Gyda hynny clywodd Dilwyn lais aelod o uned reoli'r heddlu yn ceisio cysylltu ag ef ar ei ffôn symudol. Cododd ei ffôn a gwrando ar y neges.

– Ry'n ni wedi cael adroddiad o ladrad yn Devonia, Stryd y Baddon, y Cei. Nifer o ddillad wedi'u dwyn, meddai'r llais ar y pen arall.

Cododd Dilwyn ar ei draed.

– Fe gysylltwn ni â chi yn y bore, Mr a Mrs Byers. Mae'n debyg nad chi yw'r unig rai sydd wedi dioddef lladrad o'r fath.

5.

Ar yr un pryd y nos Sadwrn honno, eisteddai Nora Davies yn ei bwthyn yn syllu ar yr wrn yn llawn lludw Milton Smith ar y silff ben tân.

Penderfynodd Nora y byddai'n rhaid iddi fynd i Lundain yn y flwyddyn newydd i dynnu arian parod allan o'r cyfrif banc yno i dalu am dân nwy i'w osod yn y lle tân, yn lle gorfod ffwdanu gyda thân glo bob dydd. Byddai'n cysylltu â Vince yn y bore a gofyn iddo ddechrau ar y gwaith. Cofiodd hefyd y byddai'n rhaid iddi newid y tâp yn nheclyn TCC y tŷ drws nesa fore Llun.

Roedd ymddygiad Simon Smith yn swyddfa Ricky Banks y diwrnod cynt wedi cythruddo Nora. Roedd hi'n argyhoeddedig nad damwain oedd marwolaeth Milton, ond doedd dim tystiolaeth i brofi i'r gwrthwyneb. Roedd hi'n amlwg i Nora nad oedd Simon yn poeni dim am y golled a'i fod yn greadur barus gydag un nod o etifeddu holl eiddo Milton.

Roedd y cyfnod byr a dreuliodd hi gyda Milton y diwrnod cyn iddo farw, ac ymddygiad Simon yn swyddfa Ricky Banks, wedi argyhoeddi Nora bod angen i gyfiawnder ennill y dydd. Yn ei phrofiad hi, roedd pobl fel Simon wastad yn llwyddo, am nad oedd eraill yn ddigon parod, neu'n ddigon cyfrwys, i'w gwrthsefyll.

– Be 'wy'n mynd i wneud, Milton bach? gofynnodd, gan syllu ar yr wrn uwchben y lle tân. Yna, yn sydyn, cafodd syniad. Cododd a chamu at yr wrn, ei godi a'i gusanu'n ysgafn.

– Diolch, Milton, meddai.

6.

Erbyn y bore Sul roedd yr heddlu wedi derbyn tri adroddiad bod dillad gwerthfawr wedi'u dwyn o dai haf yn y Cei wrth i'r perchnogion gyrraedd ar gyfer y Nadolig.

I'r Ditectif Arolygydd Mike James y rhoddwyd y cyfrifoldeb o arwain yr ymchwiliad, a dechreuodd drwy gynnal cyfarfod â Dilwyn Weobley a Sonya Edwards yn swyddfa'r heddlu yn Aberaeron y bore hwnnw.

Amlinellodd Dilwyn a Sonya'r ffeithiau am bob lladrad.

– Y broblem yw nad y'n ni'n gwybod pryd ddigwyddodd pob lladrad, na chwaith a gawson nhw'u cyflawni ar yr un pryd neu dros gyfnod o ddyddiau neu wythnosau, meddai Mike James. – Oes unrhyw beth yn cysylltu'r tri lladrad?

– Mae dau o'r bythynnod yn cael eu glanhau gan fenyw o'r enw Edwina Saunders ... sydd â chod y larymau yn ei meddiant, atebodd Dilwyn.

– Ond pam fyddai hi'n torri'r gwifrau ffôn? gofynnodd Sonya.

– I daflu llwch i'n hwynebau? Roedd y cyfle a'r modd ganddi, ond beth fyddai ei chymhellion? gofynnodd Mike James cyn codi o'i sedd. – Mae'n well i Dilwyn a minne fynd i holi'r Edwina Saunders 'ma. Rwy'n credu y dylech chi, Sonya, chwilio am wybodaeth am yr holl dai haf yn y Cei, ac archwilio'r tai i weld faint ohonyn nhw sydd wedi dioddef lladrad.

7.

Roedd Noel Evans wedi teimlo'n anesmwyth trwy gydol yr oedfa yng Nghapel y Tabernacl y bore Sul hwnnw. Baglodd dros ei eiriau fwy nag unwaith, a thraddododd ei bregeth yn ddi-fflach, gan ei chwtogi i hanner ei maint gwreiddiol er mwyn gorffen y gwasanaeth cyn gynted â phosib.

Y rheswm dros anesmwythyd Noel oedd y ffaith fod Simon Smith yn eistedd yng nghefn y capel yn syllu arno drwy gydol y cwrdd.

– Ro'n i am ddiolch ichi am lywio angladd fy nhad mewn ffordd mor weddus, meddai Simon, oedd wedi aros ar ôl ar ddiwedd y gwasanaeth.

– Roedd gen i lawer o barch at eich tad, atebodd Noel, gan ysu i ddianc o grafangau Simon.

– Wn i ddim os y'ch chi wedi clywed am ewyllys fy nhad, Mr Evans.

– Na. 'Wy ddim wedi clywed gair.

Esboniodd Simon i'r gweinidog am y posibilrwydd fod gan Milton ddau etifedd i'r ewyllys. Ychwanegodd fod Nora Davies a Ricky Banks, fel sgutorion yr ewyllys, wrthi'n ymchwilio i'r mater.

Suddodd calon Noel, oherwydd gwyddai beth fyddai cwestiwn nesaf Simon Smith.

– Pwy ydyn nhw, Evans? Rwy'n gwybod bod Milton wedi'ch defnyddio chi i geisio dod o hyd i'r etifeddion, meddai Simon, gan afael yn dynn ym mraich Noel. Gwyddai hwnnw y byddai'n rhaid iddo ddweud y gwir.

– Val Oliver yw un ohonyn nhw. Ond does dim syniad gen i pwy yw'r llall.

– Dyw Milton ddim ar gael i'ch gwarchod chi rhagor, Evans ... ac mae gen i ddarn o ddillad isaf merch ysgol gyda'ch DNA chi arno yn ddiogel mewn sêff yn fy nghartref. Mae angen ichi ddarganfod pwy yw'r llall, a ph'un ai yw Banks a'r hen wrach 'na wedi cael gafael ar eu samplau DNA nhw eto, meddai Simon yn chwyrn.

– Ac os caf i afael ar yr wybodaeth? gofynnodd Noel.

– Fe gewch chi'r dilledyn yn ei ôl i wneud beth bynnag fynnoch chi ag e, atebodd Simon, a chamu allan o'r capel.

8.

Bu Edwina Saunders yn gwbl agored wrth ateb cwestiynau Mike James a Dilwyn Weobley pan ddaeth y plismyn i'w chartref. Roedd wedi rhoi rhestr o'i chwsmeriaid a rhifau cod larymau diogelwch y tai roedd hi'n eu glanhau i'r ddau heddwas.

– Ydych chi'n cadw'r rhifau hyn mewn llyfr yn ogystal ag ar eich cof? gofynnodd Mike James.

– Na. Mae popeth yn aros fan hyn, atebodd Edwina, gan bwyntio at ei phen.

– Mae'n amlwg bod gennych chi gof da, meddai Dilwyn.

– Canlyniad chwarae bingo am flynyddoedd, atebodd Edwina gan edrych ar ei watsh. – Rwy'n mynd i'r Neuadd Bingo yn Nantgarw bob pnawn Sul. Dal bws o Aberaeron am ddau o'r gloch, ychwanegodd, gan weld ei bod hi'n tynnu at un o'r gloch.

– Mae gwobrau da i'w hennill, on'does? gofynnodd Dilwyn.

– Oes ... hyd at £1,000 ... ond sai erioed wedi ennill y brif wobr ... eto, meddai Edwina gan wenu.

– Oes angen yr arian arnoch chi? gofynnodd Mike James fel chwip.

– Beth y'ch chi'n awgrymu? Dy'ch chi ddim yn meddwl y bydden i'n dwyn o dai fy nghleientiaid? Gwrandwch ... gallai unrhyw un sy'n gwybod fy mod i'n glanhau tai haf fy nilyn am wythnos i wybod pa dai sy'n wag. Mae pawb yn y pentre'n gwybod 'mod i wrthi'n glanhau tai haf ers blynyddoedd. Ac mae 'na gymaint o bobl ddierth yn byw 'ma nawr, dy'ch chi ddim yn nabod eu hanner nhw. Ro'n i a Gwen Edwards yn sôn am hynny'n ddiweddar, fel mae'n digwydd.

– Gwen Edwards? Mam-gu Del Edwards? gofynnodd Dilwyn yn dawel.

– Ie ... mam-gu Del a Val. Ro'n i yn y bingo yn y Cei ... diwedd mis Medi oedd hi rwy'n credu ... ro'dd y ddwy ohonon ni'n siarad am y bobl oedd yn byw yn y tai ers talwm, cyn iddyn nhw gael eu prynu gan estroniaid, ac yn sôn fel mae'r gymuned wedi newid.

– Diolch yn fawr, Mrs Saunders. Ry'ch chi wedi bod yn help mawr. Rwy'n credu bod gennych chi ddigon o amser i ddal y bws 'na i Nantgarw. Pob lwc, meddai Mike James.

– *Clickety Click*, sibrydodd Dilwyn Weobley, a wincio ar Mike James.

9.

Tra oedd Dilwyn Weobley a Mike James yn holi Edwina Saunders, roedd Sonya Lake wedi ffonio'i mam a threfnu i gyfarfod â hi yn y Cei ymhen yr awr.

Suddodd calon Sonya pan gyrhaeddodd hi'r bwthyn a gweld bod y llinell ffôn wedi'i thorri, a bod paen cymharol newydd wedi'i osod yn ffenest y drws cefn. Sylweddolodd ei bod hi'n iawn i amau nad oedd Del wedi dod â'u perthynas i ben am fod Sonya'n fam sengl. Gwyddai erbyn hyn bod y lladrata'n rhywbeth i'w wneud â'r penderfyniad hwnnw. Oedd 'na ryw gysylltiad rhwng Del a'r lladrad hwn, tybed?

– Na. Mae'r dillad i gyd 'ma ... does dim byd wedi mynd, cadarnhaodd mam Sonya wedi iddi chwilio trwy'r dillad yn yr ystafell wely awr yn ddiweddarach.

Yn fuan wedi hynny, cyfarfu Sonya â Dilwyn a Mike James ym maes parcio'r pentref i drafod eu camau nesaf. Esboniodd Sonya fod ei mam yn gyfrifol am edrych ar ôl tŷ haf un o'i ffrindiau, a bod rhywun wedi torri mewn i'r tŷ gan ddiffodd y larwm diogelwch, ond nad oedd unrhywbeth wedi'i ddwyn.

– Am ryw reswm cafodd y lladron draed oer y tro hwnnw, meddai Dilwyn.

– Diolch byth am hynny, neu byddai Sonya a'i mam dan amheuaeth, chwarddodd Mike James. Ond ni chwarddodd Sonya, oherwydd tybiai fod Dilwyn Weobley yn llygad ei le yn amau Del Edwards.

Cynyddodd ei phryder yn ystod y munudau nesaf wrth i Mike James a Dilwyn esbonio fod Edwina Saunders wedi trafod y tai haf roedd hi'n eu glanhau gyda Gwen Edwards.

– Ddwedes i wrthot ti bod y Del Edwards 'na'n foi amheus. Mae'n bosib ei fod wedi defnyddio'i fam-gu i gael gwybodaeth am y tai haf. Rwy'n siŵr bod ganddo ryw ffordd o gael gwared â'i *tag* heb yn wybod i neb, meddai Dilwyn.

– Ac fe allai fod wedi cyflawni'r lladradau yn ystod y dydd, wrth gwrs. Rwy'n credu ei bod hi'n bryd inni alw i weld Gwen a Del Edwards, meddai Mike James.

Cafodd Gwen sioc pan agorodd y drws a gweld tri heddwas yn ei hwynebu'r prynhawn hwnnw, ond roedd darlithoedd Jake Dawkins wedi'i pharatoi'n drylwyr ar gyfer sefyllfa o'r fath.

Arweiniodd y tri heddwas drwy'r lolfa lle'r oedd Val a Vince yn gwylio'r ffilm *Elf* ar y teledu. Roedd Del yn y gegin yn llyfu stampiau ar gyfer cardiau Nadolig.

– Diwrnod olaf postio llythyrau ail ddosbarth cyn y Nadolig fory, meddai Gwen, gan godi'r tegell. – Te neu goffi? gofynnodd, gan ddilyn cyfarwyddiadau Jake, sef cynnig paned i'r heddweision i roi cyfle iddi baratoi ei stori.

– Na. Ry'n ni'n iawn, diolch, Mrs Edwards, meddai Mike James, wrth i Del geisio osgoi dal llygaid Sonya.

– Sut allwn ni'ch helpu chi? gofynnodd Gwen, gan eistedd ger Del wrth y bwrdd, a gwahodd y tri arall i eistedd.

Cyfeiriodd Mike James at yr achosion o ladrata o dai haf a'r ffaith eu bod wedi siarad â'r lanhawraig, Edwina Saunders. Ychwanegodd fod Edwina wedi dweud wrthyn nhw ei bod wedi trafod pwy oedd yn byw yn nifer o dai haf y pentref gyda Gwen ar ddiwedd Medi.

– Do. Rwy'n cofio'n iawn. Yn y noson bingo, cadarnhaodd Gwen.

– Be sydd gan hyn i'w wneud â Mam-gu? gofynnodd Del, yn fyr ei amynedd.

Gwenodd Mike James yn siriol arno.

– Dim ond gwneud yr ymholiadau arferol, Mr Edwards.

Roedd Del ar fin agor ei geg unwaith eto pan wasgodd Gwen ei droed yn ysgafn dan y bwrdd.

– Rwy'n cofio siarad 'da Edwina am yr hen ddyddiau. A dweud y gwir, rwy'n credu mai hi ddechreuodd y sgwrs am y bobl oedd yn arfer byw yn y tai haf mae hi'n eu glanhau. Oes rhywbeth o'i le ar hynny?

– Dim byd, Mrs Edwards. Dim byd. A wnaethoch chi rannu'r

wybodaeth ag unrhyw un? gofynnodd Mike James yn dawel, gan edrych ar Del.

– Na. Pam fydden i? Dim ond rhyw sgwrs ceiniog a dime oedd hi.

– Dyna ni 'te. Diolch am eich amser, meddai Mike James gan godi ar ei draed a gadael y tŷ yng nghwmni Dilwyn a Sonya.

– Falle dy fod ti'n iawn am Del Edwards, Dilwyn. Roedd e wedi cynhyrfu. Rwy'n credu o bosib bod ei fam-gu wedi rhoi'r wybodaeth a'r syniad iddo'n ddiarwybod iddi, meddai, wrth i'r tri gerdded yn ôl i'w ceir.

– Does dim llawer o adnoddau gennon ni, ond rwy'n credu ei bod hi'n werth inni geisio cael samplau DNA o dŷ Mr a Mrs Byers a'r ddau dŷ arall, ychwanegodd.

– Beth am dŷ haf ffrind Mam? gofynnodd Sonya'n bryderus, gan wybod y byddai ei DNA hi ac un Del yn y stafell wely.

– Gadewch i hwnnw fod am nawr. Chafodd dim byd ei ddwyn o'r tŷ ac mae angen inni ganolbwyntio ar gasglu tystiolaeth o ddwyn, atebodd Mike James, cyn troi at Dilwyn Weobley. – Mae Del Edwards yn gyn-droseddwr felly mae ei DNA ganddon ni. Byddai'n syniad hefyd inni gael cipolwg ar gyfrifon banc Del Edwards, ei fam-gu, ac unrhyw aelodau eraill o'r teulu, i weld a oes symiau sylweddol o arian wedi mynd i'r cyfrifon yn ystod y misoedd diwethaf.

Wrth i'r tri gyrraedd eu ceir dechreuodd Sonya chwilota drwy'i phocedi am allweddi'i char.

– Damio. Rwy wedi'u gadael nhw yn rhywle. Ewch chi 'mla'n. Fe edrycha i amdanyn nhw, meddai.

– Paid â disgwyl eu cael nhw'n ôl os wyt ti wedi'u gadael nhw yn nhŷ Ma Baker, meddai Dilwyn Weobley.

Roedd Del yn dal i lyfu stampiau pan welodd ei fam yn tywys Sonya i mewn i'r gegin.

– Cyn iti ofyn, dwyt ti ddim ar fy rhestr cardiau Dolig i eleni, meddai Del yn sych, heb godi'i ben ar ôl i Gwen adael y gegin.

– Rwy am iti ateb un cwestiwn. Wyt ti'n rhan o'r lladrata, Del?

Cododd Del ei ben ac oedi am eiliad cyn dweud,

– Ar fywyd Mam-gu, 'wy ddim wedi dwyn o'r un tŷ, a wnes i ddim dwyn y frechdan tiwna, y creision, na'r dŵr chwaith.

– Sai'n dy gredu di. Rwy'n meddwl dy fod ti wedi dod â'n perthynas ni i ben am dy fod ti'n gwybod rhywbeth am y lladrata, ac eisiau fy ngwarchod i rhag cael fy nghysylltu â'r mater. Rwy'n gwybod bod rhywun wedi ceisio dwyn o dŷ ffrind Mam ...

– Gwranda, Sonya. Fe orffenais i 'da ti am nad o'n i eisiau perthynas gyda rhywun oedd yn cuddio'r ffaith fod ganddi blentyn, meddai Del, gan osgoi edrych ar Sonya.

Siglodd Sonya'i phen.

– Fe fyddwn ni'n siŵr o ddod o hyd i'r lladron. Duw a'th helpo, Del, os wyt ti'n rhan o'r lladrata, achos fe wna i'n siŵr dy fod ti dan glo am amser hir.

– A be wnei di pan fyddi di'n sylweddoli nad ydw i'n rhan o'r lladrata?

– Fe fydd hynny lan i ti, yn bydd e? Nadolig Llawen, Del, meddai Sonya, cyn troi ar ei sawdl a gadael.

11.

Eisteddai Ina, Nora, Gwen a Del yng nghegin tŷ Ina yn ddiweddarach y nos Sul honno. Roedd Gwen a Del wedi gadael eu cartref ar adegau gwahanol, rhag ofn bod yr heddlu'n gwylio'r tŷ.

– Y'ch chi'n hollol siŵr nad oedd neb yn eich dilyn? gofynnodd Ina, gan edrych allan drwy'r ffenest.

– Ydw. Ta beth, does dim byd yn anghyffredin ynon ni'n taro draw i dy weld, Ina, atebodd Gwen, wedi iddi esbonio bod yr heddlu wedi'i holi hi a Del y prynhawn hwnnw.

– Rwy'n ofni bod y rhwyd yn cau. Fe fydd hi ar ben arnon ni, meddai Ina, gan siglo'i phen.

– Does dim tystiolaeth gan yr heddlu heblaw am sgwrs Gwen gydag Edwina Bingo Hands, meddai Nora.

– Mae Nora'n iawn. Roedden ni i gyd yn gwisgo menig a does neb wedi'n gweld ni, cytunodd Gwen.

– Yn anffodus, bydd olion fy DNA i yn stafell wely tŷ ffrind mam Sonya, meddai Del.

– Pam fod hynny'n broblem? gofynnodd Nora.

– Fe fydd yn broblem os bydd yr heddlu'n archwilio'r lle. Mae Sonya wedi darganfod bod rhywun wedi torri'r llinell ffôn.

– Sut wyt ti'n gwybod? gofynnodd Ina.

Esboniodd Del am ymweliad Sonya a'i hamheuon.

Bu tawelwch am ychydig.

– Hei-ho. Fe fydd yn rhaid inni wneud yn siŵr bod yr heddlu'n dal y troseddwyr felly, meddai Nora.

– Wyt ti'n awgrymu y dylen ni gyfaddef i'r lladrata? gofynnodd Gwen.

– Paid â bod yn sofft. Ry'n ni wedi troseddu, ond mae 'na bobl a'u traed yn rhydd sy'n gyfrifol am drosedd lawer gwaeth, atebodd Nora.

– Beth y'ch chi'n awgrymu? Oes gennych chi syniad? gofynnodd Del.

– Oes ... ond bydd yn rhaid inni gael help gan un neu ddau arall ... a bydd arnon ni angen y dillad gadwaist ti ar ôl y lladrata, Ina, meddai Nora, cyn i'r pedwar ddechrau trafod eu cynllun.

12.

Cafodd Vince ei synnu o weld Del yn eistedd yn y stafell ffrynt pan alwodd gyda Nora Davies fore Llun. Roedd Nora wedi'i ffonio'r noson cynt yn gofyn iddo alw am naw y bore canlynol i drafod gosod tân nwy yn y lle tân presennol.

– Ddylen i allu neud y gwaith mewn diwrnod. Clirio'r grât. Gosod ffliw yn y simnai. *Bish bash bosh*! Ali-wp! meddai Vince, gan wneud nodiadau.

– Da iawn. Ond rwy am iti wneud rhywbeth arall i mi hefyd, meddai Nora.

– Unrhywbeth y'ch chi'n moyn, Nora, atebodd Vince, gan godi'i ben a gweld bod Del wedi ymuno â nhw. Edrychodd yn bryderus o un i'r llall.

– Rwy'n cael y teimlad na fydda i eisiau clywed hyn, meddai.

13.

Hanner awr yn ddiweddarach clywodd Nora rywun yn curo ar ddrws ffrynt ei bwthyn.

– Dewch i mewn. Mae'r drws ar agor, gwaeddodd, cyn i Noel Evans gamu dros y rhiniog. Roedd Nora wedi ffonio'r gweinidog y noson cynt i ofyn iddo alw draw i'w gweld am ddeg y bore.

Roedd hi ar ei phen-gliniau'n clirio'r grât yn barod i Vince ddechrau gosod y tân nwy y diwrnod wedyn.

– Dy'ch chi ddim yn meddwl y byddai'n well petaech chi'n cloi'r drws, Miss Davies? gofynnodd Noel, wrth i Nora straffaglu i godi ar ei thraed.

– Doedd fy mam a 'nhad byth yn cloi drws y tŷ 'ma, a do'n i byth yn cloi drws fy nghartref yn Llundain chwaith. Yn fy mhrofiad i, os ydy rhywun am dorri mewn i rywle fe lwyddan nhw i wneud hynny rywsut neu'i gilydd, atebodd Nora, cyn dechrau cerdded i'r gegin. – Paned, Mr Evans?

– Dim diolch. Rwy ar ei hôl hi. Trefniadau ar gyfer y gwasanaeth Plygain yn y capel heno ac yn y blaen. Fyddwch chi'n dod, Miss Davies?

– Byddaf. Hanner awr wedi chwech?

– Dyna ni. Mae nifer yn bwriadu teithio o Sir Drefaldwyn i gymryd rhan yn y gwasanaeth.

– Gwych iawn, meddai Nora, cyn troi i wynebu'r gweinidog a thynnu rhywbeth allan o'i phoced. – Cyn i mi anghofio ... dyma i chi arian am y gwaith wnaethoch chi dros Milton yn ystod ei wythnosau olaf, meddai, gan roi siec o £5,000 i Noel.

– 'Wy ddim yn siŵr a ddyliwn i gymryd hwn, Miss Davies ..., dechreuodd Noel, cyn i Nora ymyrryd.

– Roedd Milton am i chi gael yr arian. Mae yn yr ewyllys, Mr Evans. Fy swyddogaeth i fel cyd-ysgutor yw trosglwyddo'r arian i chi. Fe ddwedodd Milton y cyfan wrtha i am ei ymdrech i ddod o hyd i etifedd, ac roedd e'n ddiolchgar iawn ichi am eich help ... ac yn teimlo'n euog ei fod wedi gorfod defnyddio blacmel emosiynol.

– Rwy'n deall, meddai Noel, gan eistedd yn benisel wrth fwrdd y gegin.

– Peidiwch â phoeni. Fydda i na Ricky Banks ddim yn sôn gair wrth neb ... a fydd dim rhaid ichi gael gafael ar fwy o samplau DNA. Ry'ch chi wedi dioddef digon yn ystod yr wythnosau diwethaf. Mae gen i sampl o DNA Val ... a man-a-man ichi gael gwybod ... ei brawd, Del, yw'r darpar etifedd arall. Fe fydda i'n anfon eu samplau i'r cwmni DNA yn y bore, meddai Nora.

– Diddorol, Miss Davies. Diddorol iawn, meddai Noel Evans.

14.

Hanner awr yn ddiweddarach, roedd y Parchedig Noel Evans yn trafod ei gyfarfod â Nora Davies dros y ffôn gyda Simon Smith.

– O! Chi Evans sydd yna. Do'n i ddim yn nabod y rhif ffôn, meddai Simon.

– Wedi ei newid yn ddiweddar. iPhone. Mae'n rhaid i weinidogion yr unfed ganrif ar hugain ddefnyddio'r dechnoleg ddiweddaraf, eglurodd Noel, cyn mynd yn ei flaen.

– Gwrandewch, Mr Smith. Mae'r samplau yn nhŷ Nora Davies ... Val Oliver a'i brawd Del yw'r unig ddau etifedd posib, yn ôl yr hen wraig ... ie ... ie ... gwrandewch ... mae hi'n meddwl postio'r samplau fory ... ie ... fory ... ond rwy'n gwybod ble maen nhw ... ydw ... mewn drôr wrth y gwely ... ydi ... hollol ddidwyll ... a dyw hi byth yn cloi drysau'r tŷ ... 2, Stryd y Graig ... ac fe fydd hi'n mynd i'r gwasanaeth Plygain yn y capel rhwng hanner awr wedi chwech a hanner awr wedi wyth heno ... na ... does dim larwm diogelwch ... na system TCC chwaith ... na ... alla i ddim dwyn y samplau ... Pam? Am mai fi sy'n arwain y gwasanaeth Plygain ... bydd yn rhaid i chi drefnu i gael gafael ar y samplau ... ie ... ie ... o'r gorau ... anfona i decst atoch chi pan fydd hi wedi cyrraedd y gwasanaeth.

Parhaodd y sgwrs am bum munud arall, nes i Simon gytuno bod Noel wedi gwneud digon i gael dillad isaf Mared yn ôl, fel tâl am ei waith. Diffoddodd Simon ei ffôn symudol cyn troi at Meleri, a fu'n gwrando'n astud yn ei ymyl.

– Mae Noel Evans wedi gwneud ei waith. Mae wedi dweud ble mae Nora Davies yn byw a ble mae hi'n cadw'r ffiolau. 'Na'i gyd sydd angen inni ei wneud yw eu cyfnewid nhw am samplau DNA dau o bobl sydd ddim yn perthyn i Milton, sef ti a fi.

– Pwy gawn ni i wneud y gwaith?

– Alla i ddim ymddiried yn neb arall. Bydd yn rhaid i ni 'i wneud e.

– Ni?

– Fe fydd angen i ti gadw llygad rhag ofn i'r hen wrach ddod adre'n gynnar.

– Be ddwedwn ni os bydd rhywun yn ein gweld ni, neu os cawn ni'n dal? gofynnodd Meleri.

– Dweud ein bod ni'n chwilio am dystiolaeth fod Nora

Davies wedi defnyddio blacmel i ddarbwyllo Milton i newid ei ewyllys. Mae hyn yn werth y risg, Meleri. Os na fydd etifedd yn dod i'r fei fe fydd hi'n haws i ni herio'r ewyllys, oedd gair olaf Simon ar y mater.

15.

Roedd bron i hanner cant o bobl wedi ymgynnull yng Nghapel y Tabernacl ar gyfer y gwasanaeth Plygain, gan gynnwys Nora Davies. Pan welodd y Parchedig Noel Evans fod Nora yno, ciliodd i'r festri i anfon neges destun at Simon Smith ar ei ffôn symudol.

Roedd Simon a Meleri'n eistedd yng nghar Simon ym maes parcio'r pentref pan gyrhaeddodd y neges. Ymhen pum munud roeddent wedi cerdded yn araf o'r maes parcio, heb weld neb nes iddyn nhw gyrraedd gât gefn bwthyn Nora.

Aethant i mewn yn gyflym trwy'r drws cefn ac i'r gegin. Tynnodd Simon lamp pen yr un allan o'i got law a gosododd y ddau nhw ar eu pennau.

Camodd y ddau mewn i'r stafell ffrynt.

– Aros fan hyn, Meleri. Fe fydda i 'nôl mewn chwinciad.

– Paid â bod yn hir, Simon, atebodd Meleri wrth i Simon droi ei gefn arni ac esgyn y grisiau at ystafell wely Nora cyn dychwelyd rai munudau'n ddiweddarach.

– Dere 'mla'n, meddai Simon, gan dynnu'r lamp oddi ar ei ben a chamu at ddrws cefn y tŷ. Dilynodd Meleri ef gan dynnu'i lamp hithau, cyn i'r ddau gerdded yn gyflym yn ôl at y car. Yno trodd Simon at Meleri a thynnu dwy ffiol o'i boced.

– Mor hawdd â hynny, meddai, gan dynnu Meleri tuag ato a'i chusanu. – Rwy'n credu ddylen ni ddathlu'r ffaith na fydd unrhyw un arall yn etifeddu eiddo Milton Smith, ychwanegodd, gan danio injan y car.

– Beth am Noel Evans? gofynnodd Meleri.

– Beth amdano?

– Addewaist ti roi'r dillad isa 'na 'nôl iddo.

– Rwy'n credu ddylen ni eu cadw nhw, Meleri, rhag ofn y byddwn ni angen help y Parchedig Noel Evans rywbryd eto, meddai Simon, gan wenu'n slei.

– Rwyt ti wir yn Frenin y Môr-ladron, chwarddodd Meleri.

– Ac fe brofa i hynny iti unwaith eto heno, atebodd Simon, cyn iddyn nhw yrru i Aberteifi i losgi'r ffiolau yn nhŷ Meleri.

16.

Roedd Simon a Meleri'n cysgu ym mreichiau'i gilydd yn nhŷ Meleri pan gafodd y ddau eu dihuno gan gloch drws y tŷ'n canu. Edrychodd Meleri ar y cloc ger ei gwely a gweld ei bod hi'n chwech o'r gloch y bore. Cododd at y ffenest a gweld nifer o heddweision ger y drws ffrynt.

Rhoddodd ei gŵn nos amdani a rhuthro lawr y grisiau, gan feddwl bod rhywbeth wedi digwydd i Mared, oedd yn gorffen yn yr ysgol ar gyfer gwyliau'r Nadolig y diwrnod hwnnw.

Agorodd y drws a gweld y Ditectif Mike James.

– Meleri Lloyd-Williams?

– Ie. Beth sydd wedi digwydd?

– Mae gennym warant i chwilio'ch tŷ, eglurodd y ditectif, wrth i nifer o heddweision gerdded heibio Meleri a dechrau chwilio yn y gegin.

Ymhen eiliadau ymddangosodd Simon.

– Beth uffern sy'n digwydd? gwaeddodd.

– Pwy y'ch chi? gofynnodd Mike James.

– Simon Smith. Unwaith eto, beth sy'n digwydd?

– Mae gennon ni rywbeth fan hyn, syr, galwodd un o'r heddweision, gan ddal bag du yn ei law. Cerddodd Mike James at yr heddwas ac edrych yn y bag, cyn troi i wynebu Simon a Meleri.

– Meleri Lloyd-Williams a Simon Smith. Rwy'n eich arestio chi ar amheuaeth o ddwyn eiddo o 3 Stryd y Graig, y Cei, ar 17 Rhagfyr 2012.

17.

Eisteddai Simon Smith a'i gyfreithiwr gyferbyn â'r Ditectif Mike James yn ystafell holi gorsaf heddlu Dyfed Powys yn Aberystwyth. Roedd y Ditectif eisoes wedi ail-ddatgan y cyhuddiad o ddwyn o dŷ yn y Cei. Sibrydodd Simon yng nghlust ei gyfreithiwr ac aros i hwnnw sibrwd ei ymateb. Trodd at Mike James.

– Pa dystiolaeth sydd gennych chi? gofynnodd.

Agorodd Mike James y ffeil oedd o'i flaen ar y ddesg.

– Mae gennym dyst sy'n honni iddo'ch gweld yn gadael y tŷ dan sylw toc wedi saith neithiwr.

Edrychodd Simon ar ei gyfreithiwr.

– Tystiolaeth amgylchiadol yn unig, meddai hwnnw, cyn i Mike James godi nifer o luniau o'r ffeil.

– Yn ail ... roedd camera TCC yn y tŷ, sy'n dangos dau berson yn mynd mewn iddo toc cyn saith o'r gloch. Yn ôl y trac sain mae un o'r rhai a ddrwgdybir yn dweud 'Aros fan hyn, Meleri. Fe fydda i 'nôl mewn chwinciad' cyn i'r llall ymateb, 'Paid â bod yn hir, Simon', meddai Mike James, gan wenu ar Simon a'i gyfreithiwr.

Edrychodd Simon yn fwy pryderus ar ei gyfreithiwr y tro hwn.

– Mae'n bosib bod rhywun yn ceisio'ch twyllo mai fy nghleient i a Mrs Lloyd-Wiliams oedd yn y tŷ, meddai'r cyfreithiwr yn sych.

– O'r gorau ... er ei bod hi'n dywyll mae gan y camera TCC hwn gyfleuster is-goch. Ydych chi'n adnabod y ddau berson sydd yn y lluniau hyn? gofynnodd Mike James, gan roi'r lluniau i Simon.

Doedd dim amheuaeth mai Simon a Meleri oedd y ddau oedd yn sefyll yn stafell ffrynt y tŷ. Gwridodd Simon mewn dicter, gan addo iddo'i hun y byddai Noel Evans yn talu'r pris am beidio â sylwi fod gan Nora Davies gamera TCC.

Sibrydodd yng nghlust ei gyfreithiwr unwaith eto cyn i hwnnw sibrwd yn ôl. Trodd Simon at y Ditectif Arolygydd Mike James.

– O'r gorau. Rwy'n cyfaddef ein bod wedi torri mewn i'r tŷ. Rwy'n herio ewyllys fy nhad ac ro'n i'n chwilio am dystiolaeth fyddai'n profi bod Nora Davies wedi dylanwadu ar benderfyniad fy nhad i newid ei ewyllys, meddai. – Rwy'n cyfadde 'mod i wedi torri'r gyfraith ond rwy'n galaru am fy nhad, ac wedi bod dan straen aruthrol dros y dyddiau diwethaf, ychwanegodd.

Dyna oedd union ymateb Meleri Lloyd-Williams pan gafodd ei holi gan y ditectif hanner awr ynghynt.

– Felly ry'ch chi'n cyfaddef eich bod wedi torri mewn i dŷ Nora Davies? gofynnodd Mike James.

– Ydw, atebodd Simon yn swta.

– Rwy'n credu nad oes unrhyw beth yn atal fy nghleient rhag cael ei ryddhau ar fechnïaeth, meddai'r cyfreithiwr, cyn i'r ddau godi ar eu traed.

– Eisteddwch. Dy'n ni ddim wedi gorffen, meddai Mike James.

– Mi ofynna i'r cwestiwn eto. Ry'ch chi'n cyfaddef eich bod wedi torri i mewn i gartref Nora Davies yn 2, Stryd y Graig?

– Ydw ... am y rhesymau rwy newydd eu rhoi ... atebodd Simon yn ddiamynedd.

– Yr unig broblem, Mr Smith, yw hyn. Wnaethoch chi ddim torri mewn i dŷ Nora Davies. Beth wnaethoch chi oedd dwyn dillad gwerthfawr o'r tŷ drws nesa ... sef 3, Stryd y Graig. Ac ry'n ni wedi darganfod eitemau o ddillad gafodd eu dwyn o nifer o dai eraill yn y Cei yn nhŷ Mrs Meleri Lloyd-Williams y bore 'ma.

Edrychodd Simon yn wyllt ar ei gyfreithiwr, a gododd ei ysgwyddau mewn anghrediniaeth.

– 'Wy ddim yn deall … aethon ni i dŷ Nora Davies … rwy'n gwybod inni fod yna.

– Pam? gofynnodd Mike James, gan bwyso ymlaen yn ei sedd.

– Oherwydd mai dyna lle'r oedd y ffiolau gyda samplau DNA etifeddion posib fy nhad! gwaeddodd Simon.

– Ydy'r ffiolau yn eich meddiant?

Griddfanodd Simon cyn ateb.

– Na. Fe losgais i nhw.

– Simon Smith, rwy'n eich cyhuddo chi o ddwyn gwerth dros £30,000 o ddillad o nifer o dai yn y Cei yn ystod y misoedd diwethaf.

– Na … 'wy ddim wedi dwyn dillad … 'wy ddim yn deall! gwaeddodd Simon yn wyllt, wrth i Mike James ddarllen yr un cyhuddiad â'r un a adroddodd o flaen Meleri Lloyd-Williams hanner awr yn ddiweddarach.

18.

Roedd Nora, Gwen, Ina a Del wedi dechrau gweithredu'u cynllun i ddial ar Simon Smith a Meleri Lloyd-Williams ddeuddydd ynghynt, ar y nos Sul.

Roedd Nora wedi ffonio Jake Dawkins o ffôn cyhoeddus yn y pentref yn syth ar ôl y cyfarfod gyda'r tri arall, gan ddweud wrtho fod angen ei help arnynt. Llwyddodd Jake i fenthyg car am ddeuddydd. Prynodd dri ffôn symudol talu-wrth-alw o siop ffonau ail law a dechrau ar ei daith o Lundain i'r Cei. Cyrhaeddodd gartref Ina Lloyd-Williams toc cyn pump o'r gloch y bore wedyn. Roedd Ina'n aros amdano, a chaeodd ddrws y garej yn gyflym wedi i Jake barcio'r car yno.

Ffarweliodd Jake ag Ina ar unwaith a cherdded ar hyd strydoedd cefn y pentref nes iddo gyrraedd bwthyn Nora Davies. Roedd honno hefyd ar ei thraed, ac fe'i tywysodd i'r ystafell wely sbâr lle cafodd dair awr o gwsg cyn iddyn nhw ddechrau ar ail ran y cynllun.

* * *

Cafodd Vince ei synnu pan welodd bod ei frawd-yng-nghyfraith, Del, yn eistedd yn yr ystafell ffrynt pan ymwelodd â Nora Davies toc wedi naw'r bore hwnnw. Roedd Nora wedi ei ffonio ddiwrnod ynghynt gan ofyn iddo daro draw i drafod gosod tân nwy yn y lle tân. Ond cafodd ei syfrdanu pan ddywedodd Nora a Del wrtho pwy oedd yn gyfrifol am y lladrata o'r tai haf yn ystod y misoedd cynt.

– Ddweda i 'run gair wrth neb. Rwy'n addo i chi, meddai Vince.

– Y broblem yw dy fod ti'n rhan o'r cynllwyn. Ti yrrodd Nora i Aberystwyth a Chaerfyrddin, meddai Del.

– Ond do'n i'n gwybod dim am y lladrata!

– Nid fel'ny fydd yr heddlu'n gweld y sefyllfa, Vince. Ti oedd y ... beth yw'r term, Del?

– Y *wheels man*, Nora, meddai Del, cyn troi at Vince.

– Ry'n ni angen dy help di, ac os lwyddi di, fe fyddi di'n profi dy fod yn yr un cae â David Copperfield, Dynamo a David Blaine.

– Na ... alla i ddim ... rwy wedi colli fy hunan hyder yn gyfan gwbl ar ôl beth ddigwyddodd yn y cartref hen bobl 'na ... ac fe fyddai Val yn fy lladd i petawn i'n cael fy nal.

– Ond fe fydd hi'n bendant yn dy ladd di os ddweda i wrthi fod Vincenzo Fawr wedi perfformio yn y cartref hen bobl.

– Na ... plis, Del ... unrhywbeth ond hynny, plediodd Vince gan gau ei lygaid am eiliad.

Yna agorodd un llygad.

– Yn yr un cae â Copperfield?

Amneidiodd Nora a Del â'u pennau i gadarnhau hynny.

– Beth yw'r cynllun?

Esboniodd Nora eu bod am iddo gyfnewid y dodrefn oedd yn y tŷ drws nesaf â dodrefn ei thŷ hi, a gosod y camera cylch cyfyng oedd yn y tŷ drws nesaf yn yr un lle yn union yn ei stafell ffrynt hi.

– Mae'r ddwy stafell yn union yr un maint, waliau gwyngalch sydd yn y ddwy, dim ond y dodrefn sy'n wahanol, meddai Nora.

– Sut y'ch chi'n gwybod?

– Oherwydd bod gen i allwedd i'r tŷ. Fi sy'n gyfrifol am newid y tâp yn y teledu cylch cyfyng ar ran y perchnogion bob wythnos.

– Felly, os ydw i wedi deall yn iawn, ry'ch chi am imi dorri drwy wal y lle tân a symud dodrefn stafell ffrynt drws nesa i'r fan hyn, a'ch dodrefn chi draw fan'co? gofynnodd Vince.

– Cywir.

– A bydd yn rhaid inni roi popeth yn ôl yn y tŷ drws nesa 'fyd, ychwanegodd Del.

Symudodd Vince at y lle tân gan edrych yn agos ar y wal y tu ôl iddo, cyn ei fesur.

– Ry'ch chi'n ffodus fod gennych chi le tân mawr ... *inglenook* llydan ... metr a hanner o led ... a bron metr a hanner o uchder ... a dim ond wal gefn denau sydd mewn llefydd tân fel hyn fel arfer. Fydd dim angen RSJ ... alla i 'i wneud e gyda chwpwl o drawstiau. Pa ddodrefn sydd drws nesa?

– Soffa weddol fach ... dwy gadair esmwyth ... teledu ... dau lun ... bwrdd ... cyfarpar TCC ... ac ambell *nic-nac*, atebodd Nora.

– Faint o amser gymerith e? gofynnodd Del.

– Torri'r wal ... symud y dodrefn ... ailosod y TCC ... glanhau unrhyw lwch ... ailadeiladu'r wal, sblash o baent ... *bish bash bosh* ... dwy awr? awgrymodd Vince.

– Bydd hynny'n iawn ... a beth am y gwaith o roi popeth yn ôl yn ei le? gofynnodd Nora.

– Os nad y'ch chi am imi smentio'r wal yn ôl y tro cynta ... tua awr a hanner falle ... gyda help.

– Fe fydd gen ti awr. Dyw hi ddim mor bwysig pa mor gyflym y byddi di'n gwneud y rhan gynta o'r gwaith ond mae'n rhaid iti orffen yr ail ran cyn gynted â phosib, meddai Nora.

– Fe wna i 'ngore ... ond mae gennych chi broblem.

– Beth? gofynnodd Nora a Del yr un pryd.

– Y teledu cylch cyfyng. Pan fydda i'n datgysylltu'r system TCC fe fydd 'na oedi yn yr amser cyn imi ailgysylltu'r system yn y tŷ 'ma ... ac fe fydd yr un peth yn digwydd pan fydda i'n symud y system yn ôl i'r tŷ arall.

– Ddylai hynny ddim bod yn broblem. Mae gennon ni arbenigwr ar larymau diogelwch a systemau TCC, eglurodd Del, gan amneidio'i ben tuag at Jake Dawkins, oedd wedi dod i sefyll ar waelod y grisiau.

– Bore da. Yr enw yw Mistar Gwyn, meddai Jake, gan siglo llaw Vince.

– Bydd hi'n weddol hawdd rhewi'r tap TCC gyda hwn, ychwanegodd, gan dynnu'r teclyn priodol allan o'i boced.

– Pleser cyfarfod â chi. Yr enw yw Vincenzo Fawr, meddai Vince, cyn troi at Nora.

– Pryd y'ch chi am imi wneud y gwaith?

– Cyn gynted ag y bydda i wedi darbwyllo un person arall. Rwy wedi gofyn iddo alw draw am ddeg o'r gloch, meddai Nora, gan edrych ar ei watsh. – Fe fydd e 'ma maes o law ... rwy'n credu y dylech chi'ch tri fynd lan y grisiau i drafod y cynllun. Allwch chi ddechrau cyn gynted ag y bydd e'n gadael, ychwanegodd.

* * *

Curodd y Parchedig Noel Evans ar ddrws y bwthyn hanner awr yn ddiweddarach. Roedd Milton wedi dweud popeth wrth Nora am anturiaethau Noel i ddod o hyd i'r samplau DNA, gan gynnwys y ffaith fod Simon a Meleri'n bygwth mynd â'r dilledyn gyda DNA Noel arno at yr heddlu.

Gwyddai Nora hefyd fod egwyddorion yn bwysig i Noel, ac nad oedd yn fodlon dweud gair o gelwydd. Serch hynny, roedd yn rhaid iddi fentro gofyn am ei help, heb ddweud mai hi, Gwen ac Ina oedd yn gyfrifol am y lladrata o dai haf yn y pentref.

– Mae gen i sampl o DNA Val a ... man-a-man ichi gael gwybod ... ei brawd, Del, ac fe fydda i'n eu hanfon i'r cwmni profi DNA yn y bore, eglurodd Nora.

Esboniodd Noel ei fod am anghofio am ei orchwylion i Milton Smith dros y misoedd diwethaf a dechrau o'r newydd.

– Rwy'n deall eich bod yn teimlo'n euog am fod y gwaith yn anfoesol, Mr Evans ... ac fe fydda i a Ricky Banks yn gwneud ein gorau glas i sicrhau na fydd neb yn dod i wybod am eich ymdrechion ... ond alla i ddim addo y byddwn ni'n llwyddo. Dyna pam ro'n i am ofyn ffafr, Mr Evans ... un ffafr olaf ar ran Milton, meddai Nora.

Griddfanodd Noel yn isel cyn dweud bod Simon eisoes wedi gofyn iddo ddarganfod pwy oedd etifeddion posib Milton. Amneidiodd Nora'i dealltwriaeth cyn amlinellu'i chynllun i gael Simon i ddwyn y samplau DNA a'u cyfnewid â samplau ffug.

– Fe wna i'n siŵr y bydd yn llwyddo i gael y samplau sydd yn y tŷ, fydd yn rhoi amser i ni ddarganfod a yw un ai Val neu Del yn etifedd i Milton, meddai Nora, cyn amlinellu rhan Noel yn y cynllun.

Gwyddai Noel fod ei ffawd ynghlwm â dillad isaf merch Meleri Lloyd-Williams, oedd yn ddiogel mewn sêff yn nhŷ Simon Smith.

– Yn anffodus, mae gan rywun sampl o fy DNA i hefyd, meddai, gan esbonio fod Simon Smith yn ei flacmeilio.

– Peidiwch â phoeni am y dilledyn, Mr Evans. Rwy'n gwybod sut i gael gafael arno ... os wnewch *chi* fy helpu *i*, meddai Nora.

Cytunodd Noel i ffonio Simon, sôn wrtho na fyddai Nora yn y tŷ'r noson honno, a'i bod yn bwriadu anfon samplau o DNA Val a Del i'r cwmni profi DNA y bore wedyn, oherwydd bod pob gair o hynny'n wir.

Tynnodd Nora un o'r ffonau roedd Jake Dawkins wedi'u prynu yn Llundain y diwrnod cynt allan o ddrôr y seld a'i roi i Noel.

– Defnyddiwch y ffôn yma fel na fydd Simon yn gallu profi eich bod wedi cysylltu ag e. Bydd angen ichi anfon neges ato'n dweud 'mod i yn y gwasanaeth Plygain heno ... ac fe allwch chi roi'r ffôn yn ôl i mi ar ddiwedd y gwasanaeth, eglurodd Nora.

* * *

Toc cyn chwech o'r gloch y noson honno, eisteddai Jake ac Ina yng nghar Jake oedd wedi'i barcio hanner canllath o dŷ Meleri yn Aberteifi. Roedd Simon Smith wedi cyrraedd yno ugain munud ynghynt ac roedd y ddau yn awr yn aros i'r pâr ddechrau ar eu taith i'r Cei.

Yn gynharach y diwrnod hwnnw roedd Nora a Jake wedi diffodd y larwm diogelwch ac wedi rhewi system TCC y tŷ drws nesaf i gartref Nora, cyn i Del, Vince a Jake dorri trwy'r wal a chyfnewid dodrefn stafelloedd ffrynt y ddau fwthyn, gan ailosod y camera TCC yn nhŷ Nora.

Roedd Nora a Gwen wedi cludo'r dillad mwyaf gwerthfawr o'r tŷ drws nesaf i dŷ Ina, cyn i Jake ymuno ag Ina awr yn ddiweddarach. Rhoddodd Jake y bag llawn dillad a ddygwyd o'r tŷ, ynghyd â'r dillad roedd Ina wedi'u cadw iddi'i hun ar ôl eu dwyn o'r tai haf eraill, mewn sach deithio yn barod i'w cuddio yn nhŷ Meleri.

Penderfynodd Ina deithio i Aberteifi gyda Jake, am nad oedd hwnnw'n gwybod ble roedd cartref Meleri.

Roedd hi wedi hen dywyllu ac roedd y strydoedd yn dawel.

– Dyma ni, meddai Jake, pan welodd gar Simon yn gadael dreif tŷ Meleri.

Cododd Ina ffôn symudol.

– Maen nhw ar eu ffordd, meddai wrth Del Edwards, a diffodd y ffôn.

Camodd Jake allan o'r car, agor y drws cefn, gafael yn y sach deithio a'i rhoi ar ei gefn, yna dechrau cerdded tuag at dŷ Meleri. Gwyddai Ina na fyddai Mared yno nes i'r ysgol gau ar gyfer y Nadolig y diwrnod wedyn.

Dechreuodd feddwl am y gwaith oedd o'i blaen yn clirio'r tŷ a symud i fyw at Nora yn gynnar yn y flwyddyn newydd. Ymhen pum munud daeth Jake yn ôl at y car.

– Aeth rhywbeth o'i le?

– Dim problem. Fel ddwedoch chi, mae coed a ffens uchel yn amgylchynu'r tŷ. Does ganddi ddim larwm diogelwch ac mae'r clo'n un rhwydd i'w agor ag allwedd sgerbwd. Mae'r dillad o'r tŷ mewn cwpwrdd yn y gegin, ac mae gweddill y dillad mewn cwpwrdd yn ystafell Mared. Cefais afael ar frwsh gwallt Meleri yn ei stafell wely a rhoi darnau o'i gwallt ar rai o'r ffrogiau. Fe ddylai'r heddlu ddod o hyd iddyn nhw'n ddigon hawdd, esboniodd Jake.

Ddeng munud yn ddiweddarach roedd y car wedi'i barcio y tu allan i dŷ Simon Smith. Rhoddodd Ina allwedd a darn o bapur gyda dau set o rifau arno i Jake. Roedd hi wedi cael y rhain gan Ricky Banks yn gynharach y prynhawn hwnnw.

– Roedd gan Milton allwedd sbâr i'r tŷ yn Aberteifi a dyma'r rhifau ar gyfer y larwm diogelwch a'r sêff yn y tŷ. Diolch byth ei fod wedi ymddiried yn ei dwrne, meddai Ricky gan wasgu braich Ina, ac ychwanegu nad oedd am wybod pam yr oedd hi a Nora am gael yr allwedd a'r wybodaeth.

Dychwelodd Jake Dawkins i'r car ymhen chwarter awr gyda bag polythen yn ei law.

– Dyna'r lladrad hawsaf erioed. Dwi ddim yn gwybod pwy oedd eich *inside man* chi, Ina, ond mae wedi gwneud ei waith yn dda, meddai, gan danio'r injan a dechrau ar y daith yn ôl i'r Cei.

* * *

Roedd Del yn stelcian yn y tywyllwch ar waelod Stryd y Graig pan aeth Simon a Meleri i mewn i ardd Nora. Gwyliodd y ddau'n dod allan ddeng munud yn ddiweddarach cyn cerdded i gar Simon yn y maes parcio a gyrru i ffwrdd.

Anfonodd neges destun at Vince a Jake i ddweud ei bod yn ddiogel iddyn nhw fynd yn ôl i'r tŷ i osod popeth yn ôl yn ei le yn y ddau fwthyn. Edrychodd ar ei watsh. Deng munud wedi saith. Cerddodd yn ôl at dŷ cymdogion Nora, tynnu *secateurs* o'i boced a thorri gwifrau ffôn y tŷ. Torrodd dwll yn ffenest y drws cefn i wneud i'r lladrad edrych fel y lleill a gyflawnwyd yn y pentref.

Pwysodd dros ffens yr ardd a gweld Jake yn sefyll ger y drws cefn. Rhoddodd ei ffôn symudol a'r teclyn torri gwydr iddo, a gadael trwy'r ardd gefn fel na fyddai'n cael ei weld.

Roedd Del gartref yn eistedd yn y gegin gyda Gwen pan ddaeth Vince trwy'r drws cefn a wincio ar y ddau, ac ymuno â Val yn y lolfa.

– Gobeithio ei bod hi, Nora Davies, yn dy dalu di'n dda am yr oriau ychwanegol, meddai Val wrth i Vince ymuno â hi ar y soffa.

– Del! coffi ... dau siwgr, gwaeddodd Val.

– Aros funud. Mae'n rhaid imi wneud galwad ffôn, atebodd Del.

* * *

Dychwelodd Nora i'w chartref toc cyn hanner awr wedi wyth. Bu ar bigau'r drain trwy'r gwasanaeth Plygain cyn i Noel Evans ei chyfarch ar y diwedd.

– Diolch yn fawr am ddod, Miss Davies, meddai, gan roi'r ffôn symudol yn ei llaw wrth iddyn nhw siglo dwylo.

Gadawodd Nora'r gwasanaeth a mynd draw i dŷ Ina, lle bu Ina a Jake yn aros amdani ers i Jake ddychwelyd o'r bwthyn ddeng munud ynghynt.

– Popeth yn iawn? gofynnodd Nora'n bryderus, gan roi'r ffôn symudol a gafodd gan Noel Evans i Jake.

– Dim problem. Roedd Vince yn wych. Bydd y lle fel pìn

mewn papur. Well i mi ddechrau ar fy ffordd i Lundain ... mae gen i fusnes trydanol i'w redeg ... diolch i chi, atebodd Jake, gan edrych ar ei watsh. – Mae'n ugain munud wedi wyth. Bydd Del yn gwneud ei alwad ffôn mewn deng munud, ychwanegodd, gan godi a ffarwelio â'r ddwy.

– Mae'n rhaid i mi fynd hefyd. Rwy i fod adre erbyn hanner awr wedi wyth, meddai Nora.

* * *

Oedodd Sonya Lake am funud pan welodd pwy oedd yn ei ffonio, er ei bod hi'n ysu i glywed llais Del unwaith eto. Ond cafodd sioc pan glywodd beth oedd ganddo i'w ddweud.

– Wyt ti'n siŵr?

– Yn hollol siŵr. Ro'n i'n mynd am dro i gael ychydig o awyr iach pan welais i Simon Smith a Meleri Lloyd-Williams yn dod allan o rif 3, Stryd y Graig. Welon nhw mohona i ond fe gerddon nhw dan lamp stryd, ac fe welais i eu hwynebau.

– Faint o'r gloch oedd hyn?

– Tua saith. Fues i'n pendroni ynghylch beth i'w wneud a rwy newydd ffonio Nora Davies ... mae hi'n byw drws nesa, yn rhif 2. Roedd hi mas heno, a newydd ddod 'nôl adre, ond fe aeth hi rownd y cefn ac mae'n edrych fel bod rhywun wedi torri mewn.

– Ffonia hi 'nôl a dwed wrthi am beidio â chyffwrdd â dim. Fe ffonia i Dilwyn i weld beth ddylwn i wneud. Dim ond un peth ... pam ffoniest ti fi, Del?

Bu tawelwch am ychydig eiliadau.

– I brofi nad o'n i'n rhan o'r lladrata ... ac am fy mod i'n dy garu di'r dorth, meddai Del yn dawel.

– Fi 'fyd ... gawn ni drafod hyn eto. Well imi fynd ... meddai Sonya, gan ddiffodd y ffôn a gwenu am eiliad cyn deialu rhif Dilwyn Weobley.

Ffoniodd hwnnw'r ditectif Mike James i roi'r newyddion iddo. Ymhen hanner awr roedd Sonya, Dilwyn a Mike James wedi ymgynnull yn nhŷ cymdogion Nora Davies. Yno gwelsant fod camera TCC yn eu gwylio, a bod dillad wedi'u dwyn o'r ystafell wely.

Tynnodd Mike James y DVD allan o'r chwaraeydd TCC a'i roi i Sonya.

– Cymer olwg ar hwn i weld beth sydd arno.

Erbyn un ar ddeg o'r gloch roedd Sonya wedi gwylio'r tâp ddwywaith yng nghwmni heddweision eraill yn swyddfa'r heddlu yn Aberystwyth. Gwelsant ddyn a menyw o'r enw Simon a Meleri yn dod i mewn i'r ystafell ffrynt. Diflannodd y dyn o olwg y camera wrth iddo fynd i fyny'r grisiau, a dychwelyd a thynnu'r fenyw ar ei ôl. Ni allai Sonya weld y dyn yr eildro oherwydd ni ddychwelodd i ganol yr ystafell.

Creodd Sonya luniau clir o'r dyn a'r fenyw dan sylw, dychwelodd i'r Cei a galw i weld Nora, oedd wrthi'n cael ei holi gan Dilwyn a Mike James.

– Bois bach! Simon Smith yw hwn ... a Meleri Lloyd-Williams yw hi! Fyddech chi byth yn meddwl y byddai pobl fel'na'n cyflawni lladrad, meddai Nora.

Amneidiodd Mike James ar Dilwyn Weobley i ddechrau'r broses o gael gwarant i chwilio tai Simon a Meleri cyn gynted â phosib. Arweiniodd hynny at arestio'r ddau toc wedi chwech o'r gloch y bore wedyn.

19.

Safai Simon Smith yng nghanol rhes o ddynion. Edrychai'n syth yn ei flaen gan syllu ar adlewyrchiad ohono'i hun a'r saith dyn arall yn y gwydr. Gwyddai y byddai'r dyn oedd yn sefyll y tu ôl i'r gwydr yn ei ddewis ef fel y sawl oedd yn gyfrifol am y lladrad o'r tŷ yn y Cei dridiau ynghynt.

Tybiai y byddai'r dyn y tu ôl i'r sgrin yn dweud, – rhif pedwar ... yn bendant, rhif pedwar.

– Rhif pedwar ... yn bendant, rhif pedwar, meddai Del Edwards. – Ie, rhif pedwar ... rwy'n cofio'r llygaid shiffti 'na ... wna i byth anghofio'r rheiny ... dyna pam rwy wedi methu cysgu ers hynny, ychwanegodd, cyn i'w gyfreithiwr, Ricky Banks, sibrwd yn ei glust.

– Paid â godro'r sefyllfa, Del.

Roedd Del eisoes wedi dewis Meleri Lloyd-Williams mewn rheng adnabod hanner awr ynghynt.

– Rwy'n credu bod gan yr heddlu achos cryf yn eu herbyn ... ond fydden i byth wedi meddwl taw nhw oedd yn gyfrifol am y lladrata, meddai Ricky wrth iddo adael gorsaf yr heddlu yng nghwmni Del.

– Rwy'n cofio i ti ddweud wrtha i bod 'na wahaniaeth rhwng bod yn droseddwr a chael dy ddyfarnu'n euog o drosedd. Ond falle nad oes 'na wahaniaeth os wyt ti'n cael dy gosbi am drosedd wahanol, meddai Del yn gyfrin.

– Digon gwir, Del ... ond fel cyfreithiwr egwyddorol does gen i ddim syniad am beth rwyt ti'n sôn, wrth gwrs, meddai Ricky gan wincio ar Del. – Ambell waith mae'n beth da bod llewpart ddim yn newid ei smotiau. Wyt ti'n moyn lifft i'r Cei?

– Dim diolch, Ricky. Rwy'n mynd i brynu anrheg Nadolig i rywun arbennig, atebodd Del, gan ddechrau cerdded tuag at ganol tref Aberystwyth.

20.

Cafodd Meleri Lloyd-Williams sioc pan na chafodd hi na Simon eu rhyddhau ar fechnïaeth oherwydd bod y cyhuddiadau yn eu herbyn mor ddifrifol.

– Ond beth ddigwyddith i fy merch, Mared? gofynnodd, mewn penbleth o hyd ynghylch sut roedd y dillad a gafodd eu dwyn wedi'u darganfod yn ei chartref.

Cafodd sioc arall pan ddywedodd ei chyfreithiwr wrthi fod Mared wedi symud i fyw at ei mam-gu am y tro, a'i bod wedi cytuno i Ina gael pŵer twrnai dros ei heiddo nes ei bod hi'n ddeunaw oed.

– Ond pam fyddai hi'n gwneud hynny? A pham nad yw hi wedi dod i 'ngweld i? gofynnodd Meleri'n wyllt.

– Dyw Mared ddim am eich gweld ar hyn o bryd. Mae'r cyhuddiadau wedi bod yn sioc iddi. Mae hi a'i mam-gu wedi penderfynu y dylai hi ddychwelyd i'r ysgol yn Aberteifi'r tymor nesa, a byw gyda'i mam-gu yno nes iddi adael yr ysgol, atebodd ei chyfreithiwr.

– Mae'r hen siswrn 'na wedi troi fy merch yn f'erbyn i'm hatal rhag gwerthu'i chartref, gwaeddodd Meleri.

– Mae'n rhaid imi ddweud bod y cyhuddiadau yn eich erbyn yn rhai difrifol iawn, ac fe ddylech chi baratoi ar gyfer treulio'r tair blynedd nesaf yn y carchar, o bosib, meddai'r cyfreithiwr.

– Ond rwy'n ddieuog ... yn ddieuog! gwaeddodd Meleri, gan ddechrau tybio bod gan Ina Lloyd-Williams rywbeth i'w wneud â'i sefyllfa gythryblus.

21.

Roedd cyfreithiwr Simon Smith hefyd wedi amlinellu'r achos difrifol yn ei erbyn y prynhawn hwnnw, wedi i Del ei ddewis ef a Meleri o'r ddwy reng adnabod. Meddyliodd Simon Smith yn hir cyn penderfynu bod yn rhaid iddo gyfaddef y gwir am ei gynllun i gyfnewid y ffiolau DNA yn nhŷ Nora Davies.

Eisteddai'r Ditectif Arolygydd Mike James yn ei swyddfa

yng nghwmni Dilwyn Weobley a Sonya Lake ddwy awr yn ddiweddarach, wedi i Meleri gadarnhau stori Simon am y cynllun i atal unrhyw un arall rhag etifeddu eiddo Milton Smith.

– Maen nhw'n honni bod gweinidog lleol o'r enw Noel Evans yn rhan o'r cynllun ... a'i fod wedi cytuno i'w helpu am fod y ddau wedi'i ddal yn sniffan dillad isaf merch Lloyd-Williams rai misoedd yn ôl, meddai Mike James, gan godi'i aeliau. – Mae Simon yn honni bod y dilledyn gyda DNA'r gweinidog arno mewn sêff yn ei gartref yn Aberteifi. ychwanegodd, gan godi o'i sedd. – Âf i a Dilwyn i holi'r gweinidog, ac fe gewch chi fynd i dŷ Simon Smith gyda'i gyfreithiwr i agor y sêff, a chael gafael ar y dilledyn, meddai wrth Sonya.

22.

Roedd Noel Evans a'i wraig, Delyth, wrthi'n brysur yn addurno'r tŷ ar gyfer y Nadolig pan alwodd Mike James a Dilwyn Weobley i holi'r gweinidog.

Esboniodd Mike James gyhuddiadau Simon a Meleri ynghylch rhan Noel Evans yn y lladrad, a'r cyhuddiad ynglŷn â'r dillad isaf. Cododd Noel ei aeliau a siglo'i ben yn araf.

– Trist iawn. Mae'n amlwg bod straen y lladrata a chael eu dal wedi drysu'u meddyliau, meddai. Esboniodd Noel ei fod wedi ymweld â Meleri wedi i'w mam-yng-nghyfraith ofyn iddo siarad â hi ynghylch anghytundeb oedd wedi codi rhwng y ddwy.

Ychwanegodd iddo fynd i fyny'r grisiau i ddefnyddio'r toiled yn nhŷ Meleri, a'i fod wedi gweld Simon Smith ar y landin a'i gyfarch, ond dyna'r cwbl.

Cytunodd fod Simon Smith wedi'i ffonio'n achlysurol yn

ystod y misoedd cynt, yn bennaf i drafod cyflwr iechyd ei dad.

– Roedd Simon yn gwybod fy mod yn ymweld â Milton yn aml yn ystod misoedd olaf ei fywyd, i drafod y materion ysbrydol hynny mae llawer o bobl hŷn yn poeni amdanynt pan maent yn tynnu at ddiwedd eu hoes, eglurodd Noel, gan groesi'i fysedd dan y bwrdd.

Cytunodd Noel i roi ei ffôn symudol i'r heddlu, gan ychwanegu mai hwnnw oedd ei unig ffôn symudol ac nad oedd wedi prynu ffôn arall yn ddiweddar.

– Yn wir ... 'wy ddim yn gwybod beth yw cyflwr meddyliol pobl sy'n cyhuddo gweinidog yr efengyl o ... o wneud y fath beth, meddai.

Canodd ffôn Mike James. Tynnodd y teclyn o'i boced.

– Ie ... ie ... iawn. Rwy'n deall. Diolch, Sonya, meddai. – Diolch yn fawr am eich amser, Mr Evans. 'Wy ddim yn credu y byddwn ni'n eich poeni chi rhagor, ychwanegodd, gan adael y tŷ yng nghwmni Dilwyn Weobley. Gyda rhyddhad mawr, gwyliodd Noel gar yr heddlu'n gadael y dreif cyn troi at y llun o Christmas Evans yn gwgu arno.

– Rwy'n gwybod ... celwydd noeth ... ond does bosib nad ydw i wedi dioddef digon? Y mae fy nghnawd yn glynu wrth fy esgyrn a dihengais â chroen fy nannedd, meddai. Gwyddai fod Nora wedi cadw at ei gair ac wedi llwyddo, rywsut, i symud y dilledyn o sêff Simon Smith cyn i'r heddlu gael gafael arno. Nid oedd am wybod mwy am hynny.

23.

Erbyn diwedd y noson honno, cafodd Simon Smith wybod bod y ffôn symudol roedd Simon yn honni i Noel Evans ei ddefnyddio wedi'i brynu yn Llundain y diwrnod cyn y lladrad, ac nad oedd unrhyw ddilledyn o eiddo Mared yn sêff Simon.

– Sai'n deall ... mae'n rhaid ei fod yno. Mae gen i system larwm diogelwch yn y tŷ, meddai.

– Dyw'r system larwm diogelwch ddim wedi'i datgysylltu, atebodd Mike James.

Yn sydyn, dechreuodd y dagrau lifo i lawr wyneb Simon.

– Ro'n i'n gwybod y dylwn i fod wedi dweud y gwir ... ond fe fynnodd hi y byddai'n well inni ddweud celwydd.

– Celwydd am beth?

– Do'n i ddim yn meddwl ei ladd e ... ei wthio wnes i am fy mod i'n grac gyda e am strywio'r cytundeb ... ro'n i'n gwybod y byddai Milton yn dial arna i ... a Meleri. Fydda i byth yn rhydd ohono ... byth! wylodd Simon, cyn cyfaddef y cyfan am farwolaeth Milton Smith.

24.

Roedd Dilwyn Weobley a Sonya Lake yn trafod rota gwaith y Nadolig yn y swyddfa yn Aberaeron pan ymunodd y Ditectif Arolygydd Mike James â nhw.

– Flin gen i darfu arnoch chi, ond rwy newydd ddychwelyd o gyfarfod gyda swyddogion Gwasanaeth Erlyn y Goron yng Nghaerfyrddin, meddai, gan eistedd gyferbyn â Dilwyn a Sonya. – Mae'r CPS yn credu y bydd Simon Smith a Meleri Lloyd-Williams dan glo am sawl blwyddyn ... yn enwedig ar ôl i Simon gyfaddef iddo wthio'i dad i lawr y grisiau a'i ladd. Mae Meleri Lloyd-Williams wedi cadarnhau tystiolaeth Simon, ond mae'n gwadu mai hi a'i perswadiodd i ddweud celwydd ... ta beth, mae e'n debygol o gael ei ddedfrydu am ddynladdiad, a bydd ei chyfnod hi dan glo'n cael ei ymestyn am ei bod wedi ceisio gwyrdroi cwrs cyfiawnder.

– 'Wy dal ddim yn deall pam fydden nhw'n dewis dwyn o dai haf, meddai Dilwyn.

– Roedd Simon Smith yn gwybod nad oedd e'n fab i Milton Smith, felly mae'n debyg ei fod e'n sylweddoli y byddai ei fywyd bras yn debygol o ddod i ben ar ôl marwolaeth ei dad, meddai Mike. – Hefyd, mae'n bosib bod y ddau'n chwilio am ryw gynnwrf ychwanegol yn eu bywydau. Ta beth, ro'n i am longyfarch y ddau ohonoch chi am eich gwaith ac rwy'n siŵr na fydd unrhyw broblem i chi, Sonya, gael eich derbyn fel heddwas cymunedol llawn amser, ychwanegodd.

– Yn sicr ... gwaith gwych, Sonya, ategodd Dilwyn.

– Ydych chi'n cytuno erbyn hyn fod Del Edwards yn ddieuog? gofynnodd Sonya.

– O'r gorau ... ydw, atebodd Dilwyn yn anfodlon.

– Da iawn. Rwy am fynd i roi'r newyddion da iddo na fydd yr heddlu'n ei boeni o hyn ymlaen, meddai Sonya, cyn ychwanegu'n gyflym, – ... fel rhan o'm swydd yn heddwas cymunedol, wrth gwrs.

25.

Eisteddai Gwen Edwards, Val a Del wrth y bwrdd yng nghegin Gwen yn wynebu Nora Davies. Roedd Nora wedi gofyn i'r cwmni DNA ei ffonio cyn gynted ag yr oedd canlyniadau'r profion ganddynt fel bod Val a Del yn cael gwybod cyn y Nadolig.

– Wel ... dere 'mla'n ... oedd Milton yn dad i Val a Del? gofynnodd Gwen.

Anadlodd Nora'n ddwfn a datgan nad oedd Val yn ferch i Milton, yna cymerodd anadl hir arall.

– Yn ôl y cwmni, does dim amheuaeth fod Del yn fab i

Milton. Llongyfarchiadau, Del. Rwyt ti'n ddyn cyfoethog iawn.

Cododd Del gan chwerthin yn uchel.

– Mae hynny'n amhosib, Nora, meddai.

– Ond pam? gofynnodd ei fam-gu.

– Oherwydd mai crib rhywun arall oedd gen i ... blew o wallt rhywun arall oedd ar y grib ddefnyddies i i roi sampl DNA i chi. Wnes i erioed ei defnyddio fy hun.

– Ond pam fyddet ti'n gwneud hynny? gofynnodd Nora'n syn.

– Oherwydd sai am fod yn gyfoethog trwy etifeddu arian rhywun rwy erioed wedi'i nabod. Byddai hynny'n mynd yn groes i fy egwyddorion, atebodd Del.

– Ond pwy biau'r grib, felly? gofynnodd Nora.

* * *

Eisteddai swyddog prawf Del, Bob Jones, yn anghyfforddus yn swyddfa Ricky Banks ddwy awr yn ddiweddarach. Cawsai alwad ffôn gan y cyfreithiwr yn fuan wedi i Del ddatgelu mai Bob oedd piau'r grib.

Cadarnhaodd fod ei fam wedi ymweld â'r Cei yn flynyddol yn ystod ei hieuenctid gan fod ei mam-gu a'i thad-cu yn byw yno.

– Mae gen i luniau di-ri ohoni ar y traeth yn y Cei nes ei bod hi tua ugain mlwydd oed, meddai.

– A pryd oedd hynny?

– Canol y chwedegau ... ges i fy ngeni yn 1965.

– Pryd yn gwmws?

– Y diwrnod cyntaf o Fai, meddai Bob, wrth i Ricky Banks droi at ei gyd-ysgutor, Nora.

– Felly daeth mam Mr Jones yn feichiog tua chanol mis Awst 1964 ... meddai, cyn i Bob besychu.

– ... mae gen i luniau ohoni yn y Cei yr haf hwnnw ... ac rwy bron yn sicr ei bod yn ymweld â'i mam-gu a'i thad-cu bob mis Awst. – Rwy'n gwybod hefyd bod Mam wedi dechrau canlyn fy nhad y flwyddyn honno. Wnes i erioed amau nad fe oedd fy nhad.

– Be ddigwyddodd i'ch rhieni, Mr Jones?

– Gawson nhw ysgariad yn 1970 ... rhedodd e bant gyda menyw arall a wyddwn i ddim ei fod wedi marw nes imi geisio dod o hyd iddo wedi i Mam farw chwe blynedd yn ôl.

– Wnaeth hi grybwyll yr enw Milton Smith erioed, Mr Jones?

– Na ... byth ... ond roedd Mam yn dipyn o ... wel ... yn fenyw eitha poblogaidd gyda'r dynion. Roedd gen i sawl 'ewythr' fyddai'n galw draw i'r tŷ pan o'n i'n tyfu lan.

– Diolch, Mr Jones, meddai Ricky Banks gan roi ei ysgrifbin i lawr ar y bwrdd.

– Be sy'n digwydd nawr?

– Mae'n debyg mai chi, Mr Jones, yw unig etifedd Milton Smith. Bydd yn rhaid inni gael sampl arall o'ch DNA i gadarnhau bod Del Edwards yn dweud y gwir taw eich gwallt chi oedd ar y grib. Wedyn, dymuniad Mr Smith oedd bod ei etifedd yn rheoli'r cwmni ar ei ôl, eglurodd Ricky.

– Pa gwmni?

– Gwalco ... un o brif allforwyr gwalc Ynysoedd Prydain, Mr Jones.

– Ond swyddog prawf ydw i. Sai'n gwybod dim am reoli cwmni.

– Rwy'n siŵr y cewch chi gyngor da gan gyfrifydd y cwmni ... ac rwy ar ddeall bod y cwmni wedi adennill cytundeb a gollwyd yn gynharach eleni, sy'n argoeli'n dda ar gyfer y dyfodol. Gyda llaw, fe fydd eich cyflog yn brif weithredwr yn dechrau ar oddeutu £100,000 y flwyddyn ... heb sôn am yr etifeddiaeth o dros filiwn yn y banc. Fe fyddwn ni'n cysylltu gyda chi eto ar ôl y Nadolig i drafod y camau nesaf, gorffennodd Ricky Banks, gan godi a siglo llaw Bob.

– Llongyfarchiadau mawr, ac rwy'n mawr obeithio y byddwch chi'n deyrngar i Del Edwards ... fe sy'n gyfrifol am y newid hwn yn eich bywyd.

– Wrth gwrs ... wrth gwrs ..., meddai Bob Jones a cherdded allan o'r swyddfa fel dyn mewn breuddwyd.

26

Roedd hi'n ddeg o'r gloch y bore ar Noswyl Nadolig ac roedd Del Edwards ar ei ben ei hun yn ei gartref yn gwylio un o hen ffilmiau du a gwyn Buster Keaton, ac yn mwynhau ei ail *egg nog* wrth iddo ystyried cynnig Bob Jones.

Roedd Bob wedi'i ffonio'r noson cynt yn cynnig swydd dirprwy brif weithredwr y ffatri prosesu gwalc iddo. Esboniodd Del ei fod am orffen ei gwrs gradd, a chynigiodd Bob fod y cwmni'n talu am ei addysg ar yr amod ei fod yn gweithio i'r cwmni wedi hynny.

– Does dim cliw gen i sut i redeg cwmni prosesu gwalc ... sai hyd yn oed yn eu hoffi nhw. Rwy angen rhywun talentog, ac rwyt ti'n haeddu'r cyfle, meddai Bob.

Diolchodd Del iddo a gofyn am amser i feddwl am y cynnig dros y Nadolig, gan wybod y byddai'n anodd siomi ei fam-gu, Bob a Nora. Hefyd, byddai'r swydd yn rhoi cyfle iddo aros yn y Cei a bod yn sosialydd organig fel un o'i arwyr, Antonio Gramsci.

Canodd cloch y tŷ ac agorodd Del y drws i weld Sonya'n sefyll yno.

– PCSO Lake, meddai'n dawel.

– Fe wnaiff Sonya'r tro heddiw, Mr Edwards.

Sylwodd Del nad oedd hi'n gwisgo'i hiwnifform.

– Dere i mewn.

– Dim ond am eiliad.

– *Egg nog*?

– Dim diolch, rwy'n gyrru ... gwranda Del ..., dechreuodd Sonya cyn i Del ei chofleidio a'i chusanu'n dyner.

– Sori, Sonya ...

– Am beth?

– Am fod mor benstiff ... ac mor feirniadol ... a bod yn blydi ffŵl.

– Rwy'n sori am dy amau di hefyd, Del ... wyt ti'n meddwl allwn ni ... wel ... ddechrau eto?

– O, ydw, meddai Del yn awyddus, gan dynnu Sonya tuag at y grisiau. – Dere 'mla'n ... does neb gartref ..., ychwanegodd, cyn i Sonya ollwng ei fraich.

– Alla i ddim, Del ... ddim nawr.

– Ond pam?

– Am fod rhywun yn y car gyda fi.

Gafaelodd Sonya yn llaw Del a'i dywys allan o'r tŷ at ei char, lle'r oedd bachgen deunaw mis oed yn eistedd yn dawel yn y cefn.

Trodd Del at Sonya.

– Well iti ddod ag e mewn ... mae 'na *double bill* o ffilmiau Buster Keaton newydd ddechrau.

Cerddodd Sonya i mewn i'r tŷ gyda'i mab yn ei breichiau. Rhedodd Del i'r gegin gan ddychwelyd ag anrheg yr un i Sonya a Caio.

Falle ddylen i dderbyn cynnig Bob Jones, meddyliodd Del, yn enwedig os bydd gen i deulu i'w gynnal yn y dyfodol agos.

27.

Roedd Nora, Ina a Gwen yn eistedd yn stafell ffrynt Ina y prynhawn hwnnw gan ofalu nad oedden nhw'n sôn yr un gair am y lladrata am fod Mared yn y tŷ.

Roedd Ina wedi cyflwyno Gwen a Nora i'w hwyres, cyn i honno ddiflannu i'w stafell i ffonio'i ffrindiau i drefnu cyfarfod â nhw ar ddiwrnod San Steffan.

– Sai byth yn ei gweld hi, meddai Ina, gan sipian gwydraid o sieri.

– Mae hi naill ai ar y ffôn neu ar y cyfrifiadur, ychwanegodd, a chamu at gwpwrdd a thynnu anrheg allan.

– Rwyt ti'n ddigon balch o'r cyfle i edrych ar ei hôl hi, mae'n siŵr, meddai Gwen, wrth i Ina estyn yr anrheg iddi. – Ro'n i'n meddwl ein bod wedi cytuno i beidio â rhoi anrhegion i'n gilydd?

– Rhywbeth bach i Vincent am gludo holl eiddo Mared o Aberteifi ddoe.

– Beth fydd yn digwydd o hyn ymlaen?

– Wel, mae hi madam am ddychwelyd i'r ysgol yn Aberteifi. Gall hi ddal y bws i'r ysgol o'r pentre, meddai Ina'n dawel, gan wincio. – O leia fydd dim rhaid imi symud i fyw i Aberteifi i edrych ar ei hôl hi.

– Piti ... ro'n i'n gobeithio y bydden ni'n cael gwared arnat ti, chwarddodd Gwen.

– Pryd wyt ti'n meddwl gwasgaru lludw Milton? gofynnodd Ina ar ôl ennyd fach o dawelwch.

– Rwy'n credu gadwa i ei lwch gyda fi ... nes i mi fynd ... pan fydd llwch y ddau ohonon ni'n cael ei wasgaru dros y môr ar yr un pryd. Ond nid dyna'r cwbl ... rwy'n credu ddylen ni fynd am dro, atebodd Nora, gan edrych tua'r nenfwd i ddangos nad oedd hi am i Mared glywed yr hyn oedd ganddi i'w ddweud.

Wrth i'r tair ymlwybro'n araf i fyny'r ffordd serth o harbwr y Cei, esboniodd Nora pam fod Milton wedi'i ddarbwyllo i'w helpu i ddod o hyd i etifedd yn lle Simon Smith.

– Roedd e'n gyfle imi wireddu dymuniad hen ŵr oedd yn marw ... a hen ŵr ro'n i'n dal i'w garu, meddai. – Dim ond rhai wythnosau oedd ganddo ar ôl ... canser ... a hwnnw wedi lledu. Roedd Milton am imi barhau â'r gwaith o ddod o hyd i etifedd teilwng i redeg ei gwmni rhag ofn iddo farw cyn i hynny ddigwydd. Beth arall allen i wneud?

– Wnest ti'r peth iawn, Nora ... roedd e'n amlwg yn dal i dy garu di 'fyd, meddai Gwen.

– Mae'n amlwg ei fod e ... oherwydd er bod y cwmni nawr yn nwylo Bob Jones, fe adawodd e'r tŷ yn y Cei i mi.

– Bois bach ... mae'n siwr o fod werth dros bum can mil! meddai Ina.

– Tua saith can mil, a dweud y gwir.

– Beth wyt ti'n mynd i wneud gyda'r tŷ? gofynnodd Gwen.

– Rwy'n bwriadu'i werthu. Sai am fyw mewn hen dŷ anferth ar y bryn, atebodd Nora, gan droi at ei ffrindiau.

– ... a rwy'n meddwl rhannu'r arian rhyngddon ni.

– Paid â bod yn sofft, meddai Ina.

– Bydd yn rhaid ichi dderbyn yr arian.

– Pam? gofynnodd Gwen.

– Os na dderbyniwch chi'r arian, bydd yn rhaid imi gyfaddef y cwbl am y lladrata, atebodd Nora'n gellweirus.

– O! Os wyt ti'n 'i dweud hi fel'na ..., chwarddodd Gwen.

– Piti, mewn ffordd ..., meddai Ina, gan stopio ger tŷ gwag hanner ffordd i fyny'r rhiw.

– Pam? gofynnodd Gwen.

– Fe fydda i'n gweld isie'n hanturiaethau bach ni ... glywais i fod perchnogion y tŷ haf yma i ffwrdd tan ganol mis Ionawr ... ac mae'r lle'n llawn dillad drud.

– Paid â dechrau, Ina ..., dwrdiodd Gwen.

– Mae ganddi bwynt ... fydd neb ddim callach nad Simon a Meleri sy'n gyfrifol, oherwydd dyw'r perchnogion ddim wedi bod yma ers iddyn nhw gael eu dal, meddai Nora.

– Ydych chi'n wallgo? chwarddodd Gwen.

– Pam lai? cytunodd Nora, wrth i'r tair gerdded ymlaen, heb sylwi bod car yn eu dilyn yn araf i fyny'r rhiw. Roedd y gyrrwr, Dilwyn Weobley, yn eu gwylio'n graff gan fwmian iddo'i hun.

– Rwy'n gwybod eich bod chi'n rhan o'r lladrata mewn rhyw ffordd ... ac mi fydd Dilwyn Weobley'n darganfod y gwir ... rhyw ddydd.

'Clyfar'
'Pièce de résistence'
'Prynwch o!'

Adolygiadau criw *Ar y Marc*, Radio Cymru o *Allez Les Gallois* gan Daniel Davies

Ar gael o www.carreg-gwalch.com

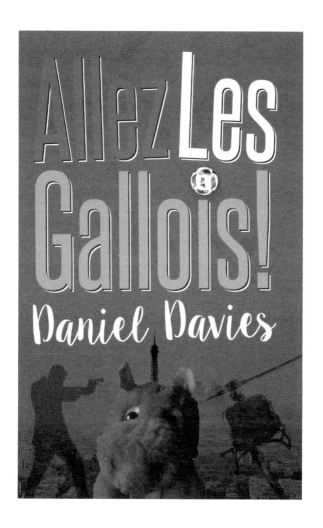